아이랑 함께
자라는 엄마

아이랑 함께
자라는 엄마

신혜경 글

보리

가을이를 기르면서 알게 되었다

내가 학교를 졸업하고 스물네 살에 변산공동체에 와서 살게 된 것은 순전히 우연이었다. 내가 바라던 것은 단 하나 집과 가족을 떠나서 내 힘으로 일해서 먹고 살 수 있는 길을 찾는 것이었다. 나는 도시에서 직장을 얻고 경쟁하면서 살 자신이 없었다. 취직을 준비한 적도 없었고 하고 싶지도 않았다. 그저 내 힘으로 먹고살 수 있고 책값과 술값을 벌 수 있는 일을 찾으려고 했다. 공동체, 교육, 농사에 큰 뜻을 품은 적도 없고 이루고 싶은 것이 있었던 것도 아니다. 다만 열심히 일해서 먹고 살고, 남과 다투지 않고 평화롭게 살고 싶었다. 그리고 남는 시간에는 책 읽고 영화 보고 공부하고 '덕질'하며 놀고 싶었다. 나는 일하면서 재미나 보람을 찾기보다는 물질적인 대가에 더 관심이 많다. 하지만 그 대가로 놀 시간을 살 수 없다면 대가가 커도 내겐 소용이 없다.

아이를 낳고 기르게 된 것도 우연이라고 하면 이상하게 들릴까? 나는 아이를 바란 적은 없었다. 남의 아이를 보고 사랑스럽다고 느낀 적도 없었다. 공동체에는 늘 갓난아이부터 중학생들까지 아이들이 있었는데, 나는 세 살부터 열세 살까지 모든 아이들과 사이가 좋지 않았다. 다섯 살짜리랑 싸우고는 한참 동안 진심으로 미워하기도 했다. 아이들은 너무나 시끄럽고, 버릇이 없고, 부모들은 자기 아이에게 눈이 멀어 있다고 생각했다. 남에게 너그럽지 못한 성격인데다 아이와 어른이 다르다는 것도 몰랐다. 지금은 안다. 아이는 어른보다 작고 어리기만 한 것은 아니라는 것을. 가을이를 기르면서 알게 되었다.

가을이는 공동체에서 태어나서 여덟 살 때까지 공동체에서 자랐다. 초등학교와 중학교 모두 공동체 학교를 다녀서 지금도 집보다 공동체에서 더 많은 시간을 보낸다. 가을이는 아이들을 사랑하는 사람들 덕에 키울 수 있었다. 가을이 엄마로 종종 오해를 받았던 소영 이모, 연년생 아들 둘과 함께 가을이까지 돌봐 준 미정 이모, 여름에 밭 매는 철이면 하루 종일 나무와 가을이를 같이 봐줘서 마음 놓고 일할 수 있게 해 줬던 희정 삼촌, 초등학교 1, 2학년 때 수업이 끝나면 저녁때까지 날마다 가을이를 챙겨 줬던 진이 엄마 아빠, 많은 이모들과 삼촌들, 그리고 손님들과 공동체 학교 학생들까지, 가을이는 많은 사람들에게 보살핌을 받았다. 나는 가을이한테 손이 많이 필요하던 딱 그 시기에 갑자기 밭일이 너무너무 재미있고 좋아져 버렸다. 일 한다고 아이를 아침에 한 번 보고 저녁에 한 번 봤다. 그때 그럴 수 있게 해 주신 분들에게 고마운 마음을 말로 다 할 수 없다. 날이 갈수록 그렇다. 가을이를 그렇게 키울 수 있어서 정말 다행이라고 생각하고 있다.

가을이가 갓난아기였을 때, 나는 아기는 너무나 약해서 강하다는 생각을 했다. 혼자서는 뒤집을 수도 없는 존재가 나를 완전하게 지배하고 있다고. 아기에게는 내가 '모든 것'이지만 나는 아기 때문에 '아무것'도 아니게 된 것 같았다. 원래도 별 대단한 사람은 아니었는데 왜 그렇게 모든 걸 다 잃은 것 같은 초조하고 무력한 기분이 들었는지. 상황이 바뀌었고 새로운 의무가 생겼고 앞으로 아이와 함께 살아가야 한다는 사실을 편안하게 받아들일 수가 없었다.

가을이가 조금 자라서 말귀를 알아들을 무렵부터는 두려움이 늘 있었다. 너무 순한 아이였기 때문에 내 말, 표정, 기분, 행동 하나 하나에 좌우되고 눈치 보는 모습을 보면서, 나 같은 사람이 다른 한 사람에게 이 정도의 영향력을 가져도 되나 하는 생각을 했다. 남을 내 마음대로 할 수 있다는 것은 얼마나 무서운 일인지 모른다. 그럴 수 있기 때문에 그래서는 안 된다는 생각을 더 하게 되었다. 그러면서도 늘 실수하고 후회했다.

가을이를 기르면서 한 가지 처음부터 변하지 않았던 생각은 억지로 공부 시키지 않겠다는 것이었다. 물론 공동체 학교가 없었다면 일반 학교에 보낼 수밖에 없었겠지만. 사실 난 가을이가 어떤 재능이 있는지, 뭘 하고 싶어하는지도 잘 모른다. 앞으로 무슨 일을 하게 될지 짐작도 가지 않는다. 그런데 일반 학교에 보내지 않은 것만으로 가을이 인생에서 아주 큰 조건을 내가 결정해 버렸다. 앞으로의 일은 가을이가 정할 수밖에 없다. 간섭하지 않고 그저 건강하고 즐거운 일을 많이 하면서 살길 바라고 있다.

돌이켜보니 〈개똥이네 집〉에 가을이와 사는 이야기를 쓴 것이 벌써 8년이 되었다. 이렇게 오래 쓰게 될 줄은 몰랐다. 여덟 살 가을이가 열여섯이 되었다. 글 제목처럼 내가 '아이와 함께 자랐는지'도 생각을 해 보았다. 아이는 분명 자랐지만 나는 좀 달라졌나, 성장을 했나. 글쎄, 잘 모르겠다. 하지만 지난 글들을 읽으면서 확실하게 느낀 것은 내가 가을이를 점점 더 좋아하게 되었다는 사실이다. 좋아하게 돼서 조금씩 더 배려하게 되었고, 늘 나만 생각하던 마음을 좀 고치게 되었다. 가을이를 낳았을 때, 아이가 어떤 존재인지, 내 인생에 어떤 의미가 있는지, 있을지 몰랐다. 더 이상 내 마음대로 살 수가 없다는 사실을 받아들이기가 참 어려웠다. 사랑하는 마음이 저절로 생겨나지 않았다. 지금은 가을이가 있어서 참 좋다. 그냥 있다는 것만으로도 힘이 난다. 사랑하는 사람이 있다. 그래서 잘 살고 싶다.

어떤 분은 내 글이 많은 부모들에게 희망과 안도감을 준다고 하셨다. '이런 엄마도 있는데 나는 잘하고 있구나.' 나는 칭찬이라고 생각하고 있다. 너무 많이 들어서 좀 지겹긴 하지만. 내 둘레에는 좋은 엄마 아빠들이 정말 많은데, 특히 엄마들은 이미 충분히 좋은 엄마인데도 더 잘하지 못한다며 고민하는 모습을 종종 본다. 너무 걱정하지 않아도 될 텐데, 하고 생각만 한다. 아이들도 다 다르고 부모도 다 다르니까 뭐라고 말을 할 수는 없다.

가을이는 늘 불안하고 이기적인 엄마를 뒀지만 씩씩하게 자라고 있다. 내가 상처를 많이 줬겠지만 이미 지나간 일은 되돌릴 수 없다. 내가 그랬다는 걸 기억하고 앞으로 그러지 말자고 다짐할 뿐이다. 가을이는 자라고 있고 우리는 각자 살아가야 하는 삶이 있기 때문에 늘 함께 있을 수는 없다는 걸 알고 있다. 그냥 지금 가을이가 있어서 좋다.

가을이를 변산공동체에서 낳고 키웠던 게 정말 다행이라고 생각한다. 나 혼자였다면 무척 불행했을 것 같다. 고마운 일이다. 가을이를 돌봐 주고 사랑해 준 분들, 공동체 식구들께 정말 감사하고 있다. 책을 엮어 주시는 분들께도 감사 드린다.

차례

2부 좀 느린 것도 괜찮네

3부 가을아, 네가 필요해

날쌔고 용감한 딸이
갖고 싶다

첫 만남

가을이가 벌써 여덟 살이다. 예전에 아이를 여럿 기른 엄마들이 갓난 애를 보면서 "이맘때 어땠는지 하나도 기억이 안 나." 하는 걸 자주 들었다. 둘째를 낳으면 첫째 때가 기억이 안 나서 또 처음인 것 같다고도 했다. 한 사람만 그러는 게 아니고 거의 다 그러는 거다. 반은 맞는 말 같다. 하나도 기억이 안 나는 것은 아니지만 가물가물하다. 시간이 흐르고 비슷한 하루하루를 살다 보니 어느새 아이가 갑자기 자라 버린 것 같다.

가을이와 살면서 아주 특별하달 건 없었지만 내게는 인상 깊었던 순간들이 있다. 그 이야기들을 적어 놓고 싶다는 생각이 때때로 들었지만 금방 잊어버렸다. 요즘은 가끔 아쉽다는 생각도 든다. 가을이가 벌써 여덟 살이고 이제는 아기가 아니라는 게, 몇 년이 더 지나면 꼬마 가을이는 없어질 거라는 게.

그래서 아직 기억이 나는 일들과 앞으로 잊지 않고 싶은 일들을 써 보고 싶어졌다. 나중에 가을이가 이 글을 보고 내 죄를 좀 사해 줬으면 하는 꿍꿍이도 있다.

가을이가 네 살쯤 됐을 때, 어느 날 같이 목욕을 했다. 집에는 더운물이 안 나오니까 들통에 물을 끓여서 모처럼 같이 씻었다. 내 배에는 제왕 절개 수술 자국이 아직 심하게 나 있었다. 사람 살을 째고 다시 꿰매면 금방 다시 원래대로 되지는 않는다. 1센티미터쯤 튀어나온데다 색깔도 붉으니까 애가 좀 신기했나 보다. 함께 씻은 적이 거의 없어서 아마 처음 본 것 같다. 가을이가 물었다.

"엄마, 이거 왜 그래?"

"너 낳을 때 네가 너무 커 가지고 도저히 안 나와서 의사 선생님이 배를 확 잘라서 너를 꺼냈거든? 그리고 다시 꿰맸어. 얼마나 아팠는데."

나는 재미있으라고 한 이야기인데 가을이 얼굴이 심각해졌다.

"엄마, 그럼 나 나빠?"

"아니야, 안 나빠, 너 때문이 아니야."

우리 가을이는 태명이 '도토리'였다. 도토리처럼 작고 단단하라고. 아이는 작게 낳고 크게 키우라는 말도 예사롭게 듣지 않았다. 그런데 도토리가 참 컸다. 날 때 몸무게가 4킬로그램이었다. 진통을 느끼고 병원에 간 날이 예정일보다 일주일 지났으니까 제 날짜에 낳았으면 3.8킬로그램쯤 됐겠다. 꽤 조심을 했는데도 내 몸무게가 16킬로그램이나 늘었다. 배도 초산치고는 많이 나온 편이라고 했다. 배에 브라운관만 박아 넣으면 그대로 텔레토비였다.

애를 가졌을 때부터 낳아서 어느 정도 클 때까지, 아이 있는 여자들이 모이면 애 낳은 이야기, 애 키우는 이야기가 영원한 화제다. 지겹기도 했다. 나는 무용담이 없어서 할 말이 많지 않았다. 진통할 때 곁에서 돌봐준 언니가(물론 애 엄마다.) 이런 말을 자꾸 하는 거다.

"별 보여? 안 보여? 그럼 아직 아니야. 별이 보여야 애가 나오는 거야."

그 별을 정말 보고 싶었는데, 스물두 시간 진통 끝에 수술을 하게 돼서 결국 못 봤다. 병원에서 겪은 일들을 쭉 이어서 떠올려 보면 코미디 영화

한 편이 나올 수도 있겠다는 생각을 가끔 한다. 코믹 잔혹극이랄까? 나는 조금도 웃을 기분이 아니었지만 꽤 웃기는 일이 많았다.

　진통이 왔다 싶어서 밤 열한 시가 넘어서 '긴급 출산 도우미'(나를 병원에 실어다 주려고 며칠 전부터 기다리고 있던 변산공동체 식구들)와 함께 출동은 했는데, 차 안에서 진통이라고 생각했던 통증이 사라져 버렸다. 고민했다. 배탈이 아니었을까? 하지만 돌아갈 수도 없잖아? 그냥 낳으러 가자. 이젠 아프지 않다는 말을 차마 하지 못해서 다들 내가 많이 아픈 줄 알았을 거다. 진통 문제는 병원에서 친절하게 해결해 주었다. 강제 진통을 하게 하는 주사를 놓아 주었으니까. 바라던 대로 다시 아프게 되었다. 문제는 그냥 아프기만 하고 별이 보일 만큼은 아프지 않더라는 거다. 아이는 전혀 나올 준비를 하지 않고 있고(병원에 닿았을 때 자궁문이 전혀 열리지 않은 상태라고 의사가 말했다.) 분만 촉진제는 효과가 아주 느리게 나타났다. 유난히 늦다고 했다. 열 시간쯤 지났을 때 "이제 3센티미터쯤 열렸네, 한 열 시간 더 걸리겠네." 뭐 이 비슷한 소리를 의사가 중얼거리는 것 같았다. 죽고 싶었다. 눈물, 콧물, 소리 지르기, 엄마 아빠 찾기, 남들 하는 건 다 한 것 같다. 간호사들과 나눈 이야기들이 잊히지 않는다. 지금도 다시 생각하면 웃음이 나온다.

나: (세 시간쯤 지났을 때) 애기 언제쯤 나올까요?

간호사1: 그걸 내가 어떻게 알아요?

간호사2: (벽에 걸린 시계를 보며) 저 시계 떼어 버려야 해. 산모들이 맨
　　　　날 시계만 보고…….

간호사3: (의사가 내진을 하고 나간 뒤) 결혼한 지 얼마나 됐어요?

나: (불쌍하게) 1년 6개월이요.

간호사3: 그런데 뭐가 그렇게 아프다고 그래요?

너무 심오한 말이라서 이해하는 데 시간이 좀 걸렸다. 이 말은 내가 내진을 '당할' 때 엄살을 떤다는 뜻이었다.

열다섯 시간쯤 지났을 때 배에다 기계 장치 같은 것을 붙였다. 태아 심장 소리를 듣는 장치라나 뭐라나. 나는 소리까지 질러 가며 볼썽사납게 울고 있었다. 간호사가 "그렇게 소리 지르면 애기 숨 막혀요. 봐, 숨 못 쉬잖아." 그러고는 나가 버렸다. 돌봐 주던 언니에게 울면서 일러바쳤더니, 언니가 간호사를 따라 나가서 항의를 한 것 같다. 간호사가 다시 들어와서 변명을 했다.

"내가 언제 애기 숨 안 쉰다고 했어요? 그런 얘기가 아니잖아. 그렇게 말 안 했어요."

저녁이 되니까 공동체 식구들이 단체로 왔다. 일하던 옷차림 그대로. 남자들은 들어오지 못하고 문을 살짝 열고 인사만 하고 갔고, 여자들은 손도 잡아 주고 미리 축하를 하기도 했다. 수술하지 말고 꼭 자연분만 해야 한다고 격려도 했다. 하지만 솔직히 전혀 위로가 되지 않았다. 특히 절대 수술하지 말라는 말은 꼭 위협처럼 느껴져서 서운했다. 전혀 그런 뜻은 아니었겠지만. 수술을 하면 이 사람들 앞에서 떳떳하지 못할 것 같았다.

스물두 시간쯤 지나서 결국 수술하기로 했다. 의사는 이런저런 이유를 댔지만(양수가 터져서 감염 위험이 있다, 촉진제는 두 번이나 놓아서 더 이상 놓을 수가 없다, 아직도 자궁문이 5센티미터밖에 열리지 않았다, 아기가 태변을 보았다, 애가 너무 크다, 골반이 작다.) 나는 지쳤기 때문에 수술하고 싶었다. 그중에서도 아기가 태변을 보았다는 사실을 수술을 결심한 까닭으로 삼기로 했다.

수술실에 들어가기 바로 전까지도 수술하면 안 좋다고 걱정을 해 준 분들이 그때는 고맙지 않고 원망스러웠다.

수술대 위에서 팔다리가 묶인 채 누워서 여전히 소리 지르고 울었다. 비장미 하나도 없이, 전혀 폼 안 나게. 의사와 간호사들은 서로 수술 모자를 씌워 주며 웃고 잡담하고 덜그럭거리고, 긴장감이라고는 없어 보였다. 그래도 남의 배를 째는데 말이다. 더럭 겁이 났다. 이 사람들 마취하는 걸 까먹는 거 아냐? 빨리 좀 하지 아파 죽겠는데. 그런데 왜 주사를 안 놓을까, 마취해야 하잖아, 마취. 기다리다 못해 의사에게 물었다.

"저기요, 마취 안 해요?"

대답은 듣지 못했다. 그때부터 의식이 없어졌으니까. 깨어나 보니까 산모실에 누워 있었고 산바라지하러 온 언니가 있었고 아기도 옆에 있었다.

간호사가 들어왔다.

"언니 땜에 잠도 못 자구. 애가 4키로예요, 4키로. 이런 애를 어떻게 낳아요?"

진심으로 미안했다. 정말이다.

나쁜 엄마

가을이는 말을 배우고 제법 말대꾸를 할 줄 알게 되면서 종종 대들기도 했다. 여섯 살 때쯤인가, 나랑 싸우다가 제가 몰린다 싶으면 "엄마는 나쁜 엄마야!" 하고 소리쳤다. 그 말이 꽤나 위력이 있어서 나를 궁지에 몰 수 있다고 생각했나 보다. 하지만 천만의 말씀, 엄마 약점을 찌르는 것은 무서운 보복을 불러올 수 있다는 것을 몰랐던 것이다.

"좋은 엄마 찾아가서 살아! 나도 너 필요 없어! 빨리 나가서 찾아, 나가!"

이렇게 반격하면 "시러어어어!" 징징 울면서 꼬리를 내린다.

"어디서 엄마한테 나쁘다고 해. 그러는 네가 더 나쁜 놈이야! 버릇없이 어디서!"

이렇게 못을 박으면 게임은 끝난다.

찔리는 게 없는 것은 아니다. 가을이가 '나쁜 엄마'를 들먹이며 대드는 것은 거의 나한테 90퍼센트쯤 책임이 있다. 내가 심하게 윽박질렀다거나, 나름대로 정당한 요구를 귀찮다고 들어주지 않았기 때문이다. 나는 다른 일을 하고 있거나, 우울하거나 할 때는 애가 해 달라는 것을 모르는 척했다. 글자를 물어본다든가, 책을 읽어 달라든가, 몸이 불편하니까 봐 달라든가, 똥이 마렵다든가 하는 것까지도 한 번에 들어주지 않았다. 애를 열받게 해 놓고 한바탕 한 다음에야 크게 봐주는 것처럼 들어주었다. 이렇게 써 놓고 보니 정말 나쁘네. 가을이가 자랄수록 이러지 말아야겠다, 하고 반성, 참회, 다짐도 하고 좀 더 선선히 요구를 들어주려고 노력을 하게 됐지만, 이제 가을이는 별로 많은 요구를 하지 않는다. 알아서 기는 것이다. 늘 조심스럽고 성가시지 않고 엄마 심기를 살피는 슈퍼 울트라 착한 딸은 이렇게 만들어졌다. 요즈음은 좀 두렵기도 하다. 난 벌받을 거야.

나는 좋은 엄마가 되기 싫었다. 사실은 좋은 엄마가 어떤 것인지 모른다. 좋은 엄마가 되어야 한다고 세상이 나에게 강요하는 것은 정당하지 않고 기분 나쁜 일이라고 생각했다. 그런데 사실 아무도 내게 강요는 하지 않았다. 쓸데없는 반항심과 적개심이 마음에 가득했다. 갑자기 엄마가 되어 버렸을 때 내 마음이 늘 그런 상태였다.

제왕 절개 수술을 하고 마취에서 깨어나 아기를 처음 보았을 때, 감동의 물결은 덮쳐 오지 않고 몹시 생뚱맞은 기분이 들었다. 수술 뒤라 몸이 불편해서 아기를 내가 거의 보지 않았다. 아기가 태변을 보았을 때나 첫 목욕을 시킬 때 산바라지해 주던 언니가 더 좋아하고 감동했다. 나는 마음이 안정되지 않고 자꾸만 불안하고 불만스러웠다. 나흘을 병원에서 보내고 퇴원한 날 밤, 아기는 두 시간에 한 번꼴로 깨어 울었다. 베개를 몇 개씩 받쳐 가며 일어나 앉아 혼자 처음 젖을 물리는데 울컥 토할 것 같았다. 몸이 이렇게 불편하고, 잠도 못 자고, 젖 물리는 게 이렇게 힘들 줄은 몰랐다. 이런 거였구나. 아기가 사랑스럽다고 느낄 수 없는 것이 가장 두려웠다. 아무에게도 말할 수 없는 기분이었다.

임신 중에 치질이 심해서 아기를 낳고 한 달쯤 지나서 수술을 했다. 거의 죽다 살아났다. 수술을 받고 일주일 입원했다가 집에 돌아오니 가을이는 세상에 둘도 없는 순둥이가 되어 있었다. 밤 열한 시부터 새벽 여섯 시까지 내리 잠을 잤고, 낮에도 젖만 물리면 잤다. 한번 잠이 들면 네 시간은 잤다. 거의 울지도 않았다. 나도 아기와 사는 것에 조금씩 익숙해지고 사랑스러운 마음이 생겨났다. 하지만 아이에게 빠져들 수가 없었다. 공동체 사람들과 어울려 일도 하고 싶고, 술도 마시며 놀고 싶고, 밤늦게까지 회의하고 이야기하는 자리에 나도 끼고 싶었다. 아기는 너무 천천히 자라는 것 같고 내가 다시 자유로워질 날이 영원히 오지 않을 것 같았다. 내가 '저지른' 일이라 누구를 탓할 수도 없었다. 아기 덕에 웃고 행복했던 시간도 분명히 있었겠지만 돌이켜 보면 늘 초조했다. 좋은 엄마 같은 건 싫다고 자꾸 못을 박은 것은 아마도 남들에게 비난을 당할까 봐 선수를 친 게 아니었을까. 정상이고 건전한 사람들 속에 끼어들 수 없을 것 같았다.

나는 늘 내 중심으로 생각하고 내가 하고 싶은 대로 하지 않으면 견디지 못하는 성미라 아이와도 그렇게 관계를 맺어 갔다. 내가 좀 편해지고 싶어서 이유식을 일찍 시작해서 돌도 되기 전에 젖을 뗐다. 가을이는 하룻밤 만에 너무나 쉽게 젖을 뗐다. 아이를 업고 어디든 가고 싶으면 가고, 놀고 싶으면 놀았다. 가을이는 엄마가 술 마시고 노는 동안 보채지도 않고 기어 다니다가 잠들고는 했다. 업기만 하면 잠이 들었다. 내 기분이 좋을 때는 사랑 표현을 많이 하고, 우울할 때는 냉정하게 굴었다. 아이가 보는 데서 울고 혼자 화내기도 해서 많이 놀랐을 거다. 사람들과 좋은 관계를 잘 맺지 못하는 내가 '절대 약자'인 가을이에게 횡포를 부렸다고 할밖에.

나는 가을이가 세 살 때 애 아빠와 헤어졌고 일곱 살 때 정식으로 이혼했다. 내가 그러고 싶기 때문에 당연히 그렇게 하는 것이라고 생각했다.

가을이와 둘이 살면서 내 기분이나 마음 상태에 따라 아이에게 변덕스럽게 대해서 많이 힘들게 했다. 지금은 후회하지만 여전히 그럴 때가 많다. 내가 정말로 가을이를 있는 그대로 사랑하는 것인지, 나를 위해서 가을이를 곁에 두고 싶어하는 것인지 스스로 물어보는 것이 두렵다. 평범한 엄마들은 아이를 어떻게 사랑하는 걸까?

편식하는 아이

가을이를 낳고 아직 병원에 있을 때다. 개인 병원이었는데 신생아실이 따로 없고 엄마와 아기가 같이 지냈다. 수술을 했으니까 일주일쯤 입원해야 했는데 나는 나흘 만에 나왔다. 너무 답답해서였다. 병원에서 주는 분유를 먹이지 않고 꼬박 이틀을 보리차만 먹이면서 굶겼다. 분유를 안 먹인다고 병원에서 애깃거리가 좀 되었나 보다.

첫 똥을 누었는데 기저귀에 넘치도록 거무스레한 초록색 똥이었다. 산바라지해 주던 언니가 나보다 더 감동해서 간호사에게 기저귀를 보여 주며 말했다.

"애기가 똥을 이렇게 많이 눴어요."

"그거 태변이에요."

어찌나 쌀쌀맞게 대꾸를 하던지, 내가 다 민망했다.

퇴원하기 전에, 아이 둘을 기른다는 아줌마 간호사가 두 가지 조언을 했다. 하나는 이유식 시작할 때 과일 먼저 주지 말고 오이나 당근 같은 채소를 먼저 먹이라는 거였다. 그 집 애들은 그래서 지금도 채소를 잘 먹는단다. 두 번째는 엄마 젖만으로는 영양이 부족하니까 분유를 같이 먹이라는 거였다. 그러면서 분유 한 통을 주었다. 그 분유는 내가 커피에 타서 다 먹었다. 나는 둘 다 쌈빡하게 무시해 버렸다. 이유식이라니, 내게도 그런 날이 올까?

나는 젖이 많아서 줄줄 흘렀는데도 일찍 떼어 버렸다. 아이 기르는 일에서 빨리 벗어나고 싶었다. 아이도 빨리빨리 컸으면 했다. 다섯 달쯤 지나서부터 그냥 밥을 씹어서 먹였다. 여름이라 통보리, 통밀이 잔뜩 들어간 현미밥이었는데 똥이 아주 화려했다. 씹어서 주지 않으면 그 모양 그대로 다시 나왔다. 먹성도 끝내 주게 좋았다. 밥 한 그릇은 기본이고 주는 대로 다 받아먹었다. 아싸, 이유식 한다고 이것저것 안 해도 되고 잘 먹으니까 됐지 뭐. 밥에다 간장만 비벼 줘도 두 그릇 뚝딱이었다.

이미 소문이 다 났지만 가을이는 지독한 편식쟁이다. 어릴 때 먹성은 어디 가고 입도 짧다. 밥상이 멸치 대가리 하나 없는 풀밭이면 꿋꿋하게 맨밥에 간장을 비벼 먹는다. 입에 맞는 반찬이 없으면 김치만 먹는다. 입에 맞는 반찬이 있는 때가 별로 없다. 안 먹어 본 것은 먹으려고 하지 않는다. 나물은 무조건 싫어한다. 버섯은 먹으라고 권하지 않는다. 울어 버리니까. 잡채, 비빔밥, 볶음밥, 김밥, 만두가 있으면 얼굴이 어두워진다. 따로따로 있으면 안 먹으면 되는데 섞어 버리면 골라 먹을 수가 없으니까 그런다. 카레를 하면 조심스럽게 국물만 뜨고, 잡채는 당면만, 만두는 만두피만 먹는다. 비빔밥이나 볶음밥을 하면 "그냥 밥은 없어?" 하고 소심하게 묻는다. 내가 일관성이 없어서 어떤 때는 되고 어떤 때는 안 되니까 내 눈치만 본다. 김밥 먹을 때는 일부러 풀어헤쳐서 시금치와 당근을 떨어뜨린 척하는 꼼수를 쓴다. 내가 안 보는 틈을 타서 밥상 밑에 콩을 골라 버리기도 한다. 늘 오십 명 넘는 변산공동체 식구들과 함께 밥을 먹기 때문에 눈 피하기가 쉽다.

가만히 보면 좀 특이한 편식이다. 보통 편식하는 아이들이 싫어하는 건 다 안 먹는데, 고기나 생선 반찬을 좋아하면서도 가리는 게 있다. 가을이는 음식을 먹을 때 덤벼들지 않고 늘 조심스럽다. 나는 식탐이 많고 허겁지겁 먹는 편인데, 나를 안 닮은 것 같다.

가을이가 네 살 때 음식점에서 돈가스를 시켰는데, 먹지를 않는다. 고기니까 먹으라고 집어 줘도 고개만 살래살래 흔든다. 끝내 먹지 않았다. 집에 돌아오는 길에 물어봤다.

"너, 돈가스 왜 안 먹었어?"

남들이 안 듣게 살짝 내게만 말해 준다.

"고추장 묻었잖아."

돈가스 소스를 고추장으로 알았던 거다.

명절에 가을이가 서울 외할머니 집에 가면, 가을이 외할머니는 밥에다 콩을 잔뜩 넣어 해 먹는데 가을이가 콩을 싫어하니까 다 걷어 내고 밥만 퍼 준다. 김을 재서 구워 놓고 생선도 굽고 달걀부침도 하고 장조림도 한다. 장조림은 예나 지금이나 꿈의 반찬 아닌가? 어릴 때 엄마가 간장에 조린 고기를 결대로 찢을 때면 옆에 붙어서 한 조각만 집어 주기를 간절히 바랐다. 장조림은 가을이 먹으라고 한 거니까 너희는(나와 우리 언니) 맛만 보라고 한다. 아, 치사하다. 그런데 그 장조림을 가을이는 안 먹는다. 할머니는 먹으라고 자꾸 권하고, 애는 고개를 저으면서 나한테만 들러붙는다.

"너, 장조림 왜 안 먹어?"

"이상해."

"뭐가?"

"생긴 게 이상해."

안 먹어 본 거라 조심스러운데 무서운 할머니가 자꾸 먹으라고 하니까 쫄았나 보다. 낯선 것은 늘 겁을 낸다.

가을이는 명절이면 늘 하는 동태전을 싫어한다. 달걀도 좋아하지 않는다. 같이 냉면이나 쫄면을 먹을 때면 삶은 달걀을 내게 집어 준다. 라면을 먹을 때도 달걀은 내게 양보한다. 이럴 때는 은근히 좋다. 조개는 좋아하는데 소라나 골뱅이는 안 먹고, 어린애답지 않게 회는 밝힌다. 더 아기일 때는 단무지를 몹시 좋아했다. 명절에 공동체 차로 함께 서울로 가는데 휴게소에서 점심을 먹었다. 애가 짜장면 먹겠다고 우겨서, 싫었지만 짜장면을 시켜 줬더니(휴게소 짜장면 맛은 정말 끔찍하다.) 단무지만 먹었다. 내 것까지 두 접시나.

"서울 가면 뭐 사 줄까? 뭐 먹고 싶어?"

"단무지."

별로 돈이 드는 애는 아니다.

놀이방 다닐 때 방학식이라고 중국집에 갔다. 다른 애들이 다 짜장면 먹는다는데 혼자서 냉면 먹겠다고 고집을 부렸다. 할 수 없이 냉면을 시켜 줬더니 고명으로 나온 토마토만 먹었다. 토마토가 먹고 싶었던 거다. 그때도 달걀은 내게 바쳤다.

까마득한 옛날 아줌마 간호사가 한 조언을 좀 새겨들었어야 했다. 나는 내 딸이 편식을 하리라고는 꿈에도 생각 못 했다. 밥상이 날마다 풀밭인데 지가 풀을 안 먹고 살겠나 했다. 다른 엄마들이 아이들한테 "이것도 먹어 봐, 이거 맛있어." 하면서 자꾸 권하고 집어 주고 하는 것을 보고 '알아서 먹게 놔두지, 시끄럽게 왜 저러나.' 생각했다. 다른 반찬을 안 먹으니까 간장에 비벼 주고, 김치는 먹으니까 김치에다만 먹게 하고 밥만 한 그릇 비우면 된다고 생각했다. 나중에 다 잘 먹게 될 줄 알았다. 아직은 나중이 되지 않았다.

여섯 살 무렵에는 좀 심각한 것 같아서 야단도 치고 강제로 먹이기도 했는데 눈치만 늘고 잔머리만 굴려 댔다. 굶겨도 소용없다. 하루 두 번 새참이 나오고 집집마다 다니면서 얻어먹을 일도 많은 이 동네에서는 굶기는 게 불가능하다. 월간지 〈개똥이네 집〉에 '개똥이네 밥상'을 연재할 때, 나를 소개하면서 "푸른 채소를 몹시 싫어하는 딸 가을이에게 채소 먹일 방법을 고민한다."고 했는데 사실, 사실이 아니다. 나는 그런 고민을 별로 안 한다. 다만 싸워서 해결될 일이 아니라는 것, 일관성이 없으면 혼내도 소용없다는 것은 알겠다. 그래서 지금은 그냥 기다린다. 분위기 봐서 꼬이거나 좀 과장해서 칭찬해 주면, 자랑하고 싶어서 가끔 시금치나 파를 먹는 묘기를 보여 준다. 버섯은 아직 절대로 안 먹지만 조금씩 나아진다. 지난해와 다르고 며칠 전과 또 다르다.

가을이는 변비가 있어서 배가 자주 아프다. 머리도 자꾸 아프다고 한다. 여덟 살인데 키도 작고 지난 한 해 동안 몸무게도 거의 늘지 않았다.

"엄마, 배 아파."

"시금치를 안 먹으니까 배가 아프지."

"엄마, 난 맨날 머리가 아파."

"그건 네가 시금치를 안 먹어서 그런 게 아닐까? 시금치를 안 먹으면 키가 영원히 안 자라는 게 아닐까? 문진이가 너보다 훨씬 크던데, 걔는 시금치도 잘 먹더라."

가을이는 버럭 신경질을 내며 대답한다.

"그래도 어젠 두 개나 먹었다고오!"

내가 하는 노력은 이런 것이다.

넌 예뻐

가을이가 아직 태어나기 전, 임산부 생활은 별로 즐거운 게 아니었지만 기대감은 있었다. 어떤 아이일까 하는. '어떤'이란 건 '어떻게 생긴'이란 뜻 이다. 기왕이면 예쁘면 좋겠다고 생각했다. 딸이라는 건 이미 알고 있었 다. 나는 마지막까지 궁금한 게 좋아 끝까지 물어보지 않을 생각이었는데 의사가 먼저 가르쳐 주었다. 사실 아들이면 좋겠다고 생각했다. 밤길 걱 정 안 하고 다니는 것만으로도 사는 게 훨씬 편할 것 같아서.

마취에서 깨어나서 처음 아기를 보았을 때 갓난애는 원래 다 이런가 보다 했다. 해산바라지하러 온 공동체 언니는 지금까지 본 갓난애들 가 운데 최고로 예쁘다고 했다. 그 언니는 아기들이 태어날 때마다 그렇게 말해 왔다. 나중에 태어날수록 이득인 셈이다.

"혜경 씨하고 똑같이 생겼어."

언니가 말했다. 살짝 흐뭇하긴 했는데 확인하려고 다시 들여다보지는 않았다. 한잠 푹 자고 깨어났더니, 언니가 말했다.

"눈 감았을 때는 혜경 씨였는데 눈 뜨니까 상신 씨네."

나는 아기가 꽤 예쁘지 않을까, 하고 은근히 기대를 해 왔다. 선물 포 장지 끌러 보기 전 기분으로. 엄마 아빠 장점만을 모아서 훨씬 나은 얼굴이 나올 거라고 상상했다. 그게 진화가 아닌가. 그런데 아기는 99.9퍼센트 아빠만 닮았다. 좀 미안한 얘기지만 아빠는 결코 잘생긴 사람은 아니다. 그래서 아기는 예쁘지 않았다.

아기를 업고 어디를 나가면 우리를 아는 사람도 모르는 사람도 아빠를 닮았다고 한다. 나는 아기를 찬찬히 뜯어보면서 나랑 닮은 곳을 찾아봤다. 발가락이 닮았다더니 정말 손이랑 발이 조금 닮았다. 내 몸에서 가장 못생긴 게 손발이다. 얼굴은 아무리 뜯어봐도 아빠만 닮았다. 눈도 코도 입도 다 작다. 지금은 그렇지 않지만 아기 때는 살이 많이 쪄서 눈, 코, 입이 살에 묻혀 있었다. 겨우 찾아 낸 게 귀다. 귓불이 두툼한 게 나랑 좀 닮은 것 같다. 나는 가끔 가을이에게 그런다.

"넌 귀가 제일 예뻐."

고슴도치도 제 새끼는 예쁘다지만 그건 사람이 만들어 낸 말이고, 고슴도치 가운데서도 미남 미녀 고슴도치는 분명히 있을 것이다. 나는 외모를 좀 밝히는 편이다. 예쁜 게 좋다. 인물 있는 집안도 아니면서 얼굴 따지는 것은 우리 집안 내력이다. 기준도 까다롭다. 실제로 사람을 만나고 사귈 때 외모가 크게 중요한 건 아니지만, 어쨌거나 예뻐서 나쁠 건 없지 않나. 좋은 경치 보면 마음이 밝아지듯이 예쁜 사람을 보면 즐겁다.

가을이는 아기 때부터 어디 가서 예쁘다는 말은 들어 보질 못했다. 똘똘하다, 귀엽다, 이런 말은 들었다. 그래도 변산공동체에 식구들이 가장 많을 때 태어나 사랑은 정말 많이 받았다. 이모들이 끼고 다니고 삼촌들이 쭉쭉 빨았다. 나는 마음 놓고 애를 맡기고 돌아다니고 일할 수 있었다. 손님들이 오면 처음에는 누가 가을이 엄마인지 찾지 못했다. 워낙 안 닮기도 했으니까. 가을이가 가장 따르는 소영이 이모가 가을이 엄마로 오해를 받은 적이 많다. 그렇게 사랑받고 커서 그런지 돌 무렵이 되니까 내 눈에도 애가 가끔 예뻐 보였다. 지금은 안다. 아기들이 가장 예쁠 때가 그때라는 걸.

가을이가 한창 예쁠 때(내 눈에도 예쁘게 보일 때) 우리 세 식구가 공동체 식구 집에 놀러 갔다. 나랑 애 아빠가 모처럼 가을이를 열심히 어르고 있는데 그 집 아줌마가(그 집은 딸이 둘인데 둘째가 가을이보다 한 돌쯤 빠르고 인형처럼 예쁘게 생겼다.) 이러는 거다.

"못생긴 딸년 하나 두고 둘이 좋아 죽네."

농담이긴 했지만 진담이 많이 섞였다는 걸 바로 알아챘다. 뭐라? 못생겼다고? 내가 날마다 못난이라고 부르는 건 괜찮지만 남들까지 못났다고 하다니.

인물 밝히는 내력이 있는 우리 엄마 집에 가을이를 처음 데리고 갔을 때, "왜 이렇게 까맣냐, 깜씨네." 그랬다. 해마다 설과 추석 때 데리고 가면, 볼 때마다 "예뻐졌다." 또는 "크면 예쁘겠네." 한다. 예전에 내가 어릴 때는 엄마가 날보고 "못두나 생겼네." "어릴 때는 인물이 괜찮은 것 같더니 클수록 괴물이 되네." 했다. 이 말을 얼마나 많이 들었는지 모른다. 그러다 기분이 좋을 때는 "이 정도 인물이라도 되게 낳아 놓은 걸 감사해라. 내가 오늘 지하철에서 본 여자애는 ……." 한창 인기 있는 연예인이 텔레비전에 나오면 대개는 "저게 무슨 인물이 있다구, 눈들이 삐었다." 이러는 분인데 손녀딸은 못났다고 대놓고 말하지는 않는다. 이제는 명절에 가면 가을이 입히려고 예쁜 옷을 사 두었다가 입혀 놓고 "옷이 날개지. 잘생긴 놈 못생긴 놈 따로 없다." 한다.

아기가 예쁘지 않아서 실망했다고 말하면 듣는 사람들이 더 민망해 한다. 무슨 엄마가 저런 말을 하나, 하는 것 같다. 처음에는 실망했지만 8년이나 사귀다 보니 이제는 예쁘다고 말하려던 건데. 특히 머리통 모양만은 백만 불짜리라고 자랑하고 싶어서, 배 속에 있을 때 아홉 달 동안 머리통만 다듬다가 시간이 모자라서 한 달 동안 급하게 얼굴을 만들었다고 농담을 한다. 난 그 머리통을 볼 때마다 기특하다.

가을이가 특별히 예쁜 고슴도치는 아니지만 고슴도치인 건 분명하다. 나는 가을이가, 언뜻 보면 잘 모르지만 볼수록 예쁜 아이라고 믿게 되었다. 작은 눈도 왠지 깊어 보이고, 콧대가 없는 코는 순해 보이고(앞으로 좀 더 서도 좋겠지만), 머리통 모양은 완벽한 볼링공이고 얼굴은 주먹만 하고 웃으면 더 예쁘고, 내 기분이 좋을 때는 좀 더 예쁘다.

가을이가 요즘 외모에 관심이 많아졌다. 옷 입는 데 신경 쓴 건 몇 년 전부터인데, 워낙 선택 폭이 좁으니까 문제 될 게 없었다. 거울을 보면서 자기 얼굴이 이상하다는 둥, 아무개는 머리를 이렇게 묶으면 예쁘던데 자기는 안 예쁘다는 둥 이런 말을 한다. 그때마다 힘주어 말해 준다.

"넌 예뻐."

"저번에 엄마가 못생겼다며?"

"그래도 아무개보다는 만 오백 배쯤 예뻐."

"넌 머리끝에서 발끝까지 완벽해."

가을이는 요즘 내가 이런 식으로 말하면 놀리는 것 같아 기분이 나쁘다고 한다. 하지만 난 진심이다. 내가 한 번 예쁘다고 할 때마다 0.002퍼센트쯤 예뻐진다고 믿고 있다. 왜 그렇게 예쁜 것에 집착하느냐고 물으면 별로 할 말은 없다. 난 그냥 그런 사람이다. 예쁜 게 좋다.

고기 먹고 지옥 가면 어떡해

가을이와 단둘이 살기 시작한 지 벌써 한 달이 지났다. 변산공동체에서 독립해 논과 밭을 따로 얻었다. 논은 한 마지기, 밭은 사백 평쯤 된다. 혼자 짓는 첫 농사다. 공동체 살 때는 일찍 일어나는 건 잘했는데, 한동안 아침에 일찍 일어나지 못했다. 장마 지고 나서 밭에 풀이 무럭무럭 자란다. 하루만 날이 개도 나가서 밭을 매야 한다. 그래서 요즘 다시 빨리 일어나게 되었다. 새벽에 일어나도 예전처럼 바로 일하러 나가지는 않는다. 가을이가 아직 자니까. 아침도 해서 먹어야 하고 학교도 보내야 한다.(가을이는 변산공동체학교 1학년이다.) 집이 생기니까 집안일도 생겼다. 부엌까지 해서 방이 세 칸인데 며칠에 한 번 쓸고 닦는 것도 일이다. 마당도 꽤 넓어서 틈틈이 풀도 매 줘야 한다. 좀처럼 부지런해지지가 않는다. 낮에는 밭일하고 저녁에 들어와서 밥해 먹고 치우고 씻고, 애가 잠들어야 내 시간이 난다. 그 시간에는 부엌방에서 밥상을 끼고 앉아 책도 읽고 술도 마신다. 두 가지를 함께 하기도 한다. 이때가 가장 좋다. 집에서 사는 즐거움이다.

그러고 보니 내 방을 가진 게 평생 처음이네. 가을이가 갓난아기 때 한번 따로 살림을 냈는데(그때는 애 아빠와 함께 살았다.) 아이와 하루 종일 집에 있는 게 너무나 답답하고 싫었다. 집에 있으면 불안하고 초조하고, 밖으로 나가야만 숨이 트이는 것 같았다. 애를 업고 날마다 나가 돌아다녔다. 한번 나가면 집으로 돌아오고 싶지 않았다. 그래서 나는 내 집, 내 공간에 대한 애착이 없는 사람인 줄 알았다. 그런데 지금은 집이 좋다. 이제는 혼자 농사를 지어서 먹고살고 생활비도 벌어야 한다. 돈 벌어 본 게 언제더라. 내가 혼자 벌어서 먹고사는 건 처음이다. 좀 겁나기도 한다. 잘할 수 있다고 날마다 주문을 걸고 있다. 최소한 굶어 죽을 자신은 없다.

가을이 생활은 크게 달라진 게 없다. 나랑 단둘이 산다고 함께 지내는 시간이 늘어난 것도 아니다. 예전처럼 서로 저마다 바쁘다. 다행이다. 가을이는 날마다 눈만 뜨면 밖으로 뛰어나가려고 해서 붙잡아 앉혀야 한다. 세수하고 머리 빗으라고 잔소리하고 시늉만이라도 아침을 먹게 해야 하니까. 어느 날 아침에는 좀 일찍 일어났는데, 머리는 산발을 하고 잠옷 바람으로 잠도 덜 깨서는 "진이네 갈게." 하며 신발을 꿰어 신으려고 하기에 마구 혼을 내 줬다. 아주 욱박질렀다. 미쳤냐고.

"정신 나간 계집애, 지금이 몇 시냐?"

시계를 볼 줄 모르기는 한다.

"그렇게 남의 집이 좋으면 나가서 들어오지 마!"

세수는 어찌나 대충하는지 귓가랑 목덜미로 땟국물이 몰려 시커멓다. 어차피 얼굴도 빈틈없이 새카마니까 자세히 안 보면 별로 눈에 띄지는 않는다. 일주일에 한 번 큰 통에 더운물을 받아 목욕을 한다. 표는 별로 안 나지만 기분은 개운하다.

월요일부터 금요일까지는 변산공동체학교에 간다. 오전만 공부하고 점심을 먹고 나서는 내내 논다. 뭘 하고 노는지는 잘 모르겠다. 자전거를 타고 동네를 빙빙 도는 걸 가끔 본다. 서넛이 몰려다니기도 하고 진이랑 둘이 다니기도 한다. 뭘 공부하는지도 잘 모른다. 아직 글은 모르는데 이것저것 들어서 꽤 똑똑해진 것 같기는 하다. 해 떨어지기 바로 전까지 놀다가 들어와서 저녁을 먹고 대충 씻고 바로 잔다. 자기 전에는 혼자 그림도 그리고 끼적대기도 하고 헌 옷을 잘라서 바느질도 한다. 나는 부엌방에서, 가을이는 자는 방에서 따로따로 놀다가 잠은 같이 잔다.

가을이가 채식주의자가 된 건 공동체에서 독립하고 얼마 안 돼서다. 가을이랑 친한 언니가 채식을 한다. 그 집 식구가 모두 완전 채식을 한다. 우리 동네에는 이런 사람들이 꽤 많다. 가을이는 이 언니에게 이야기도 듣고 비디오도 같이 봤는데, 곧바로 채식할 결심을 했다. 가을이뿐만 아니라 공동체 학교 여자애들이 모두 다.(남자애들은 별 영향을 안 받은 것 같다.) 비디오가 아주 감명 깊었나 보다. 기업식 축산과 도살, 광우병 이야기인 것 같다. 가을이가 집에 와서 광우병이 무엇인지 설명을 해 주는데 꽤 정확하다. 생선도 먹지 않고(멸치도) 김치도 젓갈이 들어간 건 먹지 않겠다고 했다. 달걀은 병아리가 안 될 달걀만 먹겠다고 했다. 나는 일단 지지 격려했다. '아싸, 반찬 값 안 들겠구나.' 생선과 멸치를 안 먹으면 장볼 일이 거의 없다. 안 그래도 생활비를 아껴야 하는 압박을 느끼고 있었는데.(그러면서 내 기호품은 절대 포기 못 한다.) 그런데 문제는 있다. 가을이는 맨밥에 간장만 먹게 될 형편이다. 채소를 안 먹으니까. 처음 채식을 결심했을 때는 감자도 없었다. 오이, 호박, 가지도 아직 안 열릴 때라서 반찬거리가 없었다. 상추쌈, 아욱국에 비름나물이나 머윗대 나물을 해 먹었는데 가을이는 먹지 않는다. 병아리가 안 될 달걀을 사다가 부침이나 달걀찜을 하면 그것만 해서 먹는다. 이게 무슨 채식이야. 달걀도 없으면 정말 간장하고 들기름에만 비벼 먹는다. 반찬이 없으니 밥도 아주 조금 먹는다.

"너 굶어 죽겠다. 채식하지 말지 그래?"

몇 번 찔러 봤는데, 처음에는 결심이 굳었다.

공동체 모내기 때 돼지고기가 나왔는데 안 먹고 맨밥만 먹었단다. 공동체 학교에서 짜장면 먹으러 갈 때도 빠졌다고, 그래서 점심을 굶었다고 했다. 그전에 새참을 배불리 먹었다는 말은 하지 않았다. 그래서 좀 불쌍했다. 어린이 인생에 짜장면을 빼는 건 너무 가혹한 거 아닌가?

결국은 꺾이고야 말았다. 공동체 학교에서 점심을 먹을 때 생선이 나오면 너무 힘들다고 했다.

"생선은 먹을래? 그럼 학교에서는 먹고 집에서는 채식해."

나는 여전히 반찬 값에 집착한다. 얼마 전에 고등어가 생겨서 조림을 해 주었더니 밥을 세 그릇이나 먹었다. 불쌍한 것. 저녁 초대를 받아서 갔는데 전에 없이 짜증을 부리며 집에 가자고 보챘다. 고기도 있었지만 해물도 있고 먹을 게 많았는데.

"모처럼 놀러 갔는데 왜 그랬어?"

"고기 보니까 자꾸 먹고 싶잖아."

"그럼 먹어. 채식하지 마."

"지옥에 가면 어떡해."

"뭐? 고기 먹으면 지옥 가? 누가 그래?"

"○○.언니가 동물을 괴롭히면 지옥에 간대."

아니랄 수도 없고 맞다고 할 수도 없었다. 그럼 생선이나 달걀도 마찬가지 아냐? 하고 말하고 싶었지만 안 했다. 어쨌거나 생선이나 달걀은 먹고 쇠고기, 돼지고기, 닭고기는 안 먹는 걸로 다시 결심을 한 것 같다. 요즘은 호박이랑 오이가 풍성해서 장을 안 보니까 가을이는 여전히 간장과 친하다.

나는 가끔 어릴 때 먹었던 불량 반찬(그때는 불량인 줄 몰랐던)을 한번씩 해 먹고 싶어진다. 지금도 그런 맛일까 궁금하다. 특히 분홍색 소시지에 달걀옷을 입혀 지진 것. 독립했으니까 미친 척하고 한번 해 볼까 했다.

"가을아, 엄마가 소시지 사 올까? 달걀에 부쳐 먹으면 맛있는데."

"소시지는 고기잖아."

"한 번만 먹자."

"근데, 나아, 문진이네서 모르고 만두 먹었다."

"그럼 소시지도 모르고 한 번만 먹자."

"안 돼."

소시지는 못 먹고 엊그제 만두는 같이 먹었다. 알고 먹었는데 그냥 조용히 먹었다.

이젠 가을이가 화를 낼 차례

가을이는 공동체 학교 여름 계절학교에 갔다. 한 동네고 나이도 어려서 집에서 다녀도 되는데 굳이 가방을 싸들고 갔다. 요즘 외박이 잦다. 얼마 전에 소영 이모네 조카들이 다니러 왔는데 그 애들과 논다고 이모 집에서 몇 번 자고 왔다. 집 밖에서 자는 게 신나나 보다. 계절학교 갈 때 좀 과장되게 서운한 척했더니(네가 없으면 잠이 안 와 어쩌구 하면서) 말도 안 되는 위로를 하고 갔다.

"다녀오면 엄마 집에서도 가끔 잘게."

가을이는 이제 잔손 갈 일이 거의 없다.

가을이가 갓난아기일 때는 세상에서 세 사람이 부러웠다. 가장 부러운 사람은 결혼도 안 하고 아이도 없는 사람, 두 번째는 결혼은 했지만 아이는 없는 사람, 세 번째는 결혼도 했고 아이도 있지만 아이를 다 키운 사람. 난 드디어 세 번째 사람이 되었다. 꿈은 이루어진다. 시간이 좀 걸려서 그렇지.

갓난애를 안고, 세상에는 돌이킬 수 없는 일도 있다는 걸 알았다. 언제든 상황이 내게 불리해지면 일단 튀고 보는 게 주특기였는데, 튈 수도 없는 경우는 처음이었다. 그래서 난 꽤나 미래를 지향하는 사람이 되었다.

어서어서 아이가 자라서 언젠가는 다시 자유롭게 살 날을 그리며 살았다. 내가 아는 언니는 첫애를 낳고 몇 달쯤 지났을 때, 아기가 너무 빨리 크는 것 같아 아쉽고 아깝다고 했다.(이 언니는 지금 셋째를 낳고 산후 조리 중이다.) 그렇게 생각하는 사람도 있구나, 조금 감명은 받았지만 난 아니었다.

난 마음이 늘 바빴다. 빨리 머리를 가누어야 업고 다닐 텐데, 빨리 젖을 떼고 밥을 먹게 해야지, 빨리 걸었으면, 기저귀를 떼고 놀이방에 보냈으면……. 가을이는 내가 바라는 대로 빨리 자라 줬다. 신기하게도. 육아책에는 개월 수에 따라 아기가 무엇을 하게 되고 얼마나 자라고 하는 얘기가 나오는데, 실제로 거기에 맞춰 자라는 아기는 별로 없었다. 모두 제 나름대로 자란다. 가을이는 책에 나온 것보다 조금 더 빨리 자랐다. 빨리 뒤집었고 곧 기어 다니더니 붙잡고 일어섰다. 여덟 달쯤에는 밥상을 짚고 꽤 날렵하게 돌 수 있었다. 젖도 쉽게 떼었다. 다섯 달부터 밥을 씹어서 먹고 젖을 줄이다가 하루 세 번 밥을 먹게 되자 곧 젖을 끊었다. 돌도 되기 전이다. 꼭 하룻밤을 울고 보챘는데, 다음 날부터 젖을 찾지 않았다. 다른 엄마들은 보통 한 돌 반까지 젖을 먹였고 뗄 때 좀 힘들어 했다. 아기가 졸라 대고 심하게 보채거나 아프기도 했다. 가을이는 너무 어릴 때라 뭐가 뭔지도 모른 채 엄마한테 당한 거다. 가을이가 다른 아기들보다 좀 빨랐다는 건 딱 거기까지고 그다음부터는 내 마음만 빨랐다. 한참 손이 가는 세 돌까지 어떻게든 아이를 최소한으로 돌보고 내가 하고 싶은 일을 할까, 그 생각뿐이었다.

공동체에서 사니까 가사노동은 큰 부담이 없었다. 아이를 보면서 밥해 먹지 않아도 되었다. 가을이를 다른 사람에게 맡기고, 나는 일을 하는 게 좋았다. 가을이한테도 그 편이 낫다고 생각했다. 나는 어차피 아이와 잘 놀아 주지 않으니까. 하루 일을 마치고 저녁이 되면 난 나대로 쉬거나 놀아야 하니까 꼭 돌봐야 할 일이 아니면 모른 척했다. 이모나 삼촌, 언니들이 책도 읽어 주고 딱지도 접어 주었다. 가을이는 오빠들과 놀기도 하고 잠이 오면 보채지도 않고 그냥 잠이 들었다. 공동체 식당에서 놀다가 잠들면 업고 내려가 방에 가서 눕히면 됐다. 네 살부터 일곱 살까지 꼬박 4년은 놀이방에 다녔다. 나는 놀이방에 마음 편히 맡겼고 내 시간은 더 많아졌으니까 꿈이 반은 이루어진 거나 다름없었다.

둘레에서 다른 아이들이 태어나고 자라는 걸 많이 봤지만 가을이처럼 순한 아이는 없었다. 신생아 때는 잠보여서 젖만 물리면 1분 안에 잠들었다. 한 번 자면 네 시간, 다섯 시간까지 내내 잤다. 젖이 불어서 아플 정도가 되면 깨워서 젖을 먹였다. 깨어 있을 때도 심하게 보채지 않았다. 우는 게 보고 싶어서 일부러 발바닥을 때린 적도 있다. 그래 놓고 우는 게 귀엽다고 깔깔 웃었다.

가을이가 가장 나를 도와준 건 밤에 잠을 잘 수 있게 해 준 것이다. 낳고 한 달이 지나면서부터 밤새 깨지 않고 잤다. 보통 열한 시쯤에 젖을 먹고 잠들면 다음 날 아침 여섯 시까지 잤다. 엄마들끼리 모여서 아기 키우는 얘기를 할 때 내가 끼어들지 못하는 까닭이 바로 이거다. 잠투정이 심한 아기는 젖을 먹여도 한두 시간은 울고 보채다 지쳐서야 잔다. 두 돌 가까이 하룻밤에 몇 번씩 깨어 젖 먹고 울고 보채는 아기도 있었다. 바닥에 내려놓으면 울어서 하루 종일 안고 다녔다는 아기, 엄마가 김치 한 쪽만 먹어도 똥구멍이 짓물러서 젖 먹이는 동안 고춧가루 든 음식을 못 먹게 한 아기, 아토피가 심한 아기, 이런 아기들을 기르는 엄마들은 모이면 할 말이 많다. 어떻게 그 고생을 견뎠는가, 또는 견디고 있는가. 이건 진짜 무용담이다. 나도 역시 답답하고 힘든 적이 많았지만 명함도 못 내민다.

무용담은 내 것이 아니고 가을이 거다. 도무지 비상식적일 정도로 멋대로인 엄마 밑에서도 무럭무럭 잘 컸으니까. 그런 가을이를 보고 사람들은 엄마가 돌보지 않으니까 스스로 살 궁리를 하는 것이라고 했다. 농담이지만 사실인지도 모른다. 갓 태어났을 때 엄마가 초조하고 불안해하는 걸 온몸으로 느꼈는지도 모른다. 그래서 되도록 순한 아이가 되어 엄마도 살리고 자기도 사는 '윈윈 전략'을 세운 게 아닐까. 터무니없는 생각인지도 모르지만, 나는 아이가 나를 봐주고 있다는 느낌을 받은 적이 많았다. 아기 때도 그랬고 지금도 그렇다.

가을이를 임신하고 있을 때 나도 나름대로 아이를 어떻게 기르겠다는 계획이란 걸 세웠다. 나는 어릴 때부터 부모와 자식이 빚쟁이와 빚진 사람 관계라고 생각했다. 부모는 투자하고 나중에 그 이상 받아 내려 한다. 자식은 부모가 들인 만큼 갚아 주지 못할 때, 갚아 주기 싫을 때 떼어먹고 튀어 버릴 수밖에 없다. 기대가 부서지고 원망이 생기고 "내가 널 어떻게 키웠는데." 한탄을 한다. 나는 내 아이가 빚진 사람이 되지 않고 나는 배신당하지 않으려면 집착하지도 않고 너무 애쓰지도 말고 대충 키워야겠다고 결심했다. 적어도 "내가 널 어떻게 키웠는데." 어쩌고는 안 할 수 있도록.

하지만 내가 내 이론을 실천하기 위해 일부러 가을이에게 소홀했던 건 아니다. 그리고 집착을 하지 않는 건 더더욱 아니다. 나는 내 성격의 나쁜 면을 다 드러내면서 가을이를 길렀다. 이기적이고, 배려하는 마음도 없고, 화를 버럭버럭 내고, 약자에게만 강하고, 집착하고 지배하려는 마음도 강하다. 남들에게는 보이지 않으려고 노력하는 모습들을 가을이에게는 다 보여 줬다. 내가 잘못을 꾸짖고 야단치는 게 아니라 기분이 상하면 버럭 화내고 짜증을 부린다는 걸 이제는 가을이도 알고 있다. 물론 나도 안다. 요즘은 짜증을 내고 가을이를 몰아세우다가 화가 풀리면 내가 꼬리를 내린다. 차마 사과는 못 하고 눈치를 보며 비굴하게 군다. 화를 내는 까닭은 아주 사소하다. 집에 늦게 왔다든가, 물건을 잃어버렸다든가, 우울한데 말 시킨다든가 할 때다. 이젠 가을이가 화를 낼 차례다.

"엄마는 너무 나빠."

"그래, 엄마는 나빠. 원래 왕싸가지야."

그럼 '왕싸가지'가 재미있다고 깔깔 웃다가 풀리기도 한다.

"엄마는 원래 어질지가 못하니라."

실록에 기록된 연산군처럼 말하면 이것도 가을이가 재미있어 한다. 마음이 좀 풀리면 가을이는,

"엄마가 일하고 힘들어서 그러는 건 알겠는데 가끔은 나도 못 참을 때가 있어."

이런 무서운 대사를 문어체로 읊을 때도 있다.

자기가 잘못해서 혼나는 게 아니고 신경질을 참아 주고 있을 뿐이라는 걸 알고 있는 거다. 나는 잘못이 명백해도 반성은 잘 안 하는 편이다. 하지만 가을이에게는 미안한 마음이 든다. 갓난아기 때 너무 부담스러워서 사랑할 수 없었던 것, 당연히 들어줘야 할 요구도 선선히 들어주지 않은 것, 내가 살면서 힘들 때마다 격한 감정을 숨기지 못하고 다 드러내서 애를 놀라게 한 것, 이런 게 미안하고 내가 빚을 졌다는 생각이 든다.

나 글씨 배우고 싶어

길던 여름도 다 가고 가을이도 개학을 했다. 이번 여름은 가을이는 밖에서, 나는 집 안에서 보냈다. 가을이는 초콜릿 색으로 탔고 나는 너무 놀아서 머리가 이상해질 정도였다. 한창 밭 매고 일할 때 살이 좀 빠진다 싶어 기뻤는데 도로 아미타불이다. 게으름 바다에 빠져 죽지 않고 무사히 가을을 맞은 게 고마울 뿐이다.

가을이는 변산공동체에 있는 초등학교에 다닌다. 인가를 받지 않은 학교라서 공식적으로는 학교를 안 다니는 셈이다. 오전에만 수업이 있는데 그나마 셈이나 글 배우기 같은 공부는 하루만 한다. 나머지 시간은 노래나 농사일을 배우고 그림을 그리거나 산과 들로 놀러 다닌다. 정확히 말하면 하는 것 같다. 실은 가을이가 학교에서 뭘 하는지 잘 모른다. 정해진 교과과정이 있는 것도 아니어서 선생님들이 그때그때 알아서 하는 것 같다.

내가 분명히 아는 것은 1학년 2학기인데도 가을이가 아직 한글을 못 읽는다는 것뿐이다. 받아쓰기 같은 것은 하지 않는다. 함께 책을 읽으면서 자연스럽게 글을 익히게 한다고 알고 있다. 나야 급할 게 없다. 그런데 가을이는 요즘 글 배우고 싶다는 말을 가끔 한다.

"나 글씨 배우고 싶어."

"배워."

"안 가르쳐 줘."

"나도 누가 가르쳐 준 적 없어, 그냥 저절로 알게 됐지."

아마 내가 기억을 못 하는 거지 저절로 알게 된 건 아닐 거다. 나는 내가 한글을 어떻게 배웠는지 기억이 안 난다. 초등학교(예전에는 국민학교)에 들어갈 때 이미 알고 있었다는 것밖에. 학교에 다니는 언니가 있어서 어깨너머로 배웠으려나.

가을이가 글씨 공부를 하고 싶다고 징징거리며 졸라 대서 내가 한번 가르쳐 볼까 하는 생각도 들었다. 하지만 어떻게 가르쳐야 하는지 모른다. 가을이가 바라는 것은 책을 마음대로 읽는 건데, 그림책을 읽어 주면서 낱말을 익히게 하는 게 맞을 것 같기는 하다. 하지만 난 못한다. 내가 세상에서 가장 싫어하는 일이 어린애한테 책 읽어 주는 거다. 가을이가 더 어릴 때도 읽어 준 적이 거의 없다. "나중에 글 배워서 네가 읽어." 그랬다. 다른 이모랑 삼촌들이 많이 읽어 주었다. 내가 못됐다는 생각도 가끔 들었지만 싫은 걸 어떡하나. 나도 어릴 때 누가 그림책 읽어 준 적 없지만 배웠잖아, 하면서 합리화했다. 그런데 이제는 가을이가 따진다.

"글씨를 모르면 책을 못 읽잖아."

"엄마가 나중에 저절로 배운다고 그랬는데 아니잖아."

책을 스스로 읽게 되면 저녁 시간에 심심해하지 않을 테고, 나도 가을이랑 좀 더 재미있게 살 수 있을 것 같다는 생각은 든다. 딱 한 번, "공부하자." 하고 30분쯤 데리고 책 몇 줄 읽고 써 보기를 했는데 결국 가을이가 울음을 터뜨리는 걸로 끝났다. 나는 평소에도 가을이가 빠릿빠릿하지 못하면 마구 구박을 하는데, 공부라는 걸 해 보니까 내 성질대로 하면 애

잡겠다 싶다. 그래서 다시 '저절로 이론'에 기대기로 했다.

"그냥 맘 편히 살아. 언젠가 다 저절로 알게 돼. 설마 서른 살 될 때까지 모르기야 하겠니?"

가을이한테는 별로 위로가 안 된 것 같다.

추석 때 가을이랑 서울 엄마 집에 갔다. 엄마는 가을이가 정규 학교에 안 다니는 걸 모른다. 언니는 알고 있지만 당분간 말 안 하기로 했다. 먹고 잠자는 것처럼 학교도 반드시 다녀야 하는 걸로 아는 분이니까. 공연히 명절날 시끄럽게 할 필요는 없다고 생각했다. 할머니가 학교 얘기를 물어보면 가을이는 벌써 눈치를 채고 애매하게 대답한다. 워낙 숫기가 없고 할머니를 무서워해서 고개만 외로 꼬고 말 안 하고 넘어가기도 한다.

"가을이 이제 글씨는 다 알아?"

"……."

가을이는 고개 푹 숙이고 말을 안 해서 내가 대신 말한다.

"쉬운 건 아는데 아직 잘 몰라."

거짓말은 아니다.

"받아쓰기도 하고 그래?"

"……."

"학교에서 점심도 먹어? 느이 학교 급식도 해?"

"응."

"느이 담임선생님 여자 선생님이야?"

"……."

"왜 말이 없어, 벙어리야?"

이쯤에서 내가 화제를 바꾼다. 곤란한 질문에는 절대 대답을 안 하는 건 가르쳐 주지 않아도 참 잘한다. 좀 짠하기도 했다. 엄마 눈칫밥을 오래 먹어서 눈치 구단이구나.

추석날은 가을이랑 나, 언니 셋이서 만화영화를 보러 갔다. 언니가 마음을 많이 써 준다. 영화 보고 아이스크림 먹고 이모가 스티커까지 잔뜩 사 주었으니 가을이 기분이 최고로 좋은 날이다. 돌아올 때 길을 걸으면서 가을이가 자꾸 간판 글씨를 물어봤다.

"리을에 찍 긋고 안으로 작대기 두 개 있으면 뭐야?"

이렇게 물어서 처음에는 못 알아들었다. '려'자를 물어본 거다. 우리가 고려대학교 병원 앞을 지나가고 있던 참이었다. 마침 나도 기분이 좋을 때라 선선히 가르쳐 줬더니 다른 글씨도 자꾸 물어보았다. 이렇게 배울 수도 있겠네, 하고 생각했다. 데리고 앉아서 가르치진 못해도 물어보면 대답은 잘해 줘야지. 오랜만에 기특한 마음을 먹었다. 제가 답답하면 어떻게든 배워서 깨우칠 거라고 믿기로 했다. 내 성질을 누르고 조금만 더 친절하게 굴면 될 것 같다.

가을이가 초등학교 들어갈 무렵 이런저런 고민을 별로 안 했다. 그냥 공동체 학교 가는 거지, 간단히 결정했다. 무관심하다는 소리를 들어도 할 말 없지만, 변명하자면 나는 가을이가 즐겁게 지낼 수 있다면 어떤 학교를 다녀도 별 상관이 없다. 놀이방부터 함께 다닌 아이들이 이미 공동체 학교를 다니고 있으니까 굳이 거리도 먼 변산초등학교를 보낼 까닭이 없었다. 그런데 요즘 둘레에 있는, 아직 아이가 놀이방에 다니는 부모들은 고민이 좀 된다는 말을 내게 가끔 한다. 공동체 학교 초등부는 아이들이 열 명이 채 안 된다. 그리고 늘 보던 아이들이라 새로운 친구를 사귀고 다른 경험을 할 기회가 없다는 것이다. 그럴 수도 있을 것 같다. 내가 그런 고민을 해 본 적이 없는 건 나도 내 경험을 근거로 판단을 내릴 수밖에 없기 때문일 것이다.

나는 내가 다녔던 모든 학교들이 다 싫지만 그 가운데 초등학교가 가장 싫었다. 가장 힘없던 시절에 당한 기억들 때문에. 열두 해를 정규 학교에 다녔지만, 한 반에 예순 명이나 바글거리는 학교를 다녔어도 가까운 친구는 한두 명뿐이었다. 체벌을 유난히 심하게 하는 학교이기도 했다. 시험공부나 웃기는 규칙들 같은 건 싫었지만 친구들이랑 신나게 놀면서 즐겁게 학교를 다닌 사람들은 나처럼 일반 학교를 싫어하지 않는다. 나는 그런 사람들이 뜻밖에 많다는 걸 알고 놀랐다. 내가 워낙 학교를 싫어하니까 가을이도 망설임 없이 공동체 학교로 보낸 것뿐이다. 다른 고민을 하는 부모들은 나와는 다른 경험을 했을 게 분명하다. 물론 그렇다고 모든 부모들이 나처럼 자기 경험만으로 아이 교육을 결정하지는 않겠지만.

변산공동체학교는 학부모들이 함께 꾸리는 학교니까 앞으로는 나도 좀 더 책임을 맡게 될 것 같다. 그러면 좀 진지해져야겠는데, 아직은 별 고민이 없다. 좋은 학교를 만들어 보자든가, 아이들을 잘 가르쳐야겠다든가 그런 생각을 별로 해 본 적이 없다. 그냥 가을이가 좋으면 나도 좋아, 그런 정도다.

내가 '좋은 학교' 또는 '좋은 선생님' 상을 갖지 못하는 것은 겪어 보지 못했기 때문이다. 공동체에 초등학교가 생기기 전까지 가을이를 보내고 싶은 학교는 '모욕은 당하지 않는 학교'였다. 그 이상은 바란 적이 없다. 그래서 지금 매우 만족일 수밖에.

닮은 점 찾기, 다른 점 찾기

지난 추석에 가을이는 새로운 장난감이 생겼다. 이모가 준 엠피쓰리. 나도 한 번도 못 가져 본 것이다. 가을이와 나는 공통된 취미가 있는데 '영화 보기'다. 이건 내 취미가 그대로 옮아간 것이다. 가을이가 아기 때부터 데리고 날마다 비디오를 봤다. 아기에게 영상을 많이 보여 주는 건 별로 좋은 게 아니라고 하는데 내 취미가 그것뿐이라서 그렇게 되었다. 가을이는 어렸을 때부터 영화를 보다가 자더라도 칭얼대지 않고 잘 보는 편이었다. 무슨 소리인지도 모를 텐데 몰입해서 보기도 했다. 긴긴 겨울밤을 가을이와 함께, 본 영화를 보고 또 보면서 보냈다. 지난해에도 지지난해에도. 좋든 나쁘든 그래서 가을이는 비디오돌이가 되었다. 요즘은 밤마다 〈지구〉와 애니메이션 〈보노보노〉, 〈빨강머리 앤〉 시리즈를 되풀이해서 본다. 모두 이모가 준 선물이다. 문명은 모두 이모한테서 온다.

나도 어릴 때 그렇게 텔레비전을 봤다. 애국가 시작할 때부터 애국가 끝날 때까지. 오후 첫 방송은 언제나 〈동물의 왕국〉이었다. 〈동물의 왕국〉을 정말 좋아했다. 초등학교 때 꿈은 수의사가 돼서 아프리카 케냐 국립공원에 가는 거였다. 〈동물의 왕국〉을 보고 주워들은 정보다. 아프리카에 못 가면 동물원에라도 취직해야겠다고 결심했다. 그리고 어린이드라마, 만화영화, 일일드라마, 주말의 명화, 코미디 프로, 쇼 프로 가리지 않고 고루고루 봤다. 안방에서 부모님과 함께 봤다. 텔레비전 많이 본다고, 늦게 잔다고 잔소리를 들어 본 적은 거의 없었다. 못 보게 하는 프로그램도 없었다. 그쪽으로는 참 너그러웠다. 나도 가을이와 웬만한 영화는 다 같이 보는 편이다.

가을이를 보면서 내 어릴 적 생각을 많이 한다. 아기 때는 내가 기억 못 하는 시절을 실시간으로 다시 보는 셈이라 신기하고 재미있었다. 나는 동생도 없고, 아기들을 본 적이 거의 없었다. 그리고 아이들을 그리 좋아하는 편이 아니다. 가을이 낳기 전에는 아이들이 싫었다. 아주 어린 아기는 그저 "이쁘네." 하고 잠깐 들여다보는 정도였고 더 큰 아이들은 시끄러운 것들일 뿐이었다. 이심전심이라 꼬마들도 내게 붙지 않아서 공동체에 아이들이 여럿일 때도 별 상관없이 지냈다.

나는 처음부터 가을이가 날 별로 안 닮았으면 했다. 성격은 유전되는 게 아니고 자라면서 보고 듣는 것에 따라 만들어지는 거라고 생각했다. 그런데 어찌 보면 그게 유전인 것 같기도 하다. 어쨌건 내 영향을 덜 받도록 아이를 잘 안 봐야겠다는 엉뚱한 결심을 했다. 그리고 정말로 그렇게 했다. 할 수 있는 한 나보다는 착한 사람들에게 맡기고 최소한으로만 보았다. 그래서 그런지 가을이는 나보다 착하다.

나는 어릴 때부터 친구 없이 혼자 놀기 선수였는데, 가을이는 놀이방 다닐 때부터 언니 동생들과 꽤 잘 지낸다. 소심해서 속으로만 앓고 말도 제대로 못 하던 나보다는 제 주장도 하는 것 같다. 낯가리고 수줍어하는 건 가을이만 그런 게 아니고 우리 동네 아이들이 다 그렇다. 하지만 한 번 낯을 익히면 활달하게 잘 논다. 아침에 나가면 저녁 먹을 때나 돼서 돌아오는 게 다행스럽다. 가을이는 나보다 많이 웃는다. 너그럽고 끈기도 있다. 손재주 있고 꼼꼼한 건 날 닮은 게 아니다. 친구들, 언니 동생들 사이에서 진상은 아닌 것 같다. 난 좀 그랬는데.

가을이는 우리 집에 친구를 데리고 와서 놀 수 없는 게 불만이다. 내가 못 하게 한다.

"너랑 내가 같이 쓰는 집이니까 네 친구들이 와서 정신없이 어지르는 게 나는 싫어."

가을이는 다른 아이 집에 가서 노는데, 정말 안된 일이지만 나도 어쩔 수가 없다. 엄마 탓을 하게 된다. 아이들 부산 떠는 걸 싫어해서 친구를 못 데려오게 했던 우리 엄마. 그때는 나도 화가 나고 불만스러웠다. 그런데 똑같이 하고 있다. 또 유전의 압박인가? 나쁜 건 다 엄마 닮은 것 같다.

나는 내가 엄마를 하나도 안 닮은 줄 알았는데 가을이한테 하는 내 행동이 문득문득 엄마랑 똑같다고 느낄 때가 있다. 좀 과장하면 섬뜩하다. 안 닮고 싶은 건 닮고, 닮아도 괜찮은 건 건너뛰고. 엄마는 좀 냉정하고 자기 기준에 안 맞으면 닦달을 많이 하는 편이었다. 워낙 인상파라 얼굴도 무서웠다. 나는 유난히도 징징대서 많이 맞았다. 착하고 순한 언니와 비교도 많이 당하고, 차별을 당해서 서럽다고 혼자 비극도 찍고, 거울 보며 우는 연습도 했다. 가을이는 혼자니까 누구를 질투할 일은 없겠다. 다행이다. 가끔 개와 고양이를 질투하는 척하지만.

내가 엄마한테 가장 많이 혼난 건 물건을 잃어버렸을 때, 옷을 심하게 더럽히거나 찢어 먹었을 때, 언니와 싸우다가 목청을 높일 때(언니는 절대 목소리를 높이는 적이 없어서 혼나지 않았다. 싸움이 죄가 아니라 소음이 죄다.), 종합하면 엄마 심기를 건드릴 때였다. 엄마는 아주 많은 일들 때문에 거의 늘 심기가 불편했다. 엄마는 몹시 결벽한 사람이라서 청소와 빨래에 목숨을 걸었는데(말 그대로 목숨을, 당신 인생을 걸었다.) 나는 깔끔한 편이 아닌데도 가끔 청소하고 빨래하면서 가을이에게 신경질을 버럭버럭 낸다. 꼭 엄마 목소리로, 그 말투로. 그러고는 내가 깜짝 놀란다. 이건 복수다. 시집살이 대물림하듯이. 가을이가 요즘 꼬마들이 잘 쓰는 말투로 버릇없이 말하면 화를 벌컥 내고 애를 쥐 잡듯 잡는다. 이것도 내가 당한 대로 하는 거다. 엄마는 말버릇에 깐깐했다(좀 싸가지 없는 내 말투는 내가 일부러 연습한 거다. 멋있어 보일까 해서). 내 친구들이 전화를 해서 "아무개 친군데 아무개 바꿔 주세요." 하면 찬바람 쌩 도는 목소리로 자기 이름을 말하지 않는다고 버릇없다며 야단을 쳐서 한 번 당한 아이들은 절대 우리 집에 전화를 하지 않았다. 싫어하는 게 엄청나게 많으니 거슬리는 것도 엄청나게 많다.

나는 늘 엄마가 무서웠고, 가을이는 늘 내 눈치를 본다. 나는 눈치가 없어서 많이 혼났는데 가을이는 내가 싫어하는 일은 안 하려고 애쓰는 편이라 혼낼 일이 별로 없다는 게 다르다. 엄마를 수시로 반성하게 만든다는 점도 다르다. 스무 살쯤에 엄마에게 나 어릴 때 왜 그렇게 무섭게 하고 언니만 예뻐했느냐고 따졌더니 "네가 맞을 만했다. 나는 네게 잘못한 게 없다."고 쌈빡하게 답했다.

나는 가을이에게 내가 애는 쓰고 있지만 화가 나면 참지 못하고 해댄다는 걸 솔직하게 이야기한다. 이해해 줄지는 모르겠지만. 그리고 내가 이럴 때는 화가 나니까 그럴 때는 네가 알아서 피하라고 말한다. 뭐든 내 마음대로만 한다고 따지면 몇 년만 참아라, 너도 네 마음대로 할 날이 곧 온다고 위로해 준다. 가을이는 나와는 달리 눈치가 좀 있고 손끝도 야무져서 나를 분통 터지게 하는 일이 별로 없다. 가을이가 날 잘 봐주는 방식으로 공동생활이 그런 대로 평화롭다.

가을이를 데리고 엄마 집에 가면, 내가 애한테 사납게 군다고 엄마가 뭐라 한다. 애가 사 달라는 거 너무 안 사 주고 울리고 그러지 말라고 한다. 가을이가 목욕하고 나오면서 발 닦은 수건을 얌전히 개어 놓으니까 "에미보다 훨얼 낫다." 그런다. 가을이는 집에서는 절대 그러지 않는데, 할머니를 파악한 거다.

'여우 같은 것.' 속으로 그랬다.

펭귄 춤과 8번 병아리

가을이가 겨울방학을 했다. 방학을 해서 달라진 점이라면 아침에 도시락을 싸지 않아도 되는 것과 마음 놓고 늦잠을 잘 수 있다는 것이다. 가을 학기부터 초등학생은 도시락을 싸기로 했다. 아이들도 좋아하고 수업을 맡은 집은 점심 준비하는 부담을 덜게 되었다. 나는 수업을 맡지 않아서 몰랐는데, 열 명이 넘는 애들이 겁나게 먹어 대니 밥해 주는 것도 큰일이다. 예전에 도시락 들고 다니던 생각이 났다. 엄마는 도시락을 꽤나 정성스럽게 싸 주었다. 나는 그만큼은 못 하지만 그래도 노력은 했다. 가을이가 먹는 반찬으로 싸 주려고. 내가 초등학생 학부모라는 자각이 들 때는 도시락 쌀 때뿐인 것 같다.

이제 가을이는 2학년이 된다. 아직 글자는 깨치지 못했다. 설에 할머니 집에 가면 분명히 물어볼 텐데. 종이접기와 바느질에는 뛰어난 소질을 보이고 요즘은 방 청소도 제법 잘해서 난 별로 불만이 없다. 사람이 다 잘할 수 있나. 키도 좀 자랐고 이제 아기 같지 않다. 앞으로는 버스비를 내고 다녀야겠다. 서울 가면 할머니가 많이 예뻐졌다고 하겠다. 난 그 소리가 별로 듣기 안 좋다. 볼 때마다 예뻐졌는데 아직도 이 정도면 처음에는 얼마나 못생겼단 소리야? 오랜만에 가을이 보는 사람들이 '예뻐졌다.'

고 하지 말고 '더 예뻐졌다.'고 해 주면 좋겠다.

11월에는 공동체 학교에서 잔치를 했다. 내가 어릴 때 하던 학예회랑 비슷한 행사다. 예전 학예회는 보여 주려는 성격이 강해서 한 달 전부터 연습을 시켰고, 나처럼 별 다른 재능이 없는 아이는 그저 남 하는 것 구경이나 하는 행사였다. 공동체 학교 발표회나 공연은 거의 모든 아이와 어른이 함께하고 우리끼리 즐기는 자리다. 중학생들과 공동체 식구들이 꽤나 긴 연극을 했다. 뭘 하는 건지 알아차리는 데 시간이 좀 걸렸지만 결국 알긴 알았다. 연주하는 시간보다 마이크 설치하는 시간이 더 길었던 합주, 수준이 꽤 높은 중등부 사물놀이 공연, 대금 연주, 삑사리를 내고 만 내 하모니카 독주(안타깝다.), 그리고 우리 가을이가 나오는 초등학생들의 펭귄 춤.

내 관심은 물론 우리 딸이 추는 펭귄 춤이었다. 흰 윗도리에 청바지와 청치마로 옷을 맞추어 입고 머리에는 마른 풀을 엮어 만든 관을 썼다. 연습을 많이는 안 한 것 같지만 귀엽게 잘한다. 빼는 아이도 없다. 놀이방 다닐 때도 방학식 날이면 짧은 공연을 했는데 끝까지 빼고 안 하는 애들이 꼭 한둘은 있었다. 그때 끝까지 빼던 녀석들도 이번에는 잘한다. 나는 가을이만 열심히 봤다. 가장 먼저 든 생각은 '정말 작구나.'다. 한 살 어린 진이보다도 작다. 하는 걸 보니 옆 아이보다 꼭 한 박자씩 늦다. 틀릴까봐 남이 하는 걸 보고 하는 거다. 수줍어 어쩔 줄을 모른다. 남들이 저만 보는 줄 아나, 쯧쯧.

놀이방 다닐 때보다도 숫기가 없어진 것 같다. 여섯 살 때 놀이방 방학식 날 한복을 입고 장구 장단에 맞춰 노래를 불렀다.(도라지였나, 아리랑이었나.) 한복이 없어서 놀이방 선생님이 빌려줬는데 옷이 참 예뻤다. 머리도 올려서 묶었더니 한복 맵시가 정말 예뻤다. 내 딸한테 반해 버릴 정도였다. 수줍어하면서도 당차게 노래를 불러서 '쟤가 무대 체질인가?' 싶었는데.

숫기가 없어 빼는 아이들도 마음속으로는 남들 앞에서 잘해서 튀고 싶어하는 마음이 다 있다고 생각한다. 적어도 나는 그랬다. "못 해요." 했는데 "그럼 하지 마." 하면 엄청나게 서운하다. 멍석을 깔아 줘야 한다, 할 때까지.

나는 초등학교 1학년 학예회를 잊을 수가 없다. 연극을 했다. 내가 하겠다고 한 건 아니고 그냥 무작위로 뽑았던 것 같다. 얼룩 병아리 여덟 마리와 노랑 병아리 일곱 마리가 나오는 연극이었다. 병아리들이 따로 편을 먹고 뭔지 알 수 없는 까닭으로 서로 미워하고 싸웠다. 싸우면서 춤도 추고 노래도 하다가, 역시 뭔지 기억이 안 나는 계기로 화해를 하고 사이좋게 지내기로 약속을 하고는 또 노래 부르고 춤추는 걸로 끝난다. 물론 병아리들은 색깔대로 한편이다.

나는 얼룩 병아리 8번이었다. 원래는 얼룩 병아리도 일곱 마리였고 나는 4번 병아리였다. 앞 번호 병아리일수록 대사가 많고 비중이 높다. 7번 병아리는 대사가 한두 마디 정도다. 첫 연습 때 배역이 바뀌었다. 내가 잘린 거다. 까닭은 모르겠다. 기억이 나지 않는다. 아마 어리버리해서 그랬겠지. 다른 아이를 데려와서 내 배역(4번 병아리)을 맡기고, 빼기에는 불쌍했는지 나한테는 대본에도 없던 8번 병아리를 맡겼다. 대사는 한마디도 없다. 하는 일도 없다. 번호순으로 늘어선 병아리들 맨 끝에 서서 노래할 때 함께 노래하고, 빙빙 돌 때 함께 돌고, 끝나면 인사할 때 같이 하는 것밖에.

작은 배역이라도 전체 공연을 위해서 꼭 필요한 것이니까 중요하다는 말은 도덕 교과서에나 나오는 빈말일 뿐, 난 정말 별 필요가 없고 전혀 중요하지 않았다. 서운하고 억울했던 마음을 지금도 느낄 수 있다. 뭐라 말도 못 하고. 꼼짝없이 8번 병아리가 되어 한 달 동안 연습을 하고(나는 사실 연습 안 해도 상관이 없었는데) 공연하는 날, 결심했다. 나도 한번 튀어 보기로.

공연 시작해서 끝날 때까지 8번 병아리는 쉬지 않고 날갯짓을 했다. 빠르게 방정맞게, 할 수만 있다면 날았을 거다. 병아리는 그렇게 날갯짓을 하지 않는다는 걸 몰랐다. 어쨌든 병아리도 새니까. 내 필사적인 날갯짓이 적어도 우리 식구들에게는 튀어 보였나 보다. 엄마는 좀 살살 하는 게 더 나았겠다고 했고, 선생님은 내가 가장 잘하더라고 했다.

부모들은 자기들이 못 했던 것, 그래서 아쉬운 것들을 아이들에게 바란다는 말을 많이 들었는데, 나도 그렇게 바라는 게 있었다. 숫기 있고 활발하고 운동이나 놀이를 다 잘하는 아이였으면 한다. 공기놀이나 고무줄놀이도 잘했으면 한다. 모든 놀이에서 깍두기를 면해 본 적이 없는 나는 딸이 날쌔고 용감하면 정말 좋겠다.

가을이가 좋아하는 건 그림 그리기, 색종이 접기, 바느질, 스티커 모으기, 만화 영화 보기, 진이랑 하는 공주 놀이다. 모두 집 안에서 하는 일이다. 잘 모르는 사람들 앞에서는 고개도 못 들고, 묻는 말에는 대답도 못 하고, 인사도 못 한다. 그래도 가을이한테는 앞으로 멍석이 자주 깔릴 테니까 나보다는 나을 거다. 애가 좀 어수룩해 보인다고 바로 멍석을 치워 버리는 야박한 학교는 다니지 않을 거니까.

가을이가 한글만 알았어도

연말에 잡지 〈개똥이네 놀이터〉 송년회를 하러 서울에 다녀왔다. 출혈이 컸다. 늘 그랬던 것처럼 내 표만 끊고 탔는데 표를 검사하는 분이 "애기가 몇 살이요?" 하고 물었다. "보시다시피 애기다." 하고 뻔뻔하게 나갔어야 했는데, 그냥 겸손하게 한 살 줄여 일곱 살이라고 해 버렸다.

"여섯 살까지만 무료예요. 일곱 살은 표를 사야 해요."

"내려올 때 끊을게요."

"지금 가서 사 와요. 시시티브이(CCTV)에 다 나와요."

웬 시시티브이? 다시 내려서 어린이 표를 끊어 와야 했다. 도대체 일곱 살과 여섯 살의 차이가 뭔가? 학교 안 다니기는 마찬가지고 가을이는 발육 좋은 다섯 살짜리보다도 작은 아인데. 내려올 때도 가을이 표를 끊었다. 간이 작아서 조마조마한 건 못 참는다. 가을이에게 지난 일 년 동안 주입한 '버스 공짜로 타는 나이'는 잊으라고 했다. 이제 당당하게 여덟 살로 살라고. 그런데 좀 억울하다.

버스비 깨지는 것도 마음 아프지만 더 큰 걱정이 있다. 연말에 언니에게 가을이가 사실은 일반 초등학교에 다니지 않는다는 걸 노친네에게 미리 좀 고백해 달라고 전자우편을 한 통 보냈다. 아무래도 이것저것 물어

볼 테고, 아직 한글도 다 깨치지 못했으니 의심을 하게 될 게 뻔하다. 결국 알려질 거면 미리 고백을 해서 충격을 약하게 하자는 생각이었다. 다음 날 언니가 전화를 해서 좀 긴 통화를 했다.

"초등학교를 안 보내는 건 나도 좀 걱정스러워. 너는 확신이 있니?"

"확신 같은 건 없어. 내 인생도 확신이 없는데. 별로 깊은 고민 안 해. 지금 좋으면 좋은 거야."

"나는 초등학교 때 그래도 친구들이랑 즐겁게 지냈어. 요즘 학교는 좀 걱정스럽지만……, 그래도."

"나는 초등학교가 지옥 같았어. 하지만 그래서 안 보내는 건 아니야."

"한글을 아직 모른다니 너무 늦는 것 같다. 네가 좀 가르쳐."

"내가 가르치면 애가 죽어. 그래도 바느질은 잘해. 주머니도 만든다고."

"진짜? 고백을 하긴 해야 해. 노인네 눈치가 귀신이니까. 나까지 조마조마하다."

"설에 우리 서울 가기 전에 언니가 슬쩍 흘려 주라."

"노력은 하겠는데, 어떻게 해야 할지……. 한 가지는 약속해. 내가 처음부터 사실을 알고 있었다는 건 절대 비밀이야. 곤란해져."

"그건 걱정 마. 언니가 먼저 의심이 가서 찔러 보니까 내가 불었다고 하자. 아주 최근에."

모처럼 언니와 길고 다정한 통화를 하고 조금 마음을 놓았다. 하지만 며칠 전에 다시 통화를 해 보니, 아직 고백을 못 했고 당장은 힘드니 천천히 하자는 거다. 이번 설은 그냥 넘어가자는 이야기인데, 가을이가 잘할 수 있을까?

처음부터 속일 생각은 없었다. 가을이가 일곱 살 때 엄마가 내년에 학교 들어가냐고 묻기에 그렇다고 했다. 거기 동네에 초등학교가 있냐고 물어서 또 그렇다고 했다.

"초등학교가 가깝냐?"

"걸어서 30분쯤 걸려요."

"그렇게 먼 데를 어떻게 다니냐?"

"학교 버스 있어요."

얘기가 이렇게 돼 버렸다. 거짓말은 하나도 안 했다. 난 가을이가 그 학교에 다닐 거라고는 안 했으니까.

가을이 학교 문제로 고민 같은 걸 해 본 적이 없다. 그걸 고민하는 게 정말 내 일일까 하는 생각까지 든다. 글을 깨치지 못한 것도. 평생 모르고 살 리는 없으니까 알아서 배우겠지 한다. 가을이에게 뭐가 좋은 일인지를 내가 알아서 다 미리 생각해 주어야 한다고 믿지도 않고 그럴 마음도 그럴 능력도 없다. 그렇게 살려면 내가 너무 고단할 거다.

하지만 이런 생각을 엄마에게 이해시키는 것은 불가능하다. 뭔가 그럴듯한 까닭을 찾아야 하는데 그게 쉽지가 않다. 애를 왜 초등학교도 보내지 않고 바보로 만드느냐고 하면 뭐라고 대답할까. 이런저런 생각으로 초등학교에 안 보내기로 결정했다는 모범 답안이 필요한데, 내가 워낙 객관식 사지선다에 익숙한 세대라서 힘들다. 설령 모범 답안을 만들어서 미리 연습해 간들 엄마를 이해시킬 수 있을까. 처음부터 게임이 안 된다. 엄마는 60년짜리 신념을 갖고 있고 말발도 젊은 사람 못지않으며 무엇보다 홈그라운드라는 이점이 있다. 전면전은 안 되겠다. 그럼 가을이를 입단속시키고 임기응변과 거짓말로 이번 설은 넘어가? 그런데 추석 때 또 똑같은 주제로 고민을 하라고?

내가 이런 일로 고민을 하게 될 줄은 몰랐다. 내가 엄마 딸이라서가 아니라 가을이가 엄마 손녀라서 하는 고민이다. 나는 스무 살 넘어서부터 엄마 말을 전혀 안 들었기 때문에 엄마가 나에게는 별로 바라는 게 없다. 가을이가 태어나기 전에는 명절에도 엄마를 만나러 가지 않았고, 엄마도 내게 몇 해 동안 전화 한 통 없었다. 가을이 덕에 일 년에 한두 번 만나기도 하고 공통 관심사가 생긴 것이다. 나도 가을이에게 할머니와 이모가 있어서 좋다. 그래서 엄마 집에 가면 되도록 성질부리지 않고 엄마에게 맞추려고 노력한다. 그건 엄마도 마찬가지일 거다. 내가 성질부리고 돌아가면 가을이 얼굴 보기가 힘들어질 테니까.

가을이가 있어서 엄마는 요즘 내게 전화도 자주 하고 가끔 자질구레한 부엌살림(뚝배기나 유리 반찬 통)도 챙겨서 보내 준다. 선물을 받는 게 싫을 리는 없다. 아이 기르고 살림하는 사람으로, 그러니까 엄마의 동업자로 인정해 주는 것 같은 기분이 들기도 한다. 모처럼 엄마와 괜찮은 사이가 되어 가고 있는데 찬물을 끼얹기는 싫다.

가을이가 글만 알아도 좀 덜 불안할 텐데. 적어도 초등학교 안 다닌다고 다 바보가 되는 건 아니라고 말할 수 있으련만. 테스트를 해 봤다. 〈개똥이네 놀이터〉 앞표지 제목을 가리키며 물어봤다.

"이거 뭐라고 썼게?"

자신 있게 대답한다.

"개똥이네 놀이터."

"거꾸로 읽어 봐."

"터…… 이…… 아, 몰라."

"이런 바부팅이!"

바보가 아니라고 하기는 힘들겠다.

그림책을 읽어 주기 시작했다

지난 설에는 가을이랑 무사히 서울에 다녀왔다. 출발부터 좋았다. 설 전날 올라갔는데 전에는 올라가는 버스가 늘 좀 헐렁했다. 그런데 이번에는 만원이다. 자리가 하나도 남지 않았다. 가을이 표를 끊은 게 얼마나 다행스러웠는지 역시 정직하게 사는 게 좋은 것 같다.

서울에 갈 때마다 가을이 차림새 때문에 엄마에게 한 소리 들었는데 이번에는 칭찬을 받았다. 아래위로 분홍색과 자주색이 들어간 옷을 입히고 엄마가 전에 사 준 흰색 파카를 죽도록 빨아서 입혔다. 머리도 뒤통수에서 하나로 묶고 앞머리는 자주색 핀으로 정리해서 한때 유행한 깻잎 머리를 했다. 우리 엄마는 분홍과 자주, 보라색을 엄청나게 좋아한다. "이번에는 옷을 잘 맞춰 입고 왔네, 다음에도 이러고 다녀라." 했다. 그전에는 "이런 옷은 부안 그 촌구석에서나 입고 다녀라. 요새 서울에 이러고 다니는 애가 어디 있냐."가 단골 대사였는데 말이다.

엄마가 사 주는 가을이 옷들은 주로 빨래하기 힘든 색깔이다. 일 년에 두 번 서울에 갈 때 입히려고 서랍 속에 모셔 둘 수도 없고, 워낙 옷도 험하게 입어서 한 철만 지나면 원래 때깔을 잃는다. 옥시크린 님이나 비트 님의 도움을 받으면 해결되겠지만 우리 집에서는 재활용 빨랫비누만 쓴다. 명절에 서울 가면 늘 빨래를 제대로 안 한다며 타박을 듣고, 우리가 입고 간 옷들은 오염 물질 취급을 당한다. 변산 냄새가 난다나. 결국 합성세제와 섬유린스를 듬뿍 써서 우리 옷을 '처리'한다. 서울만 다녀오면 한 달쯤 집에서 꽃향기가 난다.

가을이 학교 문제는 들통나지 않고 무사히 넘어갔다. 글자는 다 아느냐고 물어보긴 했지만 늘 그렇듯이 가을이가 대답을 안 했더니 더 물어보지 않았다. 한 가지 내가 실수한 건 가을이 개학이 3월이라고 말해 버린 거다. 일반 학교 개학은 2월인데, 깜빡했다. 내친김에 요즘 초등학교는 봄방학 없이 3월에 개학을 한다고 뻥을 쳐 버렸다. 어쩌나, 엄마가 사는 다세대 주택에는 아래위층 다 초등학생이 있다는데. 모르겠다. 전북은 3월이라고 우겨야겠다. 엄마가 눈치는 빠르지만 결정적인 증거 없이는 들이대지 않는 분이고, 설령 알게 된다 한들 가을이 일은 내 몫이란 걸 인정할 거다. 설은 넘겼으니까 추석까지 가을이가 읽고 쓰기를 터득해서 똑똑한 손녀딸로 거듭나게 하는 것이 지금 내 목표다.

서울에 있는 큰 책방에 가서 유아용 한글 교재들을 살펴보았다. 세상에! 두세 살짜리들이 공부하는 것도 있다. 가을이는 이제 2학년이고 생일도 빠른데…… 마음에 드는 건 없었다. 그래서 낱말 카드 한 벌만 샀다.

오랜만에 대학 선배도 만났다. 서울 가기 전에 한 번 통화를 했는데, 가을이가 아직 한글을 모른다고 했더니 아이를 어떻게 그렇게 방치하느냐고 마구 뭐라고 하는 거다. 지적인 면도 중요한 게 아니냐고. 중요한 건 인정하지만 기분이 좀 상해서 만나고 싶지 않다는 생각까지 들었다. 원래 말투가 좀 신랄한 편이지만 나랑 오래 사귄 친구 같은 선배인데.

선배와 통화하고 나서 후끈 열 받아서 바로 가을이랑 한글을 공부하기로 결심했다. 종이에 '가 갸 거 겨' 써 놓고 30분쯤 하다가 가을이가 울어 버렸다. 역시나 이 방법은 안 되는 것을. 가을이가 일곱 살 때만 해도 한글을 미리 가르칠 필요가 없다고 말하고 다녔으면서. 둘레에서 좀 걱정하는 부모들에게 은근히 우월감 같은 것도 느꼈으면서. 1학년 때도 책도 안 읽어 주고 '저절로 이론'만 믿고 무관심해 놓고 남의 말 한마디에 헷가닥 하다니.

지나고 생각해 보니 나를 헷가닥 하게 한 핵심 단어는 '방치'와 '지적인 면'이라는 말이었다. 첫 번째는 내 열등감을 찔렀고 두 번째는 내 자만심을 찔렀다. 그런데 결국 두 가지가 다 마찬가지다. 지식 교육에 연연하지 않는 척하면서도 내심 가을이가 다른 아이들보다 뛰어났으면 했다. 책을 읽어 주는 것, 묻는 말에 성실하게 대답해 주는 것은 꼭 뭘 가르치기 위해서 하는 것이 아닌데, 사실은 귀찮아서 안 한 거였다. 그래 놓고 공부 안 시킨다는 말로 핑계를 삼았다.

선배를 만나니 전화할 때와는 달리 지금부터라도 조금씩 하면 금방 배운다고 격려해 주었다. 선배가 가을이랑 150조각 퍼즐도 맞추고 카드놀이도 가르쳐 주면서 놀아 주니까 서운한 마음이 풀렸다. 난 정말 가을이랑 잘 안 노는데 남들은 어찌 저렇게 잘 놀아 주는지.

한 달이 지났다. 아직도 집 안에서는 희미한 꽃향기가 나지만 가을이와 나는 예전과 똑같다. 가을이는 스티커(이번에 서울에서 또 왕창 샀다.), 아바타(인형 옷 갈아입히기 놀이), 빨강머리 앤을 가지고 진이와 공주 놀이에 푹 빠져 산다.

서울 다녀오고 나서 이제 글씨 좀 배우자 했더니 가을이도 좋다고 했다. 가을이가 도서관에서 그림책을 빌려 오고 내가 저녁에 읽어 주기로 했다. 날마다 하지는 못하지만, 글씨가 많은 그림책도 빠트리지 않고 읽어 준다. 가을이가 글씨는 안 보고 그림만 볼 때는 속에서 또 불끈하지만 참는다.

가을이가 읽고 쓰기만 하면 더는 바라지 않을 거다. 지금 마음은 그렇다. 가을이가 나처럼 책 좋아하고 아는 척하기 좋아하는 사람이 되기를 바라지도 않겠다. 책 읽으면서 즐겁게 지낼 수 있다면 좋겠지만 꼭 그럴 필요도 없다. 다른 즐거운 일도 많으니까. 가을이하고 언젠가는 둘이 같은 책 보고 이야기 나누고 싶다는 바람이 있지만 그것도 안 되면 마는 거지 뭐.

요즘 가을이는 좋아하는 그림책 한 권을 날마다 혼자서 보면서 읽는다. 글씨를 아는 게 아니라 내용을 다 외우고 있는 거다. 《손 큰 할머니의 만두 만들기》란 책이다. 가을이가 만두를 참 좋아한다. 나도 먹는 이야기가 많이 나오는 책이 좋다. 우리 둘 다 좋아하는 책이어서 다행이다. 내가 가끔 트집을 잡는다.

"무슨 토끼가 돼지고기 들어간 만두를 먹냐? 엽기 토끼냐?"

"내가 여우라면 만두 안 만들어. 그냥 옆에 있는 토끼 잡아먹지."

가을이가 좀 조용히 하라고 짜증 낼 때까지.

망한 가게 주인이 되고 싶어

가을이 꿈은 가게 주인이다. 화가였던 적도 있고 농부였던 적도 잠깐 있지만, 요즘은 가게 주인이다. 나를 따라서 물건 사러 가는 일이 많아지고부터다. 며칠 전 저녁을 먹고 나서 늘 그랬던 것처럼 가을이는 방에서, 나는 거실에서 영화를 보고 있었다. 가을이는 〈밤비〉를, 나는 〈비열한 거리〉를 봤다. 내가 본 건 조폭 영화다. 폭력 장면이 많은 영화가 보는 사람들에게 어떤 영향을 주는지는 잘 모르겠지만, 음주 장면이 많은 영화가 내게 끼치는 영향은 잘 알고 있다. 같이 먹고 싶어진다. 주인공이 새우깡 안주로 소주를 마시는 장면에서는 참았다. 그런데 삼겹살 구워서 소주 마시는 장면에서 결국 넘어가고 말았다.

"가을아, 가게 가자. 엄마 소주가 먹고 싶다."

"엄마, 나도 뭐 하나만 사 주라."

불량 식품이라도 혼자만 먹기는 미안한 법이다. 내가 찔려서 결국 사 준다는 걸 알고 있다. 열 번에 한 번 있는 기회다. 우리는 다정하게 밤길을 걸어서 구판장으로 갔다. 우리 동네 하나뿐인 구멍가게를 보통 구판장이라고 한다. 무슨 뜻인지는 알 수 없다. 주인 할머니는 낮에도 밤에도 거의 가게에 없다. 다른 사람들은 어떻게 할머니를 찾아내서 물건을 사는지 궁금하다. 물건은 그야말로 꼭 필요한 것들뿐이다. 너무나 필요한 것들이라 값도 정가보다 이삼백 원쯤 비싸다. 금요일 밤 여덟 시, 내가 그동안 관찰한 대로라면 할머니는 가게에 있어야 했다. 그런데 없었다. 불은 꺼져 있고 문은 잠겨 있었다. 실망했지만 한편으로는 마음이 놓였다. 오늘도 착하게 살았구나.

또 다정하게 밤길을 걸어 돌아오는 길.

"엄마, 가게가 망하면 가게에 있는 과자나 그런 건 어떻게 돼?"

"몰라."

"자기가 다 가져?"

"몰라, 왜?"

"자기가 다 갖는 거면 우리도 망한 가게 하나 했으면 좋겠어."

"망한 가게? 푸하하."

가게 주인이 되고 싶은 건 알겠다. 사실 나도 그랬던 것 같다. 하지만 '망한 가게'는 생각도 못 했다. 소주 못 마시게 돼 서운한 대신 실컷 웃었다.

나는 가을이만 할 때 꿈이 만화가였다. 〈미래 소년 코난〉에 깊이 감명을 받아서. 만화와 애니메이션의 차이는 몰랐다. 공책에 칸을 그려 놓고 만화를 그렸다. 〈코난〉 줄거리에 주인공만 여자아이로 바꿔서. 그림 그리기를 참 좋아했지만 잘 그린다는 소리는 한 번도 들어 보지 못해서 결국 포기했던 것 같다.

호떡 포장마차도 하고 싶었다. 엄마가 길거리 음식을 사 먹지 못하게 했고 돈도 없어서 늘 '그림의 호떡'이었다. 가을이가 가게 주인이 되고 싶은 마음과 똑같다. 호떡 포장마차 주인이 되면 특별한 호떡을 팔아서 돈을 많이 벌 생각이었다. 바로 '버터구이 호떡'이다. 식용유로 구운 것보다 훨씬 맛있을 테니까 불티나게 팔릴 거라는 게 내 생각이었다. 괜찮은 생각인데 아쉽다. 혹시 지금은 버터구이 호떡이 있는지 정말 궁금하다.

초등학교 때, 남자아이들의 장래 희망은 대통령 아니면 군인이었고, 여자아이들은 선생님 아니면 간호사였다. 그때는 가장 폼 나는 직업이었나 보다. 장래 희망이 꼭 어떤 직업이어야 하는 건 아닐 텐데. 가끔 현모양처도 있었다. 요즘 아이들은 보통 뭐가 되고 싶어하는지 모르겠다. 공동체 아이들은 농부, 화가, 축구 선수가 되고 싶어한다. 가을이 꿈은 물론 자꾸 바뀔 거다. 나는 가게 주인도 썩 마음에 든다. 안 망하면 더 좋겠지만.

봄이다. 가을이는 2학년 새 학기, 나는 봄 농사가 시작됐다. 학기가 시작되자 가을이 공부에 대한 내 관심은 오히려 줄어들었다. 아예 없어졌다고 해야 하나. 정말 짧은 관심이었다. 여전히 글을 모르지만 조만간 깨치겠지 하고 다시 느긋한 마음이 든다. 가을이 일은 무조건 잘될 거라고 생각하는 게 내 힘이다. 요즘은 더듬더듬 한 글자씩 읽기도 하고 혼자 동화책 보면서 쓰기 연습도 한다. 글씨는 아주 잘 쓴다. 무슨 뜻인지를 몰라서 그렇지. 오전에는 수업하고, 점심 먹고는 진이와 놀고, 저녁 먹은 뒤 만화 영화 보는 하루 일과가 날마다 똑같다. 나는 가을이에게 별 불만이 없다. 거슬리는 것도 없다. 지금 가을이 그대로가 참 좋다. 가끔 혼자 생각한다. '완벽한 딸이야.'

문제는 나다. 봄 농사 들어가면서 다시 전쟁이다. 게으름과의 전쟁. 전에는 내가 게을러빠졌다는 걸 절대 인정하고 싶지 않았다. 공동체에서는 게으르면 아주 힘들다. 그래서 '내가 게으름뱅이라는 걸 적들에게 알리지 않으리라.'는 마음으로 살았다. 이제는 인정한다. 나처럼 게으른 사람을 본 적이 없다. 몸보다 마음이 더 게으르다. 날마다 해야 할 일을 또박또박하는 습관이 안 돼 있다. 일단 미룬다. 그리고 한꺼번에 몰아친다.

지금 개수대에는 설거지가, 빨래통에는 빨래가, 마당에는 고양이와 개들 빈 밥그릇이, 밭에는 매야 하는 풀들이 날 기다린다. 나는 컴퓨터 앞에서 노닥거리거나 춘곤증을 핑계로 이부자리 속에서 뒹굴고 있다. 가을이보다 십 분 먼저 일어나 겨우 도시락을 싸 보내는 게 그나마 규칙적으로 하는 일이다. 밥상은 하루에 한 번만 차린다. 가을이는 아침은 먹지 않고 점심은 도시락이니까 집에서는 저녁만 먹는다. 그 저녁 차리기도 귀찮다. 밭에 시금치도 있고, 냉이도 있고, 쪽파도 있는데 뽑으러 가기도 귀찮다.

또 조상 탓을 하고 싶다. 가을이 외할머니가 살림에 너무 목숨 거는 걸 보고 자라서 역효과가 난 거라고. 엄마는 내가 게으른 건 아버지 쪽 내림이라고 하지만 나는 엄마 탓이라고 우기고 싶다. 내가 하는 건 성에 안 차서 뭐든 엄마가 다 했기 때문이다. 그래서 난 가을이가 이다음에 자라면 아주 부지런하고 깔끔한 사람이 될지도 모른다는 생각도 한다. 가을이가 좀 머리가 커지면 아마도 게을러빠진 엄마를 지겨워할 테니까, 또 역효과가 날 거다. 지금도 보는 눈은 있어서 할머니 집은 깨끗하고 할머니네 반찬은 맛있다는 소리를 가끔 한다. 나중에 가을이에게 구박받지 않으려면 중간이라도 가도록 습관을 들여야 하는데.

먼저 빨래를 해야겠다. 올해도 새해 결심은 빨래 밀리지 않기와 다이어트였는데 역시나 실천을 못 하고 있다. 완벽한 딸에게 부끄럽지 않은 엄마가 되기 위해 일단 빨래를 해야겠다.

동원이 나옹이 키키

가을이와 나는 개 한 마리와 고양이 일곱 마리를 데리고 산다. 변산 운산리에서 가장 잘생긴 우리 개 이름은 '동원'이다. 잘생겼기 때문에 영화배우 강동원 이름을 따서 지었다. 이름 때문에라도 잘생겨야만 하는 개다. 옆집 아저씨 오토바이를 쫓아가며 짖었다는 사소한 죄로 한 달째 묶여 지내고 있다. 마을 사람들은 잘생긴 개가 자유롭게 돌아다니는 것을 좋아하지 않는다. 특히 밭에 작물을 막 심기 시작하는 봄에는. 내가 아무리 조심을 한다 해도 갑자기 튀어나오는 오토바이까지 막아 줄 수는 없다. 오토바이를 보고 쫓아간 개에게는 아무 잘못이 없다. 하지만 오토바이 주인은 그렇게 생각하지 않는다. 망할 오토바이. 오토바이가 죄다.

고양이는 원래 두 마리였다. 작년 이맘때 새끼 고양이 암수 한 쌍을 분양받았다. 가을이가 일 년 전쯤부터 고양이, 고양이 노래를 불렀는데 마침 경임 이모네 고양이가 새끼를 여섯 마리나 낳았다. 아이들은 새끼 고양이에게 반할 수밖에 없다. 귀엽다는 말로는 부족하다. 어른들도 마찬가지다. 동물을 좋아하지 않는 사람도 새끼 고양이를 보면 마음이 흔들릴 거다. 나는 워낙 고양이를 좋아했다. 하지만 두 마리나 기를 마음은 없었다. 개 한 마리도 다양한 사건 사고를 일으키는데다가 식량도 만만치 않게 든다. 가을이가 졸라서가 아니라 내가 잠시 이성을 잃었던 거다.

고양이는 개보다는 신경이 덜 쓰인다. 짖지도 않고 졸졸 따라다니지도 않는다. 오토바이나 자전거에도 관심이 없다. 먹이도 조금만 먹을 줄 알았는데 그건 아니었다. 고양이들을 데려온 지 한 달 만에 동원이는 주식을 유기농 쌀밥에서 개 사료로 바꿔야 했다. 고양이가 개 사료를 잘 먹지 않기 때문에 고양이들에게만 밥을 준다. 처음에는 아주 조그맣고 예뻐서 집 안에서 키웠다. 잘 때도 데리고 잤다. 엄마와 딸이 다 미쳤던 거다. 결국 세탁기도 없는데 이불 빨래를 해야 했다. 마당으로 쫓아냈다. 하지만 여름이라 문을 열어 두었기 때문에 수시로 드나드는 건 어쩔 수 없다.

바깥으로 쫓겨난 고양이들은 쥐를 잡기 시작했다. 고양이니까 당연한 일이다. 칭찬해 줄 일이다. 생쥐를 물고 들어와 이부자리에서 갖고 놀아서 파리채로 때려 쫓았다. 안방에는 못 들어오게 해야 한다고 가을이에게 단단히 일렀다. 고양이에게 뽀뽀하지 말라고 했다.

지난해 여름 어느 날 술을 잔뜩 먹고 다음 날 아침 내내 뻗어 있었다. 점심때가 되어 가을이 밥 차려 줘야 하는데 일어날 수가 없었다. 어디 가서 먹고 오겠지 하고 널브러져 있었다. 가을이가 불렀다.

"엄마, 엄마."

"왜?"

"나 배고파."

"알았어.(다른 날은 남의 집에서 잘도 먹고 오더니.)"

"엄마, 있잖아."

"왜에?"

"나옹이가 쥐 잡아서 지금 부엌에서 먹고 있어."

"뭐라고? 쫓아내야지 뭐 하고 있었어!"

"미안해, 엄마. 나가라도 해도 안 나가."

애꿎은 가을이에게 버럭 화를 내고 부엌으로 나가니 먹긴 거의 다 먹었다. 바닥에는 피가 뚝뚝 떨어져 있고 질질 끌고 다녔는지 핏자국으로 길이 나 있다. 내장으로 보이는 작은 조각 하나만 남기고 깨끗이 다 먹었다. 기가 막혔다. 술 먹고 뻗은 죄가 이렇게 크구나. 깊이깊이 반성했다. 그 뒤로 이틀에 한 번꼴로 고양이들이 쥐를 잡았지만 집 안에서 먹는 일은 없었다. 그날은 나를 벌주려고 그랬나 보다. 대신 툇마루에서 먹는다. 꼭 내장을 한 조각 남긴다. 순대 먹을 때 간 안 먹는 사람처럼 똑같은 부위로. 나도 많이 단련이 되었다. 고양이가 쥐를 먹고 있으면 한마디 한다.

"골고루 먹어야지."

가을이는 기다리고 나는 두려워하던 일이 결국 일어나고 말았다. 고양이가 새끼를 가졌다. 지난 2월 비가 부슬부슬 오는 날 고양이 두 마리가 온종일 울어 댔다. 사람들이 고양이를 싫어하는 까닭으로 꼽는 바로 그 소리다. 어린애가 숨넘어가게 우는 소리 같기도 하고 목이 잔뜩 쉰 사람이 중얼중얼하는 소리 같기도 하고 한 가지가 아니다. 한 사나흘 동안 하루 종일 그렇게 울어 댔다. 동네 사람들이 쫓아와서 항의할까 봐 무서웠다. 사나운 개에다가 고양이까지 키워서 이웃에게 피해를 준다고 동네에서 쫓겨날까 봐 말이다.

그리고 곧 키키 배가 불러 왔다. 나는 걱정하고, 가을이는 기뻐했다. 동네 꼬마들 사이에서 가을이 위신이 높아졌다. 다섯 마리는 벌써 분양 예약이 끝났다. 딱 다섯 마리만 낳으라고 빌었다. 고양이 배가 땅에 질질 끌릴 정도로 커졌다. "이모, 키키 새끼 언제 낳아?" 꼬마들이 볼 때마다 물었다. 내 걱정은 고양이가 일 년에 두 번씩 발정하고 임신한다는 것이다. 이번 한 번으로 끝나는 게 아니다. 가을이는 귀여운 새끼 고양이를 남에게 다 줘야 한다는 게 아쉬울 뿐이다. 남는 고양이가 있으면 한 마리만 키우자고 졸랐지만 어림도 없는 일이다.

드디어 그날이 왔다. 그날도 비가 왔다. 아침에 고양이가 보통 때와 다른 소리로 울어 댔다. 뒤꼍에 항아리 안에서. 딱 보니 낳았구나 싶었다. 집 안으로 옮겨야겠다는 생각이 들었다. 날씨도 쌀쌀하고 수놈이 해코지를 할지도 모르니까. 그런데 몹시 잘못된 생각이었다. 상자에 헌 잠바를 깔고 어미를 담고 새끼들을 담으려고 했는데 새끼가 한 마리뿐이었다. "키키, 너 한 마리만 낳았니?" 대답이 없다. "나머지 새끼들은 다 잡아먹었니?" 역시 대답 안 한다. 일단 방으로 옮겼다. 윗목에 상자를 두었더니 새끼를 물고 이부자리로 파고들었다. 그래, 봐준다. 산모니까. 아무래도 이상하다. 새끼를 한 마리만 낳는 고양이는 듣도 보도 못했다. 배는 아직도 불룩하다. 뭐 사람도 아기 낳자마자 배가 쑥 들어가는 건 아니니까. 하지만 고양이는 사람이 아니다. 결론은 새끼를 아직 다 낳지 않은 것이다. 그리고 나머지 새끼들은 우리 이부자리에서 낳기로 고양이가 마음먹었다는 것이다.

두 번째 새끼를 낳기까지 열 시간쯤 걸렸다. 고양이도 진통을 한다. 숨을 가쁘게 몰아쉬고 배가 단단하게 뭉치고 입을 딱 벌리고 혓바닥을 바르르 떤다. 한차례 그러고 나면 축 늘어져서 쉰다. 그러고는 또 숨이 가빠지고, 새끼 머리가 보일락 말락 하고 온몸에 힘이 들어가는데 안 나오고, 또 힘주고. 고양이 앞발을 잡아 주고 배를 문지르며 같이 힘주다가 가끔 나와서 담배도 피웠다. 남편이 할 일을 내가 다 했다. 한숨이 난다. 이불은 어떡하나. 그날 저녁 안방 이부자리에서는 고양이가 진통을 하고 부엌방에서 가을이와 둘이 통닭을 시켜 먹었다. 오늘 같은 날 우리가 어떻게 밥을 해 먹을 수 있겠냐 했더니 가을이도 정말 그렇다고 했다. 두 번째 새끼를 낳고 한 시간 안에 세 마리를 더 낳았다. 다섯 마리다. 그날 밤 고양이는 우리 이부자리에서 하나뿐인 솜이불을 깔고 새끼 다섯 마리를 품고 잤다. 가을이와 나는 윗목에 얇은 요를 몇 장 겹쳐 깔고 잤다.

벌써 한 달이 지났다. 솜이불은 고양이에게 주었다. 어차피 다음에 또 써야 하니까. 새끼들은 역시나 귀엽다. 하지만 난 어서 빨리 자라서 분양할 날만 기다린다. 다음에는 제대로 할 거다. 절대 집 안에 들이지 않겠다.

나만 잘하면 우린 걱정 없다

사흘 동안 모를 심었다. 모내기는 힘든 일이지만 잔치이기도 하다. 사람도 많고 술과 먹을 것도 많다. 잔치가 끝나고 밭에 가 보니 풀밭이었다. 옥수수 천 주가 풀과 함께 무럭무럭 크고 있었다. 서리태 모종을 옮겨 심을 때가 되었다. 천이백오십 주다. 마늘을 캐서 장아찌를 담아야 한다. 옥수수 웃거름도 줘야 했다. 그리고 그리고 풀을 뽑아야 했다. 온 사방이 풀이다.

두 주 동안 나답지 않게 정말 열심히 일했다. 마늘을 캐고, 장아찌 담고, 서리태를 옮겨 심고 물을 주고, 양파를 뽑고, 옥수수 밭을 죽도록 매고 있다. 빨래는 밀리고 집은 더럽고 가을이는 챙기지 못한다. 아침에 겨우 도시락 싸서 학교 보내고 저녁엔 밥해 먹기가 힘이 들어서 라면도 사다 먹고 고추장에만 비벼서 먹고 짜장면도 먹으러 가고 치킨도 한 번 시켜 먹었다. 가을이는 은근히 좋아하는 것 같았지만 난 별로다. 먹고살기가 참 힘들다. 밥해 먹고 살기가 힘들다. 반찬해서 밥 먹고 설거지하고 집 안 치우고 빨래하고 아이 챙기고 이런 일이 가장 힘들다. 누가 좀 해 줬으면 좋겠다.

내가 아침에 조금만 더 일찍 일어나서 집안일을 해 놓고, 저녁에 술 먹고 영화 보지 말고 이것저것 하면 된다. 여름에 하루 종일 밭일하는 것은 힘들지 않다. 하지만 새벽부터 밤까지 그렇게 일만 열심히 한다면 그게 나야? 난 언제 놀라고? 일거리가 있어도 다급하지 않으면 일단 미뤄 놓고 노닥거리는 게 내가 그동안 살아오며 들인 습관인데 그걸 바꿔야 하나? 바꿀 수 있을까?

올해 나는 나름대로 큰 결심을 했다. 지난해 여름에는 밭을 한차례 매 놓고 집에서 하염없이 노닥거리며 폐인 생활을 했다. 올해는 그러지 않겠다고 다짐했다. 그래서 밭을 갈지 않았다. 밭을 매 가면서 옥수수와 콩을 심었다. 정신없이 풀이 돋아날 거다. 이제 시작이고 난 올해는 놀 틈이 없을 거다.

하지만 가을이 생각을 못했다. 난 일이 바쁘면 가을이를 잊어버린다. 아침에 한 번 보고 저녁에 한 번 보는데 몸도 마음도 지쳤을 땐 반갑지도 않다. 저녁을 먹으면서도 말을 하지 않는다. 하루에 가을이와 열 마디도 안 한다. 이빨 닦으라고 잔소리도 안 한다. 책도 읽어 주지 않는다. 가을이가 먼저 잠이 들고 나도 자려고 옆에 누우면 그때서야 애틋한 마음이 든다. 말랑말랑하고 따뜻한 배를 만지면서 "나 너 되게 좋아하는데. 자기야, 사랑해." 중얼거리다 잠이 든다. 가을이 배는 잠잘 때 만지기 딱 좋다. 잠이 잘 온다.

가을이는 낮 동안 뭘 하며 지낼까. 가을이는 아침에 혼자 옷을 입고 가방을 챙기고 머리를 빗고 학교에 간다. 해 질 무렵이면 나를 데리러 밭으로 온다. 얼굴은 새카맣고 팔다리도 새카맣다. 씻으라고 하기 전에는 절대 씻지 않는다. 머리도 이젠 묶지 않는다. 서울에 살 때 지하철에서 가끔 보았던 껌 파는 아이 같다. "죄송합니다. 껌 하나 팔아 주세요." 노래하듯 말하며 다니던 아이 말이다. 우리 엄마가 이 모양을 보셨다면 할 말이 없을 거다. 안 보니 다행이다.

하지만 난 가을이가 행복해 보인다. 너 행복하냐고 물어본 적은 없지만, 내 어릴 적보다 행복해 보인다. 주눅 들지 않고 당당하고 야무져 보인다. '내가 신경 써 주지 못해도 어쨌건 잘 지내잖아?' 하고 넘어가려는 건 아니다. 난 가을이만 할 때 정말 안 행복했다. 옷도 깨끗이 입고 머리도 단정하게 묶고 늘 챙겨 주는 엄마가 있고 부모가 이혼한 것도 아니고 학교에선 공부도 잘했지만 행복하지 않았다. 사실은 아주 불행하다고 느꼈다. 어린아이도 그런 생각을 한다.

왜 그랬는지 생각해 보면 여러 가지 이유가 떠오르지만 큰 건 두 가지다. 하나는 부모님이 행복하게 살고 있지 않았던 것, 다른 하나는 학교가 너무 싫고 무서웠던 것. 그리고 하나 더 들자면 이런 이야기를 누구에게도 할 수 없었던 것이다.

내 초등학교 1학년 때 담임은 나이가 지긋한 여선생이었다. 차마 '님' 자를 붙일 수가 없다. 나는 애들이 교탁 앞으로 불려 나가 대걸레 자루로 '빠따'를 맞는 걸 보고 완전히 얼어 버렸다. 무슨 잘못을 했는지 기억도 안 나지만. 숙제를 안 해 오면 이마에 빨간 도장을 찍어 주었다. '참 잘했어요'라고 새겨져 있는 그 도장을. 난 숙제를 해 오고도 겁을 먹고 미처 꺼내질 못해서 도장 찍힌 적이 있다. 일 년 내내 그랬다. 남이 맞는 걸 자꾸 보다 보면 보는 사람도 이상해진다.

2학년 때 담임은 마흔 살쯤 된 남자 선생이었는데 '미친 사람'이라고 하면 정말 미친 사람들에게 모욕이 될 것 같다. 그냥 나쁜 사람이라고 하는 게 낫겠다. 그 선생은 지금 생각하면 고문 기술자였다. 정말 다양한 방법으로 아이들을 때렸다. 대걸레 자루는 차라리 점잖은 편이었다. 늘 도맡아 맞는 아이들이 있고, 가끔 재수 없이 걸려서 당하는 아이들이 있고, 절대로 맞지 않는 아이들이 있었는데 부모의 사는 형편과 아이 성적, 선생에 대한 성의 표시 정도에 따라 나뉘었다. 수업 시간에 떠들었다고 두 아이를 불러 놓고 마주 보고 뺨을 때리게 했다. 구구단을 못 외운다고 앞으로 불러내 한 줄로 길게 앉혀 놓고 끝에 앉은 아이를 걷어차서 도미노 게임을 했다. 구구단은 계속 외우게 하고서.

그런 걸 날마다 보면서 나는 살짝 맛이 가 버렸다. 내가 초능력자일지도 모른다는 생각을 했다. 가끔 자기가 슈퍼맨이나 독수리 오형제라고 믿고 옥상에서 뛰어내리는 아이들처럼. 내 초능력은 일종의 염력인데 내가 뭔가를 집중해서 생각하고 강하게 원하면 다른 사람 마음을 움직여서 그게 이루어지는 거다. 내가 선생을 노려보며 '너는 나를 절대 못 때려.' 하고 마음속으로 말하면 때리려다가도 손이 내려가는 거다. 생각만 하고 시도는 하지 말았어야 했는데.

나는 일기장에 이름을 쓰지 않았다는 정말 하찮은 이유로, 선생을 상대로 초능력을 실험하다가 무참히 맞았다. 일기장을 한 손에 들고 "이거 누구 거야, 나와." 하는 선생과 맨 앞자리에 앉아서 선생을 죽기 살기로 노려보던 여덟 살짜리 꼬맹이 모습이 그려진다. 나는 그때 평생 쓸 담력을 다 써 버리고 겁쟁이가 되었다.

행복해지려면 습관을 잘 들여야 한다고 생각한다. 설거지 바로바로 하고 빨래 밀리지 말고 술 잔뜩 먹고 뻗지 말고. 그럼 일하고 지쳐 집에 돌아와도 마음이 무겁지 않겠지. 그래서 내가 조금 더 행복해지면 가을이도 더 행복해질 거다. 가을이는 내가 다녔던 학교를 다니지 않기 때문에 초능력 따위는 없어도 된다. 그래서 난 가을이 일은 항상 마음을 놓고 산다. 나만 잘하면 우린 걱정 없다.

반성하는 날

비가 주룩주룩 온다. 외출해야 하는데 우산이 없다. 어제 아침 설거지 거리가 개수대에 쌓여 있다. 가을이도 나도 아침밥을 안 먹었다. 가을이는 밥도 안 먹고 놀러 나가 버렸다. 사료가 떨어져서 개와 고양이들이 아침을 굶었다. 개는 조용한데 고양이들이 울어 대고 난리다. 오늘은 총체적으로 망한 날이다.

며칠 전부터 조짐이 좋지 않았다. 일주일 안에 밭을 다 매기로 결심하고 맹렬하게 일하려고 했는데, 결심한 다음 날부터 비가 오기 시작했다. 그래, 우리 나라엔 장마철이란 게 있지. 비가 일주일째 오고 있다. 그리고 그것이 왔다. 이젠 입에 올리기도 지긋지긋한 게으름 병이. 비는 오지요, 바람은 불지요, 밭일은 못하지요. 그럼 집 안도 좀 치우고 파리도 잡고 맛있는 것도 좀 해서 애도 먹이고 나도 먹고, 책도 읽고 영화도 보며 날이 개길 기다리면 좀 좋을까.

나는 이렇게 프로그램이 돼 있다. 비 오네. 심심하다. 술 먹자. 어, 개었네? 일할까? 귀찮다. 자자. 또 비가 오네. 잠깐 개었을 때 마당 풀이라도 뽑을걸. 집은 왜 이렇게 더러워? 파리는 왜 이렇게 많아? 에라, 모르겠다, 다 귀찮다. 술 먹자. 이렇게 일주일을 보냈다.

그리고 어제, 논에 웃거름을 뿌렸다. 힘들었다. 힘든 일을 했으니까 막걸리를 먹어야겠다고 생각했다. 막걸리 사 들고 마루네 집에 갔다. 오후부터 비가 온다고 해서 마루 엄마가 옥수수 밭을 열심히 매고 있길래 함께 맸다. 옥수수 밭을 다 매고 함께 막걸리를 마시며 이런저런 얘기를 했다. 여기까지는 참 좋았다. 그런데 또 비가 오는 거다. 그래서 막걸리를 계속 먹었다. 점심도 거르고 마구 먹었다. 결국 완전히 취해서 택시를 타고 집에 왔다.

가을이에게 저녁마다 '고양이 책'(언니가 보내 준 《날고양이들》이란 책인데 가을이는 이렇게 부른다.)을 읽어 주기로 했는데 약속을 어겼다. 가을이가 오랜만에 엉엉 울었다. 빨리 밥 먹이고 자고 싶은 마음뿐이었다. 조기를 구워서 밥과 김치와 차려 주었는데, 밥도 먹기 싫고 자기도 싫다고 버텼다. 어르고 달래고 협박해서 겨우 불 끄고 누운 게 저녁 여덟 시쯤이었나. 오늘 아침 일곱 시까지 허리가 부러지도록 잤다. 술은 깼지만, 늘 그렇듯이 완전히 취한 다음 날은 하늘 보기가 창피하다. 해가 안 떠서 다행이다. 가을이는 어제 저녁도 굶고 아침도 굶고 점심 도시락도 안 가지고 나가 버렸다. 방학을 했지만 도시락은 날마다 싸 줘야 한다. 점심 먹으러 집에 들어오지 않으니까. 내가 생각해도 너무한다 싶었다.

오늘 아침 가을이 나갈 때, "자기야, 미안해." 하고 말했다. 다른 할 말이 없다. 가을이는 너그럽게도 "괜찮아, 엄마. 오늘 돼지고기 사 와." 했다. 돼지고기 사 와야지, 꼭.

요즘 자꾸 《어린 왕자》가 생각난다. '어린 왕자' 하면 여우와 장미꽃이 떠오르는 게 보통일 거다. 왜 그런 공식이 생겼는지는 모르겠지만 정답 같은 거다. 하지만 난 어릴 때 코끼리와 보아 뱀이 가장 인상적이었고 어른이 되어서는 늘 술고래의 별이 생각난다. 절절하게 공감하니까.

"술을 왜 마셔요?"

"잊어버리려고."

"뭘 잊어버려요?"

"부끄러운 걸."

"뭐가 부끄러운데요?"

"술 마시는 것."

한마디로 지금 몹시 부끄럽다는 거다. 반성문을 쓰고 있는 거다. 하지만 너무나 자주 하는 반성이라 여기까지만 해야겠다. 반성한 뒤에는 습관적으로 변명을 하게 되니까. 이 창피함을 잊기 위해 오늘 밤 또 한잔을? 그러다가는 정말 다른 별로 가게 될 것 같다. 그것만은 안 하겠다고 다짐하는 걸로 반성을 마친다.

걱정이 있다. 하나는 내가 정말로 아이를 제대로 못 돌보는 형편없는 엄마로 도장이 꽝 찍혀서 결국 엄마 자격이 상실 또는 박탈되는 것. 가끔 아슬아슬한 경계에 있다고 느낄 때가 있다. 그런 일 없게 하려면 개과천선하거나 철저하게 아닌 척해야 한다. 이런 반성문은 내게 도움이 안 된다. 또 하나는 가을이가 나 때문에 몸도 마음도 건강하지 못하게 되지나 않을까, 하는 거다. 반성 그만하기로 했는데 오늘은 반성의 날인가 보다.

가을이가 좀처럼 키가 안 크는 게 걱정이다. 한 살 아래 진이와 키 차이가 점점 벌어지고 있다. 바쁘게 일할 때는 힘들다고, 놀 때는 귀찮다고 반찬을 신경 써 주지 않아서 그런 게 아닐까. 편식하는 습관이 좀처럼 고쳐지지 않아서 걱정이다. 가을이가 먹지 않는다고 나도 채소 반찬을 안 하게 돼서 우리 밥상은 그야말로 빈약하다. 시골에서 살면서 고양이처럼 먹고 있다. 둘이 오붓하게 밥 먹는 일도 별로 없다. 그냥 때우는 식이다. 나도 그렇게 먹는다. 변산공동체에서 몇 년 동안 부엌 살림도 해 보고 내가 이만하면 꽤 잘한다고 자신감을 가진 적도 있는데 물거품이다. 슬금 슬금 사다 먹는 게 늘어나고 심심하면 외식이다. 기껏 뭘 만든다는 건 다 술안주다. 가을이는 배가 고프다거나 뭘 먹고 싶다는 말을 거의 안 한다. 아침은 늘 안 먹고 점심 도시락도 남겨 오기 일쑤고 저녁에도 한 그릇을 다 비우는 날이 거의 없다. 그런데도 만져 보면 살집은 꽤 있는 편이다. 못 먹어서 부황이 든 건 아니겠지?

키가 자라지 않는 것도 걱정이지만 마음도 자꾸 움츠러드는 건 아닌지. 내가 좀 규칙적으로 살고 있을 때는 가을이와 사이가 좋은데, 요즘처럼 폐인처럼 살 때는 자꾸 짜증을 부리게 돼서 애가 늘 쫄아 있다. 평범한 가정, 정상적인 엄마가 아니라는 걸 가을이도 이제 알 나이가 되었다. '평범하고 정상적인 것' 따위에 주눅 들지 않고 내 맘대로 살겠다고 생각했지만 자꾸 뭔가를 잘못하고 있다는 생각이 든다. 뭔가는 뭔가. 생활이 엉망인 거지. 나만 괜찮으면 괜찮다고 허세를 부렸지만 하나도 괜찮지 않잖아. 아무래도 오늘 반성이 너무 심하다. 자꾸 우울해지려고 한다. 실컷 반성을 했으니 '다음부터 잘하겠습니다.'로 끝을 맺어야겠지만 그거야말로 하나 마나 한 이야기다.

저녁엔 돼지고기 볶아서 반찬 해 줘야지. 그리고 '고양이 책'을 꼭 읽어줘야겠다. 그리고 또 혼잣말하겠지. "잘살아야 돼." 하고. 그다음엔 나도 모르겠다. 다른 별로 가는 건 정말 싫다.

날쌔고 용감한 딸이 갖고 싶다

가을이는 개학을 했고 나는 방학을 했다. 여름일은 대충 마무리가 되었고, 가을 작물을 심기까지 아직 시간이 좀 있다. 부지런한 사람이라면 안팎으로 찾아서 할 일이 한두 가지가 아니겠지만 난 그런 사람이 아니니까. 휴가다 생각하고 마음 편히 논다. 신기하게도 마음이 편하다. 지난 해까지만 해도 집에서 놀고 있으면 불안하고 죄책감을 느꼈는데, 이제 단련이 됐나 보다. 어차피 내가 할 일, 놀다가 몰아쳐서 하든 날마다 착실하게 하든 내 맘이잖아? 후회를 해도 내가 하는 거고.

생각해 보면 초등학교 6년, 중고등학교 6년 합해 12년을 땡땡이 한 번 안 치고 다녔다. 중학교 때는 밤 열 시까지 '야자'를 했고, 고등학교 때는 열두 시까지 했다. 일요일에도 학교에 나가 공부를 했고 방학 때도 '보충' 하고 '야자' 하며 보냈다. 놀아 본 적도 없고 놀고 싶지도 않았고 놀 줄도 몰랐다. 그랬으니까 이제 좀 놀아도 된다는 소리는 아니다.

어느 날 내가 집에서 놀다가 심심해서 자전거를 타고 무작정 나섰는데 문득 든 생각이 있다. 혼잣말로 "오늘도 땡땡이구나." 하고 중얼거리다가, "가만, 나 이제 학생도 아닌데 왜 땡땡이야? 그냥 쉬는 거지." 했다. 뭔가 크게 깨달은 기분이다. 그래, 내가 그동안 놀면서도 놀면 안 되는데 하고 죽는 소리하고 자책하고 반성하고 반성 기념으로 술 마시고 했던 게 아직도 내가 '고삐리 마인드'에서 벗어나지 못해서가 아닐까? 반드시 해야 할 일을 다 작파하고 노는 것도 아닌데, 내가 어른이고 가장이고 사장인데 내가 쉬고 싶으면 쉬는 거다. 이건 땡땡이가 아니고 휴가다.

가을이는 지난 학기와 비슷하다. 여덟 시 사십 분쯤 일어나 아침은 안 먹고 학교에 간다. 열두 시쯤 집에 와서 가방만 놓고 다시 나가서 놀다가 다섯 시 반쯤 돌아온다. 해가 짧아져서 집에 오는 시간이 빨라졌다. 음악, 수학, 역사, 국어, 벌 기르기, 바느질, 풍물, 과학, 미술, 노작 수업이 있다. 국어 수업은 내가 하는데, 국어라기보다는 '도서관에서 놀기'다. 학부모들이 한 과목씩을 맡고 있고 일주일에 두 시간 이상 하는 수업은 없다. 노작을 하는 날 외에는 오후에는 거의 논다. 가을이가 특별히 좋아하는 과목이 있는지는 잘 모르겠다. 물어본 적은 없지만 미술과 바느질은 좋아할 것 같다. 손재주가 있는 편이다.

그리고 드디어 글을 깨쳤다. 일 년 반 만에. 방학 때 함께 어디를 가면 간판 글씨를 꽤 잘 맞춘다 싶더니 이제 눈이 트인 것 같다. 학교에서도 집에서도 글자 공부를 시키지 않았을 때, 아이가 글을 깨치는데 어느 정도 시간이 걸릴까 궁금했는데 사례 하나가 나온 셈이다. 마음이 놓인다. 내 생각이지만 가을이가 머리가 뛰어난 아이는 아니니까, 평범한 아이도 보통 일 년 반이면 글을 스스로 깨친다고 볼 수 있지 않을까? 저녁 때 집에서 디브이디(DVD)로 뭘 보지 않을 때면 가을이는 그림을 그린다. 가끔 책을 보기도 하는데 아직 혼자 술술 읽지 못하기 때문인지 자주 보지는 않는다. 내가 좀 읽어 주면 좋겠지만 안 한다. 가을이도 이젠 바라지 않는 것 같다.

가을이가 그림을 잘 그린다는 소리를 다른 사람들에게 몇 번 들었는데 사실 난 잘 모르겠다. 가을이가 그리는 건 그저 공주 그림이다. 눈이 엄청 크고 눈 속에 별이 들어 있는 공주. 여자아이들은 왜 이 나이에 늘 이런 그림을 그릴까? 안 그리는 아이도 있는지 궁금하다.

여름방학이 끝나기 조금 전에 가을이와 함께 '벽화 그리기' 아르바이트를 했다. 물론 내가 한 거고 가을이는 나를 따라다닌 거지만. 농협 창고 문짝에 그림 그리는 일이다. 아는 언니가 그림을 그리는데 그 일을 맡았다. 밑그림을 그리고 색깔을 정해 주면 나는 그대로 칠하기만 하면 된다. 그림이 크기 때문에 꼼꼼하게 할 필요가 없고 까다로운 건 화가가 알아서 하니까 내가 할 일은 공간 채우기다. 가을이도 처음엔 좀 칠하다가 곧 지루해졌는지 그만두고, 그 대신 잔심부름을 하면서 조수 노릇은 톡톡히 했다. 물도 떠오고 붓도 빨아 오고 물감 접시도 옮겨 주고. 할 일이 없으면 혼자 그림을 그리며 사흘 동안 나를 따라다녔다. 가을이의 진짜 재능이나 특기는 진득함이 아닐까 싶다. 지루하면 오지 않아도 된다고 했는데, 굳이 따라다니며 하루 여덟 시간이 넘게 밖에서 시간을 보낸 거다. 정말로 내 딸에게 감탄했다.

나는 재주가 없는 아이였다. 미술도, 음악도, 물론 체육도. 그림 그리는 걸 좋아했지만 상 한 번 타 본 적이 없다. 피아노를 배우고 싶었지만 학원에 보내 주지 않았다. 체육은 정말 못했다. 초등학교 1학년 통지표에는 50미터를 30초에 뛰었다고 적혀 있다. 걸어간 거나 다름없다. 공부는 잘했지만 머리는 별로라는 걸 스스로 인정한다. 가을이는 학교에서 뭐든 좀 하기만 하면 진심으로 감탄하고 칭찬해 주는 사람들에 둘러싸여 있는 것 같다. 그림 잘 그린다는 소린 많이 들었고, 심지어 음감이 있다는 말도 들었다. 내가 보기엔 음악 쪽은 정말 아닌 것 같은데. 하지만 공동체 학교를 몇 년 더 다니면 악기 한두 가지는 다룰 수 있을 것 같다. 공동체 학교는 농담 삼아 '예술학교'라고 할 만큼 음악을 좋아하고 재주 있는 사람들이 워낙 많고 음악 수업이 충실하다. 악기도 종류별로 다 있다. 보고 듣는 것만으로도 음치는 면할 거다. 뭐든 아주 뛰어난 재능 같은 건 없어도 좋다. 좋아하고 즐기면 그걸로 되는 거니까. 시험을 보는 것도 아니고 남과 비교당하지도 않는다. 칭찬을 받아 자신감을 갖게 되면 더 좋다. 나도 어릴 때 잘한다는 소리 좀 들었더라면 지금 뭔가 한 가지는 잘하는 게 있지 않을까?

엉뚱하지만 나는 가을이가 무술을 배웠으면 좋겠다. 검도 같은 것. 호신술도 되고 폼도 나는 걸로. 방학 때 〈일지매〉에 빠져서 그런 것도 있지만 전부터 나는 날쌔고 용감한 딸이 갖고 싶었다. 내가 가장 아쉬워하는 거다. 어릴 때 몸 바쳐 즐겁게 노는 법 못 배운 것. 운동 젬병, 몸치는 내 대로 끝내고 싶다. 방학 내내 가을이에게 무술을 배우라고 졸라 댔다. 가을이는 그저 꼼지락꼼지락 방 안에서 노는 걸 좋아한다. 내가 그러니 탓할 수 없지만 나처럼 될까 걱정이다. 날마다 졸랐더니 가을이가 무술을 배워 일지매처럼 되겠노라고 약속을 하긴 했는데, 사부가 없다. 하지만 그건 걱정 안 한다. 아직 시간이 많으니까. 마음만 있으면 사부는 언젠가 나타날 거다.

학부모 노릇

가을 운동회를 했다. 변산공동체학교 초등, 중등학생들과 학부모, 공동체 식구들, 놀이방 아이들과 부모들, 그 밖에 놀러 온 사람들이 함께했다. 홍팀, 백팀으로 나누어 모두가 적어도 한 경기 이상은 참가해야 했다. 경기 종목은 단체 줄넘기, 2인 3각 과자 따 먹기, 신발 날리기, 이어달리기, 백 미터 달리기, 피구, 축구, 마라톤, 줄다리기다. 우승팀 상품은 과자, 2등 팀(진 팀) 상품도 과자였다. 가을이는 거의 모든 종목에 다 참가하기는 했는데 눈에 띄게 굼뜬 것이 내 어릴 적을 절로 생각나게 했다.

가을이는 운동회가 싫다고 한다. 나도 어릴 때부터 운동회가 싫었다. 운동회보다 더 싫은 건 운동회 연습이었다. 운동회는 하루만 괴로우면 되지만 연습은 보름을 해야 했다. 초가을 땡볕에서 매스게임인지 체조인지 지금은 이름도 기억 안 나는 걸 몇 날 며칠 연습해야 했다. 운동회 날은 하루 종일 이리저리 끌려 다니고, 기다리고, 뛰라면 뛰었는데 공책 한 권, 연필 한 자루 받아 본 적이 없다. 학교 지을 때 구렁이를 잡으면 운동회 날 비가 내린다는데 우리 학교는 구렁이도 한 마리 안 잡았나, 왜 그렇게 날씨가 좋던지 머리가 익을 지경이었다.

운동회에 얽힌 안 좋은 기억이 두 가지 있다. 유난히 안 좋아서 오래오래 기억나는 일이다. 둘 다 그 매스게임인지 체조인지 이름이 기억 안 나는 뭔가를 하다가 생긴 일이다.

첫 번째는 초등학교 1학년 때다. 공을 가지고 그 '뭔가'를 했다. 편의상 공체조라고 하겠다. 공은 물놀이할 때 쓰는 비닐 공이었다. 다른 아이들은 거의 다 똑같은 공을 샀다. 세로로 알록달록한 줄이 있는 가장 흔한 물놀이 공이었다. 나는 집에 있던 공을 가져갔는데 크기도 좀 크고 완전히 동그랗지도 않고 무엇보다 색깔이 너무 튀었다. 진한 수박색 바탕에 참외, 딸기, 포도, 사과, 바나나가 환하게 웃는 그림이 그려진, 꼭 과일 가게 간판 같은 공이었다. 다른 애들도 뭐라 하고 선생님도 다른 공은 없냐고 해서 엄마한테 새 걸로 하나 사 달라고 했지만 사 주지 않았다. 집에 있는 걸 두고 뭐하러 사냐고. 결국 그걸 갖고 연습을 했는데, 운동회 며칠 전부터 그 '과일나라'가 바람이 새기 시작했다. 그때 말했으면 사 줬을지도 모르는데 말을 안 했다. 시간이 갈수록 바람이 점점 빨리 빠졌다. 결국 운동회 날 맨 앞줄에 서서 쪼그라들어 가는 공을 들고 망할 놈의 공체조인지 뭔지를 했다. 다 끝났을 때는 바람이 완전히 빠져 있었다. 꽤 오랫동안 새 공을 사서 다시 하는 꿈을 꾸었다. 한 3, 4년쯤 꾼 것 같다.

두 번째는 초등학교 5학년 때. 플라스틱 대롱 여러 개를 붙여 만든 큰 배 모형을 들고 다니면서 하는 '뭔가'였다. 담당 선생이 성격이 아주 사나웠다. 빠따를 맞아 가며 연습했다. 머리가 좀 컸을 때라 '누구를 위해 이 지랄을 하고 있나.' 하는 생각이 절로 들었다. 날은 덥고, 선생의 신경질은 더해만 가고 아이들은 지쳐 있던 어느 날, 내 오른손 셋째 손가락이 대롱과 대롱 사이에 끼었다. 끼어서 눌린 채로 아이들이 배를 잡고 돌았다. 나도 소리를 지르며 같이 돌았다. 소리를 너무 크게 질렀나 보다. 조회대 위에 서 있던 선생이 뛰어 내려와서 다짜고짜 들고 있던 몽둥이로 나를 패기 시작했다. 손가락이 끼인 채로 맞았다. 선생이 나를 왜 때렸는지 나는 정말 몰랐다. 선생은 알았을까. 다 맞고 나서 겨우 손가락을 뺄 수 있었다. 선생은 나한테 "괜찮냐."라든가 "그만 하고 양호실에 가라." 하는 말은 하지 않았다. 물론 미안하다는 말도 하지 않았다. 그때 생손앓이를 해서 죽은 손톱이 붙어 있는 채로 새 손톱이 나는 신기한 구경을 하긴 했다.

이번 공동체 학교 가을 운동회는 아이들이 꽤 즐거워했다. 나도 별 부담 없이 하루를 보냈다. 전날 밤 잠을 설쳐서 좀 괴롭긴 했지만, 몇몇 종목에 참가해서 학부모로서 해야 할 일은 했다. 그런데 가을이는 별로 안 즐거워했다. 뭐 하라고 시키는 게 가장 싫단다. 역시 내 딸답다. 나는 마라톤에 참가해서 여자 3등을 했다. 초중고 12년 동안 열두 번 운동회를 했지만 등수에 든 적은 한 번도 없었는데 말이다. 당연히 상품이 있을 줄 알았는데 없었다. 어쨌든 태어나 처음으로 상을 탄 기쁨에, 어쩐지 나는 달리기가 적성에 맞는 것 같고, 앞으로 운동을 하나 한다면 달리기를 해야겠다는 생각까지 했다. 이튿날부터 다리가 아파 앉고 일어설 때마다 뭘 붙잡아야 해서 그 생각은 바로 버렸지만.

가을걷이 마무리할 일이 쌓여 있는데 운동회가 끝난 뒤로 일주일을 꼬박 앓았다. 기침도 없고 머리만 지독하게 아픈 몸살감기였다. 계속 누워만 있다 보니 새벽에 허리가 너무 아파서 소리 내 울었다. 한참 울다가 가을이를 보니 등 돌리고 누워서 쫄쫄 울고 있다. 모녀가 쌍으로 불쌍해지는 순간이다. 가을이 두고 일찍 죽지 않으려면 건강을 챙겨야겠다는 생각을 처음으로 했다.

하루 오만 원, 내 평생 최고의 품삯

가을일을 마무리하지 못한 채 겨울이 되었다. 거둬들인 콩과 팥을 털지 못했고 김장도 못 했다. 김장은 내게 큰 걱정거리는 아니다. 많이 하지 않기 때문이기도 하고 원래 집안일은 별로 걱정을 안 하는 편이다. 털지 못한 콩과 팥이 큰 걱정거리인데, 날씨가 좋으면 다른 일거리가 생기고 일이 없을 때는 비가 와서 콩이 눅눅해져 털지 못했다. 가을이가 다니는 공동체 학교도 이제 겨울방학을 했고, 날이 더 추워지기 전에 얼른 마무리해야지. 마음이 바쁘다.

일이 이렇게 늦어진 데는 까닭이 있다. 11월에 일을 거의 못 했다. 일주일쯤 몹시 아팠고 몸이 낫고 나서는 곧바로 부업을 했다. 지난해부터 변산에서 유기농으로 농사짓는 사람들이 모여 김장 절임 배추를 만들어 파는 일을 시작했다. 9일 동안 거기서 일을 했다. 하루 열 시간, 품삯은 오만 원이다. 짧은 기간 일하고 나름으로 목돈을 벌 수 있어서 몇 달 전부터 하기로 마음을 먹고 있었다. 그전에 내 일을 대충 마무리할 생각이었는데 몸이 아파서 미룰 수밖에 없었다.

감기인 것 같기는 한데 기침이나 콧물은 나지 않고 열이 나고 머리가 지독하게 아팠다. 한 사흘은 꼼짝 못하고 누워서 앓았다. 엄마가 전화를 했는데 아프다고 했더니 당장 '신종플루'가 아니냐고 한다. 이름이 뭐든 무슨 상관이냐 싶었지만 일단 인터넷으로 신종플루를 검색해 보았다. 내 증상은 아닌 것 같아 마음 놓고 다시 앓아누웠다. 이번 감기만 나으면 정말 착하게 살겠다, 술도 조금만 마시고 가을이한테 신경질도 안 부리고 주경야독하며 건전하게 살겠다고 다짐까지 했다. 정말 되게 아프긴 했나 보다. 웬만하면 못 지킬 다짐은 안 하는 편인데.

감기 때문에 병원에 간 건 한 십 년 만인 것 같다. 나흘째 되던 날, 자전거 타고 병원에 갔다. 주사를 맞고 약도 탔다. 의사가 약을 하루치밖에 안 지어 줬다. 증상을 좀 두고 봐야 하니 다음 날 또 오라는 것이다. 자전거 타고 병원까지 오는 게 얼마나 힘든데. 평소에 인간관계 좀 잘해 둘걸. 차 좀 태워 달라고 마음 놓고 부탁할 사람 하나 없다니. 어쨌거나 의사가 시키는 대로 두 번 더 병원에 갔고, 그래서인지 나을 때가 되어서인지 일주일 만에 일어났다.

착하게 살겠다고 다짐한 건 할 수 있는 한 지키려고 노력하고 있다. 먼저 일주일 동안이나 금주에 거의 금연을 했고, 절임 배추 공장에 다닐 때도 술을 자제했다. 사실 힘이 들어서 마실 수가 없었다. 특별한 모임이나 술자리가 있을 때 말고는 혼자 술 사다 먹는 버릇도 고치려고 한다. 혼자 다짐하는 건 아무리 자주 해도 지키지 못하지만 몸이 시키는 건 따르지 않을 수 없다. 이젠 조금만 과음하면 다음 날 그냥 뻗는다. 술 먹고 까불 나이가 지난 거다.

내가 아픈 동안 가을이는 맨밥에 고추장을 비벼 먹거나 슈퍼에서 산 식빵으로 저녁을 때웠다. 불평도 없이. 내가 열이 많이 날 때는 손수건을 빨아 와서 이마에 얹어 주며 나름으로 간호도 했다. 저녁에 만화영화도 못 보고 일찍 불 끄고 자야 했지만 군소리 한마디 없었다. 우리 딸은 겁나게 착하다. 가을이가 갓 태어났을 때 아는 언니가 사주를 풀어 주었는데 '효녀'라고 나왔다. 꼭 너 같은 딸년을 낳으라는 엄마의 저주는 이루어지지 않았다. 아직까지는.

하루 오만 원이라는 내 평생 최고의 품삯에 홀딱 넘어가서 선뜻 하기로 했지만 정작 일을 시작하려니까 마음이 무거웠다. 몇 달 전부터 약속한 일이 아니었다면 그만두었을 거다. 감기 기운이 아직 남아 있었고, 내 일도 밀려 있고 평소에 잘 안 하던 가을이 걱정도 되었다. 아침에 늦어도 여덟 시까지는 공장에 도착해야 해서 가을이가 학교 가는 것을 봐 줄 수 없고, 저녁엔 여섯 시가 넘어서 깜깜할 때 돌아온다. 한마을 사는 해민이네 엄마 아빠도 함께 일을 하게 되어서 가을이는 내가 돌아올 때까지 해민이와 함께 있기로 했다. 아직 집에서 혼자 나를 기다리지는 못한다.

절임 배추 공장에서 내가 맡은 일은 배추를 절이고 건지는 일이다. 이른바 '절임 팀' 소속이다. 물을 만지는 일이라서 비옷을 입고 장화를 신어야 했다. 처음엔 힘든 일이 걸렸다 싶었는데 일이 단순하고 칼퇴근이 보장돼서 괜찮은 편이었다. 밭에서 배추를 뽑아서 공장으로 실어 나르는 '야전 팀', 배추를 쪼개고 겉잎을 다듬는 '절단 팀', 배추를 절이고 건지는 '절임 팀', 십 킬로그램씩 무게를 달아 상자에 담는 '포장 팀'이 있다. 이름은 누가 붙였는지 모르겠다.

말이 공장이지 기계는 없다. 모두 사람 손으로 한다. 오전, 오후 두 번 새참을 주고 점심도 맛있게 해 주고 커피, 차, 드링크, 막걸리, 소주, 맥주 같은 마실거리는 종류대로 다 있다. 되게 아프고 난 뒤라 술은 자제했다. 사실 술 마실 시간도 없었다. 내가 아는 사람들은 전부 다른 팀이라 하루 종일 같은 곳에서 일해도 별로 만날 일이 없었다. 절임 팀은 나까지 해서 여자가 여섯인데 나만 빼고 모두 한마을 사람들이다. 다른 아줌마들은 서로 이야기도 하면서 일하는데 나는 낯설어서 하루 내내 거의 한마디도 안 했다. 어쩌다 한마디 했더니 한 아줌마가 "벙어리 아니었네." 한다.

유난히 목소리가 크고 말이 많은 아줌마가 있었다. 첫날 딱 보니까 어딜 가도 대장 노릇을 할 사람으로 보였다. 일이 돌아가는 걸 빨리 파악하고 이것저것 나서서 시키는 사람이다. 걸리면 피곤할 것 같아서 일단 피했다. 아주머니가 나보다 나이가 훨씬 많기는 하지만 같이 일하는 사람한테 이래라저래라 하는 소리는 듣고 싶지 않다는 쪼잔한 마음이 있었다. 둘씩 짝지어서 해야 하는 일이 많았는데, 그 아주머니와는 되도록 짝이 되지 않으려고 애썼다. 나는 목소리 큰 사람이 무섭다.

이틀 동안 잘 피해 다녔는데, 셋째 날 점심 먹을 때 어쩌다 마주 앉게 되었다. 아주머니가 갑자기 "젊은 댁은 내가 뭐라고 부르면 돼?" 하고 물었다. 젊다고 해 줘서 고맙긴 한데, 당황해서 "네? 저요?" 하고 되물었다. "그래. 뭐라고 부르면 돼?" 정말 바보 같은 대답을 하고 말았다. "절 부르시려고요?"

아줌마는 생각보다 함께 일하기 편한 사람이었다. 짝이 되어서 몇 번 일해 보고 알았다. 모든 걸 알아서 결정해 주니까 난 생각을 할 필요가 없었다. 이 일을 먼저, 이건 나중에, 이게 끝나면 저걸 해야지, 모든 걸 알아서 다 해 준다. 나처럼 일머리가 별로 없는 사람은 그런 사람을 만나야 한다는 걸 그 아주머니랑 일하면서 알게 되었다. 그리고 아주머니도 날이 갈수록 말수가 적어져서 별로 시끄럽지도 않았다. 모두가 녹초가 되어 갔으니까.

9일 동안 나는 돈으로 날짜를 세었다. 오만 원, 십만 원, 십오만 원……. 그리고 대망의 사십오만 원째 날을 맞았다. 손이 저려서 잠을 못 자는 후유증과 거금 사십칠만 원을 얻었다. 이만 원은 잔업수당이다. 가을이에게 '소공녀 디브이디 박스 세트'와 '비비시(BBC) 자연 다큐멘터리 박스 세트'를 사 줬다. 겨울 점퍼와 쫄바지도 두 장 사 줬다. 엄마가 돈 벌면 뭘 사 줄까, 하고 물었더니 치마 입을 때 입을 쫄바지를 사 달란다. 다른 건 뭐가 갖고 싶냐고 물어도 쫄바지면 됐다고 한다. 양말과 팬티도 덤으로 사 줬다.

올겨울에 해야 할 일. 얼어 죽지 않기

지난해 12월 중순, 본격적으로 눈이 내리기 시작했다. 올 것이 왔구나 싶었다. 김장도 아직 못했고, 털지 못한 콩은 비닐하우스에 쌓여 있다. 김장, 까짓것 안 해도 그만이다. 콩은 눈 녹으면 털자, 추우니까. 나무도 얼마 동안 땔 것은 있다. 그럼 눈이 오면 뭘 하나. 얼어 죽지 않게 열심히 불 때고 집에 들어앉아서 컴퓨터랑 노닥거리다 정 심심하면 팥이나 고르자 생각했다. 하나도 안 심심했다. 그래서 팥은 고르지 않았다. 컴퓨터와 오디오만 있으면 죽을 때까지 혼자 놀 수 있을 것 같았다. 눈 오면 좋은 건 아이들과 개들뿐이다. 가을이는 날마다 쫄바지에 짧은 치마 차림으로 썰매 비슷한 걸(비닐 푸대, 장판 쪼가리, 푸대 자루) 타러 나갔다. 안 추운가 보다. 바지 입으라고 아무리 말해도 소용없다. 내버려 뒀다. 내가 추운 건 아니니까.

여긴 눈이 참 많이 온다. 네 해쯤 전에 꼬박 한 달 동안 하루도 거르지 않고 눈이 왔다. 비닐하우스와 창고들이 폭삭폭삭 내려앉았고, 아침에 화장실에 가려면 굴을 파야 했다. 화장실 가는 길 양옆으로 치워 놓은 눈더미가 내 허리께보다 높았다. '설마 그때처럼 오지는 않겠지.' 생각했지만 내심 불안하긴 했다. 비닐하우스가 무너지지 않을까. 사흘째 눈이 오던 날, 마당에 쌓인 눈은 내 무릎 정도였고, 이 정도면 괜찮다 싶었다. 컴퓨터랑 놀다가 슬슬 궁금해졌다. 한잔하면 딱 좋겠다. 자전거를 탈 수 없어 보급이 끊긴 지 꽤 됐다. 본의 아니게 오래도록 착하게 살았으니 하루쯤 본디 모습으로 돌아가자. 가방 메고 완전 무장하고 집을 나섰다. 구판장에 할머니가 계시면 땡잡은 거고, 문이 닫혀 있으면 지서리(보급품이 쌓여 있는 번화가, 걸어가면 25분쯤 걸린다.)까지 가기로 결심했다.

구판장 가는 길에 혹시나 해서 내 밭과 비닐하우스가 있는 쪽을 주의 깊게 봤는데 뭔가 이상했다. 비닐하우스가 없었다. 아닐 거라고, 침착하자고, 눈길을 달려가고 싶었지만 미끄러워서 걸어갔다. 아닌 게 아니었다. 비닐하우스가 내려앉았다. 내 콩을 깔아뭉개고. 아주 멋지게. 미리 걱정한 일은 어지간하면 안 일어난다고 하더니 이렇게 바로 맞힐 줄이야. 약해졌던 눈발이 다시 거세지면서 분위기를 더욱 비극적으로 만들어 주고 있었다. 비극엔 역시 소주다. 눈발을 헤치고 지서리까지 소주 사러 갔다. 맥주도 샀다. 속이 타서. 콩을 구해 내지 못하면 9일 동안 절임 공장에서 일해 받은 돈 다 날아간다. 그 돈 벌려고 일을 다 미뤘는데. 그 돈이 지금 남아 있기나 한가. 신나게 디브이디 사고 음반 사느라 '알라딘'한테 다 갖다 바쳤다.

술 사 갖고 돌아오는 길에 공동체 식구들을 만났다. 배낭 메고 막걸리 사러 가는 길이란다. '술 사러 가는 건 나랑 같은데 기분은 하늘땅 차이구나. 저 인간들은 참 즐거워 보인다. 젠장, 내 인생은 왜 이렇게 꼬이냐.' 이런 생각을 하며 돌아왔다. '왜 꼬이긴, 게을러빠졌으니까 꼬이지.' 하는 생각은 안 했다. 그땐 내가 너무 불쌍했으니까. "나 지금 기분 더러우니까 건드리지 마라. 혼자 있고 싶다." 이런 말을 좀처럼 누구에게 하기 힘들다. 난 가을이가 있어서 종종 이런 대사를 날릴 수 있다. 다행인가? 그날 밤은 참 길었다.

내려앉은 비닐하우스에 기어들어가 깔린 콩 끄집어내기, 찌그러진 비닐하우스 귀퉁이에 찌그러져서 구출한 콩 털기, 딱 사흘 걸렸다. 이렇게 빨리 털 것을. 끝내 구하지 못한 콩은 포기했지만 아주 망한 건 아니어서 그나마 다행이라 생각하고 마음잡았다. 포기가 빠른 게 내가 정신 건강을 지키는 비결이다. 천재지변이다, 어쩔 수 없었다, 생각하기로 했다.

이 겨울에 내가 해야 할 가장 중요한 일은 얼어 죽지 않는 것이다. 나무를 해야 한다. 내게는 차도 없고, 기계톱도 없다. 있다 한들 쓸 수 있을지 모르지만. 일륜차 한 대와 톱 한 자루로 나무 엄청 잡아먹는 저 보일러를 돌릴 수 있을까? 이 마을 나무 보일러 가운데 가장 오래 살고 있는 우리 집 보일러가 이번 겨울에 갑자기 돌아가시기라도 하면? 그건 운명이니 어쩔 수 없고, '나무를 한다, 나무를 아낀다, 하지만 떨며 지내지는 않는다.'가 과제다.

나무를 아끼는 비결이 있다. 그 가운데 하나는 많이 입는 거다. 가을이는 추위를 덜 타서 지금도 홑이불을 덮고 잔다. 윗도리는 내복 한 장, 아래는 팬티 한 장만 걸친다. 나는 솜이불에 홑이불 두 장을 겹쳐서 덮는다. 내복 입고, 목을 감싸 주는 윗옷 입고, 털실로 짠 옷 입고, 모자 달린 옷 하나 더 입고, 두툼한 운동복 바지 입고 양말도 신고 잔다. 침낭 속에 들어갔다 생각하고. 낮에는 여기다 모자와 덧옷을 더 입는다.

또 한 가지 비결은 자주 씻지 않는 거다. 더운물을 쓰려면 나무를 왕창 때야 한다. 되도록 안 씻는다. 다 벗고 씻는 건 한 달에 한 번이면 된다. 더운 물이 잠깐잠깐 나오니까 몸 군데군데 따로 씻어 주면 된다. 머리는 주전자에 물을 끓여서 감으면 된다. '더운물 한 대야로 머리 감기'는 내특기다. 그래서 나는 겨울이 다가오면 머리를 짧게 자른다. 3년 동안 머리 기른 우리 집 꼬마는 도리가 없다. 한 달에 한 번만 감으라고 했더니 아주 좋아한다. 우리 둘 다 씻는 거 별로 안 좋아한다. 더럽지 않냐고? 생각하기 나름이다. 간지러우면? 긁으면 된다. 빨래도 되도록 안 한다. 겉옷은 보름쯤은 입는다. 가을이는 좀 더 자주 갈아입지만 가을이 옷은 작아서 빨기가 쉬우니까 괜찮다. 겨울 겉옷을 겨울에 빤다는 생각은 해 본 적이 없다. 겨울용 겉옷이 세 벌 있으면 석 달 동안 빨래를 세 번만 하면 된다는 계산이 나온다. 양말과 속옷은 부피가 작으니까, 모았다가 일주일에 한 번만 빨면 된다. 욕실 바닥이 뽀송뽀송하다. 이 마을에서 물을 가장 안 쓰는 사람이 아마 나일 거라고 생각한다. 토끼띠는 물을 싫어한다.

나무는 품앗이로 했다. 말이 품앗이지 내가 메주 빚는 일 하루 돕고 두 트럭을 받았으니까 큰 도움을 받은 거다. 고마울 뿐이다. 보일러가 올겨울을 무사히 넘겨만 준다면 얼어 죽을 걱정은 안 해도 되겠다. 아침에 일어나면 한 번 때고, 낮에 한 번 또 때고, 저녁에 때고 밤에 한 번 더 땐다. 그때마다 톱질을 하는 게 요즘 하나뿐인 육체노동이다. 운동 되고 좋다. 김장은 지난해 12월 31일에 해치웠다. 그래도 할 건 다 했다. 그러고 보면 내 운이 꼭 나쁜 것만은 아니다.

실컷 심심해라

겨울방학도 이제 한 달이 채 남지 않았다. 가을이 방학이자 내 방학. 큰 추위도 지나갔다. 앞으로 한두 번쯤 눈이 더 오겠지만 땔감도 빵빵하고 보일러도 정정하다. 가을이 아빠가 나무를 한 차 해다 주었다. 전부 다 쪼개서. 남편이었던 때보다 전남편이 된 지금이 더 나은 것 같다.

지난해 12월 가을이와 단짝이던 진이가 캐나다로 떠났다. 가을이가 네 살, 진이가 세 살 때 만나서 놀이방 3년, 초등학교 2년 내내 붙어 다닌 사이다. 공동체 학교 수업이 끝나면 진이네 집에서 해 떨어지기 전까지 놀다 오고 토요일, 일요일, 방학 때도 도시락 싸 들고 진이네 집으로 출근을 했다. 진이 엄마 아빠가 가을이도 키워 준 거나 다름없다. 아니면 진이가 키웠거나. 진이가 가고 나서 가을이는 두 살 어린 이랑이와 논다. 하지만 진이처럼 하루 종일 붙어서 놀지는 못한다. 이랑이는 식구들과 외출하는 날도 잦고, 집에 갓난아기가 있어서 나도 가을이가 날마다 놀러 가는 게 좀 걸린다.

그러다 보니 가을이는 점점 늦게 나가서 일찍 들어오게 되었다. 우리 사이에 공통점이 생겼다. 바로 심심하다는 것이다. 나야 늘 심심했지만, 심심할 수밖에 없다고 포기하고 살지만, 가을이는 이제야 심심한 게 뭔지 제대로 알게 됐다. 엄마와 딸이 한집에서 함께 심심해한다고 해서 둘이 같이 놀 수는 없는 일이다. 아이와 놀아 주는 착한 엄마도 있겠지만 난 그럴 수 없다. 차라리 심심 바다에 빠져 죽겠다. 가을이는 방에서 하루 종일 꼬무락거리고 뒹굴뒹굴한다. 조용할 때는 그림 그리거나 가위로 종이 인형을 오리거나 책을 보고 있는 것이고, 무슨 소리가 들리면 디브이디를 틀어서 보고 있는 것이다. 심지어 수학 문제를 풀기도 한다. 한번은 수학 책을 들고 와서 물어보는데 잠깐 가여운 생각이 들었다. 네가 정말 심심했구나.

나는 부엌방에 앉아서 컴퓨터와 논다. 영화도 보고, 드라마도 보고, 인터넷 카페도 들어가고, 게시판도 가고, 신문도 보고, 잡지도 보고. 여러 가지 하는 것 같지만 사실 주로 하는 일은 드라마 보기다. 방송국 누리집 들어가서 회원 가입하고 자유이용권을 끊어서 그동안 보지 못했던 온갖 드라마를 다 찾아 보는 것이다. 아침부터 밤까지, 가끔은 날밤을 새면서. 십 년 넘게 텔레비전 없이 살았지만, 사실 나는 초등학교 1학년 때부터 하루 두 번씩 애국가를 들어야 하는 텔레비전 중독자였다. 대학 때는 비디오방에 출근하다시피 하다가 결국 아르바이트를 하기도 했다. 근무 시간에 방에 들어가 비디오 보는 걸 사장님이 알게 돼서 두 달 만에 잘렸다. 텔레비전 중독, 영상 중독, 컴퓨터 중독이다.

괜찮다. 이 짓도 언젠가 끝낼 날이 올 테니까. 이러고 있어도 심심한데 이것마저 안 하면 얼마나 더 심심하겠나. 부지런한 것, 시간을 알차게 보내는 것, 살림을 알뜰하게 하는 것, 아이에게 관심을 쏟는 것, 이런 것들 모두 나한테는 맞지가 않다. 하기 싫다. 망하지만 않게 최소한으로만 하고 싶다. 이렇게 탱자탱자 시간을 보내는 게 좋다. 불안하지도 않고 미안하지도 않다. 적성에 맞는다. 뒤늦게 발견한 적성이 노는 것이라니. 그런데 좀 이상하다. 놀면 재미가 있어야 하는데 난 이렇게 심심하다. 심심한 건 분명 안 좋은 것일 텐데 나는 그럭저럭 좋다. 편안하다.

나는 워낙 놀 줄을 모른다. 어릴 때부터 책 읽고 텔레비전 보는 것밖에 몰랐다. 아이들끼리 하는 놀이들을 하나도 할 줄 몰랐다. 학교에서 늘 혼자 돌아다니고 혼자 놀았지만 시간만 잘 갔다. 밥도 혼자 먹는 게 좋았다. 지금도 좋아한다. 이 얘기를 하면 성격 파탄자처럼 보기 때문에 잘 안 하려고 한다. 중고등학교 시절 그나마 남과 좀 어울려 보려는 노력으로 점심 도시락을 친구들과 같이 먹었다. 밥 먹으면서 책 보는 버릇은 고쳤는데 대신 요즘은 술 마시면서 책 본다. 술도 혼자 먹는 게 맛있고 덜 취한다. 그래도 어떤 날은 말 그대로 외로워 죽겠구나 싶을 때가 있다. 누가 나랑 좀 놀아 줬으면 하고 간절하게 바랄 때. 그래서 결혼도 한 번 했다. 하지만 이젠 그런 기분이 들 때도 이게 짧은 한때 기분일 뿐이라는 걸 잘 안다. 나 좋은 대로 살아왔고 내가 살아온 대로 지금도 살고 있을 뿐이다.

가을이는 내게 놀아 달라고는 하지 않는다. 혼자서 심심함을 견디고 있다. 집에 함께 있어도 밥 먹을 때만 얼굴을 본다. 서로 방해하지 않고 따로 노는 데 익숙하다. 그러다 한번씩 부엌으로 나와서 내가 뭘 하나 들여다보고 들어가곤 한다. 그러면서 혼잣말처럼 중얼거린다.

"아, 심심하다."

그럼 내가 그런다.

"인생은 원래 심심한 거야."

"심심해 죽겠다고."

"걱정 마. 아무리 심심해도 절대 안 죽어. 내가 많이 심심해 봐서 알아. 그래도 넌 어제랑 그제 이랑이네 놀러 가서 저녁때까지 재밌었잖아.

그때 나 혼자 얼마나 심심했는지 알아? 너도 당해 봐야 해. 실컷 심심
해라."

"엄마는 너무 나빠."

"나도 알아."

1월 한 달은 아무것도 안 하고 놀며 보내기로 마음먹었다. 말 그대로
허송세월, 탱자탱자. 1월이 후딱 지나갔다. 음력 1월까지 하기로 했다. 어
느새 내일모레가 설이다. 일단 대보름까지로 연장했다. 그다음은 아마 내
생일까지가 될 것이다. 내 생일은 4월이다. 희망찬 새해 계획이라도 세운
것처럼 뿌듯하다.

무술 소녀가 되어 줘. 엄마 소원이야

마침내 꿈이 이루어지려나 보다. 내 딸이 '무술 소녀'가 된다는 꿈이. 변산공동체학교에 검도 과목이 생겨서 가을이가 검도를 배우게 되었다. 드디어 사부가 나타난 것이다. 지난해 여름 〈일지매〉에 홀딱 반한 다음부터 가을이한테 무예를 익혀서 일지매처럼 되어 달라고 끈질기게 졸라댔다. 농담이 아니다. 진심이다.

"그렇게 좋으면 엄마가 해."

"난 너무 늙었다. 넌 할 수 있어. 엄마 소원이다."

이런 대화를 나눠 가면서. 머리도 자르지 못하게 했다. 긴 머리가 자꾸 엉켜서 자르고 싶다고 몇 번이나 말했는데 안 된다고 했다.

"머리를 자르면 넌 너무 평범해 보일 거야. 그리고 무림 고수들은 남자든 여자든 다 머리가 길어."

내가 그러거나 말거나 가을이는 별 관심 없다.

지난겨울 내내 방에서 뒹굴뒹굴 〈일지매〉와 〈다모〉를 보며 눈으로 무예를 익혔다. 〈다모〉는, 이번에 또 사극에 꽂혀서 있는 대로 다 찾아보다가 마침 디브이디를 싸게 팔기에 잼싸게 사 버렸다. 사고 나서 몹시 뿌듯했는데 한 달 뒤에 내가 산 값보다 절반이나 떨어진 값으로 팔고 있는 걸 보고 울 뻔했다. 이른바 무협 사극이니 당연히 가을이와 함께 봤다. 교육적 차원에서. 가을이는 주인공이 죽는 마무리를 싫어한다. 그리고 내가 좋아하는 등장인물을 따라서 좋아한다.

"엄마는 종사관 나으리가 너무 좋다."

"나도."

"안 돼. 내 거야."

"나도 좋은데."

"너하고는 나이 차이가 너무 나. 종사관은 엄마가 가질 테니까, 일지매는 네가 가져."

"아무래도 내가 교통정리를 해야겠다. 종사관을 살리려면 채옥이를 없애 버려야 해."

"그것보다 장성백을 없애는 게 낫지 않아? 장성백이 종사관을 죽이니까."

"둘 다 없애야겠어. 그리고 난희도."

"왜?"

"난희가 없어져야 엄마가 종사관하고 잘되지."

이런 실없는 소리를 해 가며 가을이와 흥미진진, 화기애애한 시간을 좀 보냈다. 무예 연마에는 별 도움이 안 됐지만.

아직까지 무술 소녀는 내 바람일 뿐, 가을이는 별 관심이 없다. 검도 수업이 재미있냐고 물었더니 별로라고 한다. 수업을 몇 번 안 했으니까 아직은 포기하지 않는다. 내가 영어를 잘하라는 것도 아니고, 수학 천재가 되라는 것도 아니고, 서울대를 가라는 것도 아니고, 그저 긴 머리 휘날리며 칼 들고 날아다니는 거 한번 보고 싶다는데 설마 그쯤은 들어주겠지. 효녀라면.

옛날 생각이 났다. 어릴 때 피아노를 배우고 싶었는데 집에서 학원을 보내 주지 않았다. 그 까닭이 참 어이없었는데 '언니가 다니고 있는데 뭘 너까지.'였다. 굳이 뭘 배우고 싶으면 다른 걸 하라면서 아버지가 강력하게 민 것이 바로 태권도였다. 우리 아버지 꿈은 바로 '태권 소녀'였던 것이다. 아버지는 조금도 자상한 성격이 아니었는데도 날 데리고 체육관 가서 등록시키고 승급 심사 때마다 보러 왔다. 시험 보다 동작 틀렸다고 화가 나서 집에 가 버리질 않나, 남들은 두 급씩 올라가는데 나는 한 급밖에 못 오른다고 밥 먹다 말고 화를 내질 않나. 심지어 대학에 가면 동아리는 꼭 태권도부에 들라는 당부까지 했다. 내가 미치지 않고서야 그럴 리 없다는 걸 알 텐데. 3년 동안 도장을 다니면서 한 1년은 다니기 싫다고 징징댔지만, 아버지가 그만두더라도 초단은 따고 그만두라고 회유, 설득, 협박을 해서 결국 초단을 땄다. 태권도는 '국기'라서 단증이 있으면 대학 시험 볼 때 한계선에 걸린 동점자들 가운데 우선권을 갖는다는 확인할 수 없는 이야기로 나를 꼬셨던 게 생각이 난다. 솔직히 말도 안 되는 소리라고 생각하지만, 혹시 모르겠다. 전두환 시절이었으니까. 끝내 난 태권 소녀가 되지 못했는데(단증은 있지만 전투력은 제로다.) 내 딸은 무술 소녀로 만들고 싶어 한다. 이거 유전인가 보다.

가을이가 요즘 책을 많이 본다. 모르는 말은 사전을 찾아보는 것 같다. 나한테 물어도 안 가르쳐 주니까. 그냥 안 가르쳐 준다. "안 가르쳐 주~지." 하고 놀리는 게 재밌어서. 수학을 좋아해서 혼자 수학 문제를 풀다가 나한테 물어보러 오면 또 "안 가르쳐 주~지." 한다. 공부 좀 하겠다는데 잘 좀 가르쳐 주자 싶다가도 막상 물어보러 오면 왜 그렇게 놀리고 싶은지. 심각한 얼굴로 "공부하지 마. 넌 머리통이 작아서 공부 자꾸 하면 터져." "공부 열라 해 봐야 엄마 꼴 나는 거야." 하면서. 일반 학교에 갔으

면 이제 3학년인데 지금 수준이면 아마 성적이 바닥일 거다. 수학을 좋아
하지만 잘하는 것은 아니다. 책 읽기도 좋아하지만 아직도 어려운 글자
는 읽고 쓰는 게 힘들다. 그런데 난 이 상황이 왜 이렇게 재미있고 유쾌
한지.

내가 일요일마다 나가는 한글학교에서는 주로 필리핀에서 온 아주머
니들이 초등학생 아이들을 데려온다. 선생님이 한 분 와서 아이들만 따
로 모아서 문제집을 풀게 한다. 가을이도 몇 번 따라갔다. 선생님이 가을
이한테도 초등 2학년 수학 문제지를 주고 풀어 보라고 했는데 단 한 문
제도 못 푼다. 교과서 문제는 그래도 반은 맞히던데. 선생님이 좀 멋쩍었
는지 "가을이는 문제지 안 풀어 봤나 봐." 하기에, 별 생각 없이 웃으면서
"얘는 학습이 좀 떨어져요." 했더니 순간 분위기가 묘하다. 필리핀 아주
머니들이 한꺼번에 나를 쳐다보며 딱해서 어쩔 줄 모르겠다는 얼굴을 하
는 거다. '안됐다, 어머 어쩌나, 쟤가 모자라는 앤가 봐.' 이런 분위기였다.
말 잘못했구나 싶었다. 그런 뜻은 아니었는데.

아직 아는 게 별로 없으니까 앞으로 알게 될 게 많아서 삶이 심심하지
않을 거다. 내 능력으로 대학에 보낼 수 없으니까 입시는 아예 신경 쓸
필요가 없다. 뒷바라지해 준 게 없으니까 바라는 것도 없어서 실망할 일
도 없다. 내가 가을이한테 바라는 건 딱 한 가지다. 무술 소녀가 아니고
나보다 오래 살아 주는 것이다. 그리고 나는 아주 오래오래 살 생각이다.

2부

좀 느린 것도
괜찮네

가을이와 분업을 하기로 했다

바쁘다. 한 해 중 가장 바쁘다. 심고 거두고 김매는 일을 한꺼번에 해야 하는 철이기 때문이다. 천하의 나도 이때만은 바쁘다. 생각해 보니 내가 하루 내내, 그러니까 이른 아침부터 해 질 때까지 일하는 날이 일 년 통틀어 두 달이 안 되지 싶다. 직업을 참 잘 고른 것 같다. 서리태와 옥수수 모종을 심고 모내기를 했다. 옥수수는 두 번을 심었다. 이랑이네와 품앗이로 일을 한다. 내 밭 갈고 로타리 치고 옥수수 심는 일을 함께 하고 이랑이네 기장 밭을 함께 맸다. 옥수수 밭에 풀이 정신없이 자란다. 마늘과 양파도 캐야 한다. 양은 적지만 일은 일이다. 고추는 아주 조금 심었지만 말뚝 박고 줄도 쳐야 한다.

경운기를 쓰는 일 말고는 거의 모든 일을 혼자 한다. 마음은 바쁜데 지루하고 심심하다. 그래서 가끔 다른 집에 일하러 가는 게 좋다. 내 일 할 때보다 더 흥이 난다. 일만 하고 있으면 새참도 주고 밥도 주고 말 상대도 있기 때문이다. 잡생각 없이 일할 수 있다. 혼자 일하면 오히려 생각이 많아 집중이 안 된다. 빨리 하고 저것도 하고 이것도 해야 되는데, 배고프다, 술 생각난다, 이러면서. 다른 집 일을 가면 주인이 정해 준 일만 열심히 하면 되니까 마음이 편하다. 그리고 술도 준다. 내 일 할 때는 술을 안 마신다. 남이 사 준 술은 더 맛있다. 같이 마셔서 더 맛있다. 잘 아는 집에 일하러 가서 재미있게 일하고 오는 건 늘 혼자 일하는 나한테 소풍 같은 것이다. 자주 있는 일이 아니라 좋은 건지도 모른다.

뭐든지 혼자 결정하고 계획하고 시간을 내 마음대로 쓰고 싶어서 독립을 했다. 그렇게 하고 있기는 하지만 생각했던 것만큼 재미있지는 않다. 나는 강제가 좀 필요한 사람이다. 농사일은 아무리 게으름을 피우고 미루려 해도 하지 않으면 안 되는 때가 있다. 그때 안 하면 망하게 되는. 그 '때'가 나한테는 하나뿐인 강제다. 지금이 바로 그 '때'다.

공동체에서 살 때는 일할 때 누군가와 말하고 싶은 적이 별로 없었다. 손님들이 이것저것 물어보면 귀찮기도 했다. 낯선 사람과 말을 잘 못한다. 친한 사람과는 말을 많이 하는데 친해지기가 쉽지 않다. 지금은 혼자 일하면서 혼자 중얼중얼 한다. 한참 혼잣말하다가 나도 모르게 목소리가 커지면 깜짝 놀란다. "혼잣말 좀 그만 해라. 미친 사람 같다." 하고 또 혼잣말을 한다. 예전에 말 한마디 안 하고 하루 내내 일해도 심심하지 않았던 건 언제든 말할 사람들이 있었기 때문이었나 보다. 그러니까 결론은 함께 일할 사람이 있으면 좋겠다는 건데, 시장에서 사 올 수도 없고, 울력을 부르면 밥해 주고 새참 해 줄 일이 부담이다. 그래서 어느 날 생각했다. 가을이가 있잖아? 가을이는 이제 열 살이다. 가을이 낳기 전에 쓴 일기를 보니 열 살만 되면 독립시키겠다는 말도 안 되는 계획을 세웠더라고. 독립은 안 돼도 동업자로 삼을 수는 있지 않을까.

변산공동체학교는 노작 수업을 한다. 가을이도 농사일을 전혀 안 해본 건 아니다. 내가 시킨 적은 없지만. 가을이가 밭을 꽤 잘 맨다는 소릴 전해 들었다. 가을이한테 학교 안 가는 날은 같이 일하자고 했더니 처음엔 좋아라 했다. 학교 안 가는 날은 가을이도 심심하다. 당근 밭을 매라고 시켜 놓고 나는 고추 두둑을 덮었다. 30분쯤 매더니 역시나 그만 하면 안 되냐고 한다. 안 된다고 했다. 내가 하는 일을 자기가 하고 싶다고 했다. 역시 안 된다고 했다. 인상을 있는 대로 쓰고 밭을 매는 게 꼴 보기 싫어서 화를 버럭 냈다.

"네가 같이 한다고 했잖아! 나는 일하고 넌 집에서 비디오나 보면서 놀겠다는 거야! 넌 도대체 하는 일이 뭐야! 나는 죽어라 일하는데 먹고 놀고! 왜 오만상을 쓰고 있어!"

대충 이런 내용이었는데, 처음엔 정말 화가 났지만 말하면서 찔렸다. '네가 언제 죽어라 일했다는 거냐.' 양심이 말하는 소리가 들렸다. 하지만 꿋꿋하게 끝까지 버럭거렸고 늘 그렇듯이 가을이는 '깨갱' 하고 결국 한 두둑을 다 맸다. 의욕이 반은 꺾였다. 정식으로 동업을 하기에는 아직 무리인 것 같다. 몸집도 작고 힘도 없다. 일륜차 끌 힘도 안 되니.

가을이가 일을 아주 안 하는 건 아니다. 우선 간단한 심부름을 시키면 뭐든 군말 없이 한다. "싫어."라는 말을 들어 본 적이 없다. 내 성질이 더러우니까, 가을이한테는 생존 전략이라고 생각한다. 또 방 청소를 한다. 가을이와 나는 한집에 살아도 노는 곳이 다르다. 우리 집은 방이 셋인데, 맨 윗방은 불이 들지 않아 쌀과 잡곡, 자질구레한 물건들을 두는 창고로 쓴다. 가운데 방은 가을이와 내가 자는 곳인데, 나는 그야말로 잠만 자고 가을이는 놀기도 하는 방이다. 책 읽고 영화나 드라마를 보고 그림 그리며 논다. 수채 물감을 쓰기 때문에 물통, 붓, 화장지 따위로 정신없이 어지른다. 뭘 만든다고 상자를 자르고 붙이고 해서 종이 쪼가리도 사방에 널려 있다. 그래서 그 방은 가을이가 치운다. 도저히 발 디딜 틈이 없이 어지르면 한번 싹 정리하고 쓸고 닦으라고 시킨다. 꽤 잘한다. 부엌방이 내 공간인데 나도 만만치 않게 어지른다. 여긴 내가 치운다. 나는 어질러 놓고 가을이한테는 방이 그게 뭐냐고 짜증을 낸 적도 많다. 그래도 군말 없이 치운다.

요즘처럼 일이 많을 때는 내가 늘 힘들게 일하는 것처럼 착각한다. 하루 내내 밭 매다가 저녁에 집에 돌아오면 밥 차려 먹기도 귀찮고 집이 너저분한 게 새삼 짜증스럽다. 부엌방은 내 책임이니까 넘어가고 가을이를 닦달한다. 방 치우라고. 내가 너무 바빠서 집안일을 못하는 것은 절대 아니지만 신기하게도 그런 순간에는 꼭 그런 것만 같다.

그래서 가을이와 동업이 아니라 제대로 분업을 하기로 했다. 어제 저녁을 먹으면서, "내가 바깥일과 집안일을 다 하는 것은 너무 힘들어. 이제부터 네가 날마다 해야 할 일을 정해 주겠다. 먼저, 방은 날마다 치워라. 디브이디는 보고 나면 바로바로 정리해라. 건조대에 널어 놓은 빨래가 마르면 바로 개서 옷 정리함에 차곡차곡 정리해라. 네 양말과 팬티는 네가 빨아라. 여름이니까 네 겉옷도 빨아라. 아침마다 동원이 사료와 물을 챙겨라. 가장 중요한 건 내가 밭에서 돌아왔을 때 화가 나지 않을 만큼 방을 정리하는 거다." 하고 말했다. 가을이는 물론 다 하겠다고 했다. 덧붙여서 "나 설거지도 할 수 있는데." 한다. 사실 가을이가 예전부터 정말 하고 싶어 한 일은 부엌일이다. 밥하고 반찬 하고 설거지하고. 할 수만 있다면 당장이라도 시키고 싶다. 하지만 아직 싱크대 개수대를 내려다볼 키가 안 된다. 설거지는 키 좀 크면 하라고 했다.

가을이 긴 머리를 싹둑 잘라 버렸다. 내가 잘라 줬다. 가을이도 만족하고 내가 보기에도 훨씬 낫다. 제대로 간수를 못하는 긴 머리가 참 보기에 뭣할 때가 많았다. 게다가 머릿니가 생겼다. 생각지도 못했는데 충격이었다. 그날로 머리를 자르고 머릿니 없애는 약을 사다 발라 줬다. 지금은 없어졌다고 믿고 싶다. 날마다 머리를 감는다. 안 없어졌다면 한 번 더 약을 바르면 된다. 며칠 지나니까 충격도 사라지고 아무렇지 않다. 같이 사극 〈이산〉을 보면서 위로했다.

"옛날 사람들은 다 이가 많았대. 세손 저하도 이가 많을 거야. 전하도. 송연이도."

노후 보장

여름이 가는 게 아쉽다. 많이 덥다고들 하는데, 여름이니까 당연히 덥지만, 난 그다지 더운 것 같지 않다. 오히려 초여름엔 왜 이렇게 안 더울까 이상했다. 엄마는 이 지긋지긋한 여름이 언제 가냐고 하지만, 난 오히려 가을 오고 겨울 닥치는 게 두렵다. 나이만 한 살 더 먹고. 오전에 한바탕 땀 흘리고 씻고 밥 먹고, 한참 뜨거울 땐 쉬고, 오후 서너 시쯤 나가서 또 한 번 땀 흘리고 돌아와 씻고, 밥 먹고 놀다가 씻고 잔다. 된장찌개 끓여서 밥을 먹으면 땀이 나서 옷이 흠뻑 젖는다. 그럼 숟가락 놓자마자 또 씻으면 된다. 땀 뻘뻘 흘리면서 밥 먹고 씻으면 상쾌해서 요즘 된장찌개를 자주 끓인다. 풋고추 잔뜩 썰어 넣고 맵게, 뜨겁게, 땀 나게. 사우나가 따로 없다. 밭일을 하면 땀이 끈적끈적 배어나는 게 아니라 옷을 비틀어 짜면 물이 뚝뚝 흐르도록 젖는다. 일 마치고 자전거 타고 집에 올 때 시원하고 기분 좋다. 그래서 여름이 좋다.

가을이는 사박 오일 동안 변산공동체 계절학교에 다녀왔다. 방학하자마자 계절학교엔 안 가겠다고 날마다 징징대고, 눈물도 짰지만 끝내 갈 수밖에 없었다. 내가 가라고 하니까. 나도 반드시 꼭 가지 않으면 안 된다고 생각한 건 아니다. 집에서 하루 종일 뒹굴뒹굴하면서 심심해 노래를 부르는 것보다는 낫지 않나 싶었다. 새 디브이디 플레이어를 샀더니 대낮부터 끼고 앉아 있는 게 보기 싫어서 저녁 먹기 전에는 못 보게 했다. "엄마는 낮에도 컴퓨터 보면서." 볼멘소릴 하기에, "난 일하고 돈 벌잖아." 했다.

가을이 보내 놓고 나도 휴가 내고 며칠 쉬었다. 휴가가 필요 없을 만큼 설렁설렁 일하지만 그래도 기분이다 싶었다. 마침 휴가철이고, 밭일도 급한 건 해 두었으니까. 집에만 있었다. 변산이 관광지라 이맘때면 농협 마트에 사람이 바글바글하다. 계산하려고 줄을 다 서 본다. 여름에 놀러 다니는 사람들 보면 참 대단해 보인다. 안 힘든가? 마을엔 집집마다 승용차 한두 대가 서 있다. 자식들이나 친지들이 놀러 왔겠지. 밥해 먹으려면 참 덥겠다. 몇 해 전, 공동체에서 살 때 이맘때면 밭을 한차례 다 매고 한가할 때라 공동체 식구들은 집에 다니러 가거나 며칠 외출을 하곤 했다. 나도 한번 그래 보고 싶어서 엄마한테 전화해서 집에 가도 되느냐고 물었다. 여름 손님은 호랑이보다 더 무서우니 오지 말라고 했다. 맞는 말이다. 서울은 정말 덥다. 집이 좁으면 더 덥다. 추석에 가도 덥다.

밤에는 가을이가 보고 싶었다. 혼자 자는 게 무섭다. 어릴 적부터 꿈도 많이 꾸고 가위도 자주 눌리고 이상한 소리도 듣곤 했다. 지금은 그게 무서운 건 아니다. 지네가 무섭다. 자다가 사그락사그락 소리가 들릴 때마다 지네가 기어 다니는 게 아닐까 하고 잠든 가을이를 더듬곤 한다. 둘이면 그래도 덜 무섭다. 목이 말라 물 마시러 부엌에 나갈 때마다 발밑에 지네가 있으면 어쩌나, 불 켜고 한참 살핀다. 그래도 방에 가을이가 있으면 든든하다. 우리 집엔 사람 둘, 고양이 네 마리, 개 한 마리, 그리고 셀수 없이 많은 벌레들이 산다. 봄이면 개미들이 부엌방에서 결혼 비행을 한다. 저녁에 쓸고 닦아도 다음 날 아침이면 방바닥에 날벌레가 새카맣

게 죽어 있다. 거미는 파리도 잡고 모기도 잡으라고 내가 키운다는 마음
으로 같이 산다. 사실 그 녀석들이 원주민이고 내가 나중에 들어온 거다.
허리가 잘록한 벌이 해마다 창호지 문살에 집을 짓는다. 드나드는 문이
라 어쩔 수 없이 파리 약을 뿌렸다. 그런데 또 와서 짓는다. 웬만하면 안
죽이고 싶다. 좀비 메뚜기처럼 생긴 꼽등이도, 밤마다 드나드는 문에 거
미줄을 치는 뻔뻔한 거미도, 노래기처럼 발 많은 다른 벌레들도 징그러
워도 그냥 둔다. 집도 넓은데 뭐. 하지만 지네는 다르다. 싫은 게 아니라
무섭다. 그 푸르스름하고 반닥반닥 윤이 나는 등짝을 보면 한 이 초쯤 몸
이 얼어 버린다. 그리고는 악을 쓴다. 악을 쓰면서 무기를 찾는다. 어제
새로 산 책이라도 상관없다. 악을 쓰면서 내리치고 내리치고 내리친다.
적의 시체는 무기로 덮어 둔다. 뒤처리는 가을이를 시킨다. 가을이는 지
네보다 소리 지르는 내가 더 무섭다고 한다. 다행히 가을이가 없는 동안
지네를 만나지 않았다.

　가을이는 꽤 밝은 얼굴로 돌아왔다. 나쁘지는 않았나 보다.

　"어땠냐?"

　"최악이었어."

　"왜?"

　"그냥, 다."

　"날마다 호박이 나왔어?"

　"아니. 이번엔 식판에 밥 안 먹어서 좋았어. 그리고 호박도 먹었어."

　집 아닌 곳에서는 싫어하는 것도 먹나 보다. 호박, 시금치, 버섯 어쩌구
하고 놀리면 요즘은 기분 나빠 한다. 뭐가 최악이었다는 건지. '최악'이라
는 말을 새로 배워서 한번 써먹고 싶었는지도 모른다. 얼굴은 환하고 기
분도 좋아 보였다. 며칠 만에 보니까 더 귀여워졌다. 티는 안 내려고 하

지만 난 가을이가 갈수록 귀여워지는 것 같아서 뿌듯하다. 이젠 가끔씩 예쁜 게 아닌가 하는 생각까지 든다. 동글동글 잘 여문 도토리 같은 게. 예쁜 얼굴을 가려내는 내 기준이 바뀌고 있나 보다. 내친김에 물었다.

"도우미들이 너를 제일 귀여워하지?"

"우리 조에서는. 아니 다른 조 도우미들도."

당연하다는 듯이 대답한다. 역시 내 눈에만 그렇게 보이는 게 아니었어. 아니면 얘도 혹시 '자뻑과'인가?

뭐가 먹고 싶냐고 물었다. 통에 든 아이스크림을 '지금 당장' 먹고 싶다고 한다. 반가운 마음이 좀 사그라들었다.

"이 더운 날 자전거 타고 지서리까지 갔다 오라고?"

"엄마 소주 사러 갈 때 같이 사 오면 되잖아."

"집에 소주 있어. 소주 사러 안 가."

며칠 집 떠났다 오더니 좀 대담해졌다. 끈질기게 조른다. 지금 당장 아이스크림이 꼭 먹고 싶다고. 엄마는 엄마 먹고 싶은 건 사러 가면서 어쩌고저쩌고하더니 "나도 빨리 어른 돼서 돈 벌어 집 나가서 나 먹고 싶은 거 다 사 먹을 거야."로 끝을 맺었다.

그래 좋다. 나도 그랬으면 좋겠다. 하지만 나갈 때 나가더라도 계산은 하고 나가라. 집 나가서 돈 벌면 나 한 달에 오십만 원씩 줘야 한다. 그동안 내가 돈 벌어서 너 아이스크림도 사 주고 치킨도 사 주고 앞으로도 이 것저것 사 줄 거고 어쩌고저쩌고 했다. 결론은 오십만 원씩 주기로 했다. 지금 당장 아이스크림을 사 주면 육십만 원을 주겠다고 한다. 노후를 보장 받고 아이스크림을 사러 갔다.

이사 기념 뜨거운 사랑

이사를 했다. 운산리에서 지서리로. 변산공동체 다른 식구와 집을 바꾸었다. 새집에 딸려 있는 밭을 가을부터 짓게 되었다. 여전히 공동체 집, 공동체 밭이다. 터가 넓은 집이다. 한 터 안에 마루네 식구와 우리 두 식구가 살게 되었다. 길가 집이 아니라서 좋고, 해가 잘 들어 집이 밝아서 좋다. 그리고 전보다는 덜 심심하다. 가장 좋은 건 밭이 가까운 것이다. 버스 정류장이 가깝고 농협, 중국집과 식당들, 가게들이 모여 있는 변산면 '다운타운'이다. 이젠 눈이 아무리 많이 와도 보급은 걱정 없다.

지금은 편안하고 좋다. 하지만 이사하기로 하고 옮기기까지는 심란하고 힘들기도 했다. 두 해 전 공동체에서 예전 집으로 옮길 때는 짐이 별로 없었다. 걸어서 십 분도 안 걸리는 거리여서 자질구레한 짐은 일륜차로 옮겼다. 가구도 없었고 책장과 책, 옷이 다였다. 1톤 트럭 한 대에 헐렁하게 실어서 한 번 날랐다. 이번에도 처음엔 만만하게 생각했다. 내 짐은 옷하고 책뿐이고 가구는 책장과 서랍장뿐이니 널널할 거야. 이사, 그까이거 껌이다. 이삿짐은 보름 전부터 싸기 시작했다. 먼저 노끈을 사서 책을 묶었다. 가장 큰 짐이다. 1톤 트럭 반이 찬다. 큰 비닐 봉투를 사서 당장 입을 옷만 남기고 다 쌌다. 겁나게 많다. 그리고 온갖 잡동사니들,

118

가을이 물건들, 부엌살림들. 틈만 나면 싸고 버리고, 버리고, 또 버렸다. 50리터 쓰레기봉투 한 묶음을 사서 꽉 채워서 다 버렸다. 이사할 집에 미리 가서 청소도 했고, 운산리 이웃들과 간단한 송별회도 했고, 이사하는 날 아침까지 짐을 쌌다. 미리미리 한다고 했는데도 뭔 짐이 이렇게 많은 거야. 결국 트럭 석 대에 꽉꽉 차게 실어서 옮겼다. 열두 해 전 변산에 내려올 때 책가방 하나 달랑 메고 왔는데. 두 해 전엔 트럭 한 대로 충분했는데. 지금 집에서 오래 살 수 있으면 좋겠지만, 언제 또 이사를 해야 할지 모른다. 앞으로 짐을 절대 늘리지 않겠다고 다짐했다.

이사하는 날 가을이는 없었다. 가을이 아빠가 합천에 사는데 개학하기 전에 좀 데리고 있고 싶다고 해서 며칠 전에 보내 버렸다. 이사하고 짐 정리가 된 다음에 오는 게 번거롭지 않을 것 같아서 그렇게 했지만 내 마음이 아주 편한 것만은 아니었다. 그래서 더 심란했는지도 모른다. 아직도 가을이를 떨어뜨려 놓으면 마음이 안 놓인다. 가을이는 괜찮은데 내가 그렇다. 솔직히 아빠한테 가면 마음이 더 불편하다. 이건 어쩔 수 없다. 자꾸 겪다 보면 나아질 거라고 생각한다. 가을이가 아빠를 무척 좋아하고, 가을이 아빠가 나와는 달리 아이한테 몹시 자상한 사람이라서 불안한 거다.

미리 싸 둘 수 없는 짐이 있었다. 고양이와 개, 그리고 노트북. 노트북은 가는 날 아침에 가방에 넣어 들고 가면 되니 문제가 없다. 개는 줄에 묶여 있으니 트럭에 태우면 그만. 그런데 고양이들을 어떻게 옮길지 미리 생각을 못 했다. 늘 집과 마당을 드나들며 사는 놈들이라 덜렁 집어서 차에 태우면 될 줄 알았다. 이사하는 날 짐 옮기는 사람들이 들락거리고 어수선한 통에 고양이들이 어딘가로 다 가 버렸다. 마당에 쌓아 놓은 나무 더미 속이나 집 둘레 어딘가에 있겠지만 잡을 수가 없다. 고양이는

'이리 와, 우쭈쭈.' 한다고 오는 동물이 아닌 것이다. 고양이는 두고 동원이만 먼저 데리고 갈 수밖에 없었다.

이삿짐을 부려 놓고 자전거 타고 고양이 잡으러 갔다. 고양이는 모두 네 마리다. 키키, 나옹이, 새끼 두 마리. 새끼들은 사람 손을 잘 안 탄다. 처음 갔을 때 키키와 새끼 한 마리를 잡았는데, 새끼는 결국 놓치고 키키만 데려왔다. 다음 날 다시 가서 나옹이와 새끼 한 마리를 잡아 자루에 넣어 자전거에 실어 왔다. 그놈들도 놀랐고 나도 힘들었다. 나옹이는 다리를 다친 것 같았다. 절룩거려서 걱정스러웠지만 살펴볼 형편이 아니었다. 참치 캔 하나 사 들고 가장 사람을 안 따르는 남은 새끼 한 마리를 잡으러 갔다. 놓쳤다. 어찌나 몸부림치며 반항을 하는지 감당이 안 되었다. 고양이한테 물려서 피가 나 보기는 또 처음이다. 합천에 있는 가을이한테 전화해서 황보(사람 안 따르는 놈 이름이다.)를 못 데려왔다 하니 울먹울먹한다. 가을이는 황보를 좋아한다. 다른 새끼 한 놈은 데려가기로 한 집이 있어서 곧 보내야 하기 때문에 황보를 계속 키우고 싶어 한다. 네가 돌아오면 같이 잡으러 가자, 엄마 혼자는 힘들다고 했다. 황보가 가을이는 조금 따르니까 둘이 같이 가면 잡을 수 있을 것 같았다. 하지만 결국 황보는 잡지 못했다. 참치 캔 두 개와 소시지 한 개만 날리고. 세 번 잡으러 갔다가 두 번은 놓치고 마지막엔 아예 가까이 오지도 않아 포기했다. 가을이가 사흘을 울며 징징댔다. 전 같으면 그만하라고 한바탕했겠지만 일주일 떨어져 있다가 만난데다가 아빠와 너무 비교되면 '애인' 마음이 바뀔까 봐 다정하게 대해 주었다. 경쟁자가 있으면 사랑이 더 불타오르나 보다.

지금 고양이는 두 마리뿐이다. 나옹이가 집을 나갔다. 새집에 온 지 사흘째 되는 날부터 돌아오지 않는다. 다친 다리는 어떻게 되었을까, 동네 고양이들과 영역 싸움을 하다가 쫓겨난 걸까. 죽었을지도 모르지만 그래도 그냥 어딘가로 떠났다고 생각하기로 했다. 고양이한테는 고양이 삶이 있는 거니까.

새집에는 내 마음에 꼭 드는 공간이 있다. 우리가 자는 방 옆에 나무 마루가 깔린 널찍한 방이 있다. 방에서 신 신고 나와서 드나들어야 한다. 불편할 수도 있지만 난 그게 좋다. 독립된 내 공간이 생겼다. 이사 오기 전부터 여긴 내 책방이라고 찍어 두었고 꼼꼼하게 청소도 했다. 마음 같아선 마룻바닥에 초칠도 하고 싶었다. 책장을 놓고 컴퓨터 책상을 들였다. 잠자는 방은 가을이 공간, 여긴 내 공간. 이렇게 따로따로 사이좋게 살 거다.

이사 온 둘째 날 밤, 가을이도 없고 짐 정리도 채 안 되어 어수선하고 쓸쓸했다. 그래서 부엌으로 통하는 문을 열어 두고 고양이들을 데리고 잤다. 고양이가 밤에 드나들어야 하니까 문을 열어 두었다. 발치에서 가르릉 가르릉 하는 소리를 들으며 잠들었다. 고양이가 있어서 참 다행이라고 생각했다. 다음 날 아침 머리맡에 선물이 놓여 있었다. 갓 잡은 쥐두 마리. 날 위해 맛있는 부위로 남겨 두었나 보다. 뜨거운 사랑을 받으며, 피비린내 나는 아침을 맞았다.

가을이가 달라졌다

지난해 12월 24일, 그러니까 크리스마스 전날부터 눈이 왔다. 이틀 내리다 하루 쉬고, 또 이틀 오고 사흘 쉬고, 하루는 날리고, 다음 며칠은 해가 나고 쭈욱 그렇다. 그래서 아직도 눈이 녹지 않고 있다.

크리스마스 때는 꼬맹이들과(우리 집 꼬마, 옆집 꼬마들, 또 딴 집 꼬마 하나) 조촐하게 파티를 했다. 종이로 트리도 만들고, 불량 과자도 사 주고, 케이크 비슷한 것도 만들고. 저녁에는 음식 몇 가지 해서 술도 한잔했다. 이름난 분 생일은 좋은 거다.

그리고 그날 밤 눈이 엄청 왔다. 크리스마스엔 하루 종일 눈이 오고 다음 날까지 하루 종일 눈보라였다. 집에서 큰길로 나가는 샛길을 뚫고 나갈 엄두가 안 나서 한 이틀 집에 갇혔다. 그래도 예전 운산리에 살 때처럼 답답하지는 않다. 그땐 정말 눈 한번 내리면 꼼짝을 못 했다. 지금은 한 십 분이면 필요한 건 다 구할 수 있는 곳에 산다. 보급품이 쌓여 있는 가게가 있는 번화가에 산다.

가을이는 크리스마스 지나고 아빠한테 가려고 했는데, 눈이 와서 못 갔다. 이번 겨울에는 못 갈 것 같다. 봄에 학교를 며칠 쉬고 다녀오라고 했더니, 그게 더 좋단다. 학교를 빠지는 일이면 뭐든지 좋단다. 지서리로 이사를 오고 나서 무슨 핑계로든 학교를 안 가려고 한다. 오고 가기가 힘들다나.

날씨가 갑자기 추워졌다. 부엌이 너무 춥다. '큰 방'에서 두 집이 함께 밥을 해 먹은 지가 벌써 보름째다. 큰 방은 우리 살고 있는 집 옆에 큰 조립식 창고에 딸린 방이다. 부엌과 욕실이 딸려 있지만 살림집은 아니다. 평소에는 비워 두고 여럿이 모이는 행사가 있을 때만 쓴다. 기름보일러로 난방을 한다. 단열이 잘 돼서 따뜻하다.

밤새 눈이 내려 쌓인 날 아침, 도저히 우리 부엌에서 밥을 해 먹을 수 없어서 큰 방에 주섬주섬 부엌살림을 한 가지씩 가져다 놓기 시작했다. 옆집도 춥기는 마찬가지라 기름 값을 두 집이 반씩 내기로 하고 같이 밥해 먹고 아이들도 종일 거기서 논다.

내 방이라고 꾸며 놓은 방은 난방이 안 돼서 냉장고나 다름없다. 컴퓨터를 끼고 노는 짓도 이젠 추워서 못 한다. 대신 큰 방에서 책도 읽고 음악도 듣고, 마늘도 까고, 같이 김치도 함께 담그고 예전 공동체 있을 때랑 비슷하게 지낸다. 아이들이 많아서 늘 소란스럽지만 익숙해지니까 그것도 괜찮다. 난방비가 걱정스럽긴 하지만, 어쩔 수 없지. 가을이와 둘일 때는 끼니 때마다 반찬 해 먹는 것도 귀찮았는데, 이젠 뭘 좀 해 먹고 싶기도 하고 설거지도 미루지 않고 그때그때 한다. 무엇보다 따뜻해서 좋고, 혼자가 아니라서 좋다. 여럿이 어울려 먹으니까 가을이는 밥을 많이 먹는다. 옆집 이모가 해 주는 간식도 함께 먹는다. 포동포동 살이 찌고 있다. 살짝 걱정스럽다. 애들은 살이 쪄야 키가 큰다고들 하지만 나는 믿지 않는다. 내가 그 증거다.

가을이는 동생들과 꽤 잘 어울려 논다. 제 말로는 놀 사람이 없어서라지만, 두 살 어린 마루와 마음이 잘 맞는 것 같다. 마루가 가을이 말을 잘 들어준다. 제 엄마 말보다 더 잘 듣는다. 남자애들하고 잘 지낼까 싶었는데, 두 집이 다 뚝 떨어져 있어서 저희들뿐이니까 선택할 여지가 없기도 하다. 가을이 밑으로는 함께 놀 만한 여자아이가 없다. 은근히 까탈스러워서 맘이 맞지 않으면 차라리 혼자 있는 걸 더 좋아한다.

가을이가 좀 달라졌다. 아니, 달라졌다기보다 좀 자랐다고 해야 하나? 애매하게 잘 모르겠던 성격이 뚜렷해졌다. 엄마가 딸내미 성격을 잘 모르겠다고 하면 좀 이상하게 들리겠지만, 난 정말로 가을이를 잘 모르겠다. 그저 내가 보는 게 다가 아니라고 생각할 뿐이다. 집에서도 잠 잘 때 말고는 따로따로 놀고, 어려서도 옆에서 세심하게 챙겨 본 적이 없다.

나를 무서워하고 내가 성질부릴까 봐 말을 잘 듣는다는 것, 수줍음이 많고 소심하지만 남의 비위를 맞추며 어울리기보다는 차라리 혼자 있는 걸 좋아한다는 것. 대체로 내가 버럭 하면 깨갱 하지만, 정말 마음이 상하면 단단히 삐쳐서 내가 빌어야 풀린다는 것. 몸 움직이면서 활발하게 노는 걸 좋아하지 않는다는 것.(이건 정말 실망스럽다. 무술 소녀는 이제 거의 포기했다.) 책 읽는 걸 좋아하지만 읽고 쓰기가 아직 서툴다는 것.(그러면서 두꺼운 책을 읽는 걸 보면 참 신기하다.) 책 읽기 말고는 공부에 관심이 없다는 것. 그림을 좋아하고 제가 그린 그림을 자랑하고 싶어한다는 것.(나한테는 좀 봐 달라고 했다가 무시당하기 일쑤여서 다른 사람들한테 보여 준다.) 내가 보는 가을이는 이렇다.

또 제 주장이 강해졌다. 동생들 데리고 놀면서 대장 노릇에 재미를 붙인 거다. 마루는 가을이 말이라면 껌뻑인데, 그 밑에 녀석이 좀 개기는 편이다. 몹시 속상해 하면서 어떻게 하면 이놈을 누르고 권위를 세울 수 있을까 고민한다. 나한테 말해 봐야, "놀지 마.", 아니면 "패 버려." 같은 도움 안 되는 소리만 듣는다. 패지도 않고 아주 따돌리지도 않고 티격태

격하면서도 데리고 논다.

그리고 가을이는 제 엄마가 좀 별나다는 거, 애들 말을 잘 들어주고 간식도 잘 해 주고 무섭지 않고 냉정하지 않은 엄마들이 더 많다는 걸 알게 된 것 같다. 이젠 내 버럭이 잘 안 먹힐 때도 있다. 슬슬 불만을 드러내기도 한다. "엄마는 왜 내 말을 안 들어줘?" "마루는 이렇게 해도 되는데 난 왜 안 돼?" 어쩌다 내가 버럭 할라치면, "네네, 알았습니다요." 하고 눙치고 넘어가는 기술도 생겼다. 내 권위가 흔들리고 있다.

1월 1일 아침, 이부자리에서 뒹굴면서, "너 이제 몇 살이야?" 물었다.

한참을 생각하더니, "열 살인가?" 장난이 아니라 진지하게 그러는 거다. 이거 바보 아냐? "바보탱이야, 네가 열 살이냐?" 했더니 "그럼 몇 살이지?" 이런다.

"너 작년에 몇 살이었는데!" 버럭, 했더니 대답을 못 한다. 틀릴까 봐 무서워서 대답을 안 하려고 한다. 이게, 고민해서 대답할 질문이야? 괜히 아침부터 분위기 살벌해질 뻔 했다. 가끔 이렇게 생각지도 못한 데서 맹하단 말이야.

며칠 뒤, 마루네 식구와 밥을 먹는데 마루가 이제 아홉 살이라는 이야기가 나왔다. 가을이가 조용히 말했다. "아, 나는 그럼 열 한 살이구나." 다행이다. 지금이라도 알아서.

박가을은 이제 열 한 살이다. 올해부터는 내가 슬슬, 너무 눈에 띄지 않게 꼬리를 조금씩 내려야겠다. 성질부리며 고약하게 굴면 길게 봐서 나한테 이롭지 않을 것 같다.

엄마, 10등보다 2등이 잘한 거야?

어제가 내 생일이었다. 해마다 생일을 맞으면 한 가지 생각이 든다. '이제 다 놀았구나.' 내 겨울은 남들보다 좀 더 길다. 내 생일이 지나야 겨울이 끝나는 거다. 생일 기념으로 가을이와 치킨을 먹었다. 사실은 저녁하기 귀찮아서 핑계 김에 먹었다. 가을이 검도 수업이 있는 날이라서 맛있는 것을 먹어야 하긴 했다.

가을이 검도 수업은 일주일에 한 번이 아니라 두 번이다. 난 한 번인줄 알았다. 검도 하는 날 오백 원을 주고, 저녁은 네가 좋아하는 걸로 해주겠다고 약속했다. 가을이는 일주일에 천 원과 특식 두 번을 요구했다. 아주 강하게 요구했다. 그냥 한 번으로 넘기자고 했더니 마치 나한테 크게 당하기라도 한 것처럼, '속았어. 그럼 그렇지. 역시 엄마는 약속을 안지켜.' 이런 얼굴이다. 불만이 가득하다. 전엔 내가 "안 돼!" 하면 곧바로 꼬리를 내렸는데 요즘은 안 그런다. 꼬리에 힘이 좀 들어갔다. "내가 힘이 없어서 참을 수밖에 없지만 그래도 이건 아니잖아! 부당하잖아!" 꼬리가 이렇게 말한다.

그래서 가을이는 일주일에 용돈 천 원을 받는다. 그 천 원을 다 쓰지않고 차곡차곡 모으고 있다. 꼬마 재산가가 되어 가고 있다. 초등학교 4

학년인데 일주일에 천 원이면 너무 과한 거 아닌가? 가을이 말로는 언니들(공동체 학교 언니들)이 부러워한다고 한다.

"동네방네 떠들고 다니지 마!"

"떠든 게 아니고, 언니들이 용돈 얼마 받는다고 해서 나도……."

사실 동네방네 떠들고 다니는 건 나지만.

봄에 제 아빠 집에 다니러 갈 때, 갑자기 솟구치는 사랑을 주체하지 못하고(아빠한테 보내려고만 하면 왜 그렇게 사랑스럽고 아까운지) 거금 이만 원을 줬다. 그걸 안 쓰고 그대로 가지고 돌아왔다. 이미 사랑이 식은 뒤라도 다시 뺏을 수는 없는 일. 가을이는 제 돈을 동전 따로, 지폐 따로 간수를 한다. 어디다 뒀는지 나도 모른다. 어쨌든 이만 원은 넘게 늘 가지고 있는 셈이다.

지난해까지만 해도 돈을 몰랐다. 만 원이 큰 건지 천 원이 큰 건지도 헷갈려 했다. 가게를 드나들며 물건을 사 본 적이 없기 때문이다. 그래서 물건 값도 몰랐다. 대충 얼마다, 하는 감도 없었다. 지난해에 가게가 가까운 이곳으로 이사를 나와서야 막대 사탕은 백 원이라는 걸 알게 되었다. 일주일에 한 번씩 사탕 한 개를 사 먹으러 다녔다.

심부름을 시키면 아주 좋아한다. 가게에서 물건 사고 거스름돈을 받는 게 그렇게 재밌다는 거다. 그래서 라면 심부름을 가끔 시켰다. 가을이한테 돈이 있으니까 "일단 네 돈으로 사 오면 엄마가 채워 줄게." 하고 심부름을 시켰다. 라면도 심부름도 모두 가을이가 좋아하는 거다. 일요일 저녁을 라면으로 때운 날, 가을이는 제 돈 만 원을 들고 가서 라면 두 개를 사 왔다. 만 원 들고 심부름 간 건 처음이다. 거스름돈을 모두 주면 새로 만 원을 주겠다고 했더니 머뭇거린다. 무슨 소린지 몰랐나 보다.

"그냥 거스름돈 내가 가지면 안 돼?"

"엄마 잔돈 없어. 그냥 만 원 줄게."

"그냥 거스름돈만 줘."

"왜?"

"돈이 많은 게 좋아."

바보 아냐?

"그럼 그러든가."

"야호!"

세종대왕 한 장보다 율곡 선생 한 장, 퇴계 선생 세 장, 그리고 동전들이 더 좋다는 것이다. 그날 우리 둘 다 기분이 좋았다. 나도 내 돈이 많은게 좋으니까.

아무래도 '초등학생한테 일주일 천 원은 너무 많아. 이번 학기는 그냥넘어가고 다음 학기에 재협상을 해야겠어.' 이렇게 생각하고 있다. 그런데 가을이는 아직 돈 쓸 줄은 몰라서 그저 모으기만 한다. 이러다 딱 내꼴이 나지 싶다.

나도 초등학교 4학년, 딱 가을이 나이 때부터 일주일에 천 원씩 용돈을받았다. 중학교 졸업할 때까지 그만큼만 받았다. 고스란히 모았다. 은행에 저금하지 않고 현찰로 말이다. 가끔 꺼내 보며 흐뭇해하면서. 그게 다천 원짜리였으니 얼마나 두툼하고 뿌듯한지. 16만 원쯤 모았는데 아빠가홀랑 가져가 버렸다. 급하게 필요해서 꿔 간다고 했다. 이자도 준다고 했다. 이자 붙여서 20만 원을 채워 주면 좋겠다고 내심 바라고 있었다. 그걸로 끝이었다. 안 갚았다. 몇 번 독촉을 했더니, 마지막에는 "결국은 내가준 돈이잖아." 했다. 어른이란 참 믿을 게 못 된다고 생각하고 포기했다.

가을이가 4학년이긴 하지만 일반 초등학교처럼 공부를 하는 게 아니라서 수학 실력은 아마 한 2학년 정도? 그것도 공부 잘하는 2학년은 아니다.(사실 나도 지금 초등학교 아이들이 뭘 얼마나 공부하는지 잘 모른다.) 큰 수 덧셈은 힘들어하는 수준인 것 같다. 돈 개념도 별로 없다. 돈을 주고 물건을 사고, 물건 값을 알고, 갖고 싶은 게 자꾸 생기고, 돈이 또 필요하고 이런 걸 모른다. 그저 돈은 참 좋고 흐뭇한 것쯤으로 생각한다. 요즘 학교에서 수학 시간에 시장 놀이를 하고 있으니 좀 있으면 천 원짜리 여덟 장보다 만 원짜리 한 장이 더 좋다는 걸 알게 될지도 모르겠다.

어느 날 밤에 자려고 누웠는데 가을이가 그런다.

"엄마, 나도 공부하는 학교 가고 싶어."

"넌 거기 가면 공부 못해서 맨날 꼴등해."

너무 기를 죽이나 싶긴 했지만, 사실이잖아?

"엄마는 공부 잘했어?"

"겁나게 잘했지. 엄마는 고등학교를 2등으로 들어간 사람이야."

대답이 없다. 감탄을 해야 하는 거 아냐? 1등이 아니라서 그런가?

"1등하고 1점 차이밖에 안 났어."

"엄마, 2등이 잘한 거야?"

"잘한 거지. 1등 다음에 2등. 최고로 잘한 거 다음으로 잘한 거."

"숫자가 작을수록 잘한 거야? 그러니까 10등보다 2등이 잘한 거야?"

난 정말 믿을 수가 없었다. 정말 바본가?

"난 또 숫자가 많은 게 더 잘한 건 줄 알았지."

가을이 덕에 오밤중에 미친 듯이 웃었다.

어미 잃은 새끼 고양이들
·····················

고양이가 죽었다. 우리 키키가 죽었다. 한 열흘 되었나 보다. 약을 먹은 것 같다. 무슨 약인지는 모르지만. 외출했다 연락을 받고 서둘러 돌아와 보니, 마당 구석 장독 뒤에서 부들부들 떨면서 괴로워하고 있었다. 가을이는 울고 있고. 가장 먼저 든 생각은, '곧 죽겠구나.'였다. 택시를 타고 부안 동물 병원으로 간다 해도 가다가 죽을 게 뻔해 보였다. 응급조치 방법도 몰랐다. 두 번째 든 생각은, '새끼들도 다 죽겠구나.'였다. 난 지 이주가 채 안 된 새끼가 다섯 마리 있다. 엊그제 겨우 눈을 떴다. 지금 어미가 죽으면 새끼들도 모두 죽을 수밖에 없다.

키키는 축 늘어져서 할딱거리다가 몸이 들썩거리도록 떨다가, 다시 늘어지기를 한 이십 분 정도 되풀이했다. 눈이 흐려지는 것도 느껴졌다. 마지막 몇 분 동안 격렬하게 몸을 떨어서 꼭 붙잡아 주었다. 빨리 가라고 빌었다. 가을이는 보지 못하게 했다. 완전히 숨이 끊어졌을 때, 굳어 버리기 전에 입을 다물려 주었다. 바로 묻지는 못할 텐데, 나중에 보더라도 입 벌리고 죽은 모습은 흉할 것 같아서. 입가에 침과 거품이 묻어 지저분한 자국도 물로 씻어 주었다. 종이 상자에 담아 부엌 아궁이 곁에 두었다.

가을이한테는 보여 주지 않고 죽었다고 얘기만 했다. 엉엉 울었다. 그런데 별로 애처롭지도 않고, 달래 주고 싶지도 않고, 슬퍼하는 마음이 절실하게 공감되지도 않았다. 이상하게 냉정한 마음이 들었다. 고양이가 죽은 것도 슬프지 않았고, 아이 마음도 안쓰럽지 않았다. 지치고 짜증스런 기분이 들었다. 왜 그랬는지 모른다.

만 3년을 기른 고양이였다. 개와는 다르게 며칠 안 보여도 별로 걱정이 안 됐고 졸졸 따라다니지도 않으니, 그저 있으면 있나 보다, 안 보이면 나갔나 보다 했다. 이번에 새끼를 세 번째 낳았는데, 처음만큼 먹는 것을 신경을 써 주지 않은 것도 사실이다. 그게 좀 마음에 걸리고 미안하다. 먹을 게 부실해서 돌아다니다가 약을 주워 먹은 게 아닐까 싶어서.

새끼 고양이들을 살릴 수 있을 거란 기대를 별로 안 했다. 하지만 애는 써 봐야 한다 싶었다. 그게 부담돼서 짜증스러웠는지도 모른다. 내가 이렇게 냉정한 인간인 줄 몰랐다. 일단 우유를 사고, 약국에 가서 주사기를 하나 샀다. 우유를 데워서 주사기로 먹여 보았는데 잘 안 먹는다. 새끼들을 상자에 담아 방으로 옮겼다. 가을이한테는 내일 동물 병원에 가서 뭘 어떻게 해야 하는지 알아보자, 살릴 수 있으면 좋겠지만 너무 어려서 모두 죽을지도 모른다, 각오는 해야 한다고 말해 주었다.

인터넷이 있었다. 모르는 건 뭐든지 물어 볼 수 있는 인터넷. 그 생각을 못 했다. '새끼 고양이 먹이'로 검색을 하니까, 고양이 관련된 사이트, 쇼핑몰 같은 게 주르르 뜬다. 급한 김에 눈에 띄는 곳 아무 데나 들어가 봤다. 새끼 고양이가 먹는 분유가 있었다. 사람이 먹는 우유는 절대 주어서는 안 된다고 했다. 사람 아기가 태어나자마자 생우유를 먹으면 안 되듯이. 더 생각할 새 없이 그냥 바로 분유 한 통을 주문했다. 고양이용 분유는 사람 분유보다 서너 배는 비쌌다. 하지만 고양이는 조금 먹으니까 그렇게 큰 부담은 아닐지도 모른다고 생각했다. 그냥 굶어 죽게 내버려

두지 않을 수 있어서 얼마나 다행인지, 가을이와 내가 그 모습을 보지 않아도 되는 방법이 있어서 얼마나 다행인지 모른다. 새끼 고양이들이 모두 죽더라도 할 만큼 했다는 마음은 들었으면 했다. 가을이는 반드시 살려야 한다고 생각했겠지. 새끼 고양이들이 있어서 가을이가 키키가 죽은 것을 오래 슬퍼하지 않게 된 건 다행한 일이었다. 죽은 놈만 불쌍하다.

다음 날 가을이는 학교에 가지 않았다. 난 두 시간 수업이 있어서 다녀왔다. 다녀와서 함께 동물 병원에 갔다. 뭔가 해야 할 일이 있는 건 마음을 달래는 데 도움이 된다. 별 기대 하지 않고 갔다. 부안 동물 병원은 소나 돼지, 큰 개 같은 가축을 주로 다루는지라 고양이는 안 받을지도 모른다고 생각했다. 그런데 귀인을 만났다. 동물 병원 의사 선생님이다.

사정을 이야기했더니, 마침 자기도 버려진 새끼 고양이를 기르고 있다면서, 우선 고양이 분유를 먹이라고 나눠 주었다. 생우유는 먹여서는 안 된다고 했다. 소화제(정장제)를 분유에 타 먹여야 한다고 알려 줘서 한 봉지 샀다. 고양이용 젖병도 샀다. 무려 만 원짜리다. 갈 때와 올 때 기분은 하늘과 땅 차이, 가을이가 이제야 웃었다. 줄초상은 안 치러도 될지 모른다는 생각에 마음이 좀 가벼워졌다.

고양이한테 분유를 먹이는 건 쉬운 일은 아니었다. 고무젖꼭지를 빨려고 하질 않아서 아예 끝을 가위로 잘라 버리고(만 원짜리 젖병 꼭지를 자르려니까 손이 좀 떨렸다.) 거의 강제로 퍼 넣듯이 먹였다. 들어가는 게 반이고 뱉는 게 반이다. 아까웠다. 먹이는 게 다가 아니다. 똥을 눠야 하는데 그냥은 못 하고 어미가 핥아서 자극을 주어야 한다. 어미가 없으니까 내가 수건으로 살살 문질러 줬는데, 처음엔 오줌도 안 누고 똥도 안 눈다. 먹긴 하는데 누질 않으니까 걱정이다. 자극을 해 주라고만 했지, 눌 때까지 계속 문지르고 있어야 하는지 문질러 주면 지가 알아서 누는지는 알

수가 없었다. 인터넷에도 안 나온다. 그렇다고 하루 종일 고양이 똥꼬만 문지르고 있을 수는 없지 않나. 분유는 세 시간에 한 번씩 먹이라고 해서, 가을이 키울 때도 안 해 본 '오밤중에 분유 타기'를 다 했다.

고양이는 참 빨리 자란다. 그게 너무나 다행스럽다. 겨우 눈을 뜨고 꼬물대며 기지도 못하던 녀석들이 지금은 뛰어다닌다. 이빨이 하나도 없었는데 송곳니와 앞니가 뾰족하게 났다. 젖병도 쪽쪽 찰진 소리가 나게 잘 빤다. 똥오줌을 못 눌까 봐 걱정이었는데, 지금은 너무 많이 눠서 깔개를 갈아 대기 바쁘다. 지금도 분유 먹이고 나면 똥꼬를 문질러 주는데 줄줄줄 새서 수건이 흠뻑 젖고, 내 손도 젖고 바지도 젖는다. 방에서 냄새도 난다. 내가 깔끔한 성격이 아니라 참 다행이다. 어미가 있으면 핥아서 늘 깨끗하게 해 줄 텐데 그러질 못해서 털도 지저분하고 꾀죄죄한 게 안돼 보였는데(차마 내가 핥아 줄 수는 없고.) 어느새 제 털을 핥으며 고르륵거릴 줄 알게 되었다. 안 배워도 할 수 있구나. 한 놈이 발을 쭉 뻗고 발가락 사이를 핥다가 중심을 잃고 나뒹구는 걸 보고 가을이랑 나랑 크게 웃었다. 귀여워서 미치겠다는 건 이런 걸 두고 하는 말인가 보다.

벌써 분유 두 통을 비웠고, 두 통을 또 주문했다. 분유가 떨어져서 사람 아기 분유를 잠깐 섞어 먹였더니 설사를 했다. 고양이 분유가 더 맛있는 냄새가 난다. 먹어 보고 싶었지만 참았다. 가을이가 그동안 모아 둔 돈을 고양이 분유 값에 보태라고 모두 다 나한테 주었다. 마다하지 않고 받았다.

방 청소 백 원, 설거지 이백 원

겨울을 이제 반쯤 보냈나? 사실은 반 훨씬 더 남았지만 그래도 반이라고 생각한다. 그래야 좀 마음이 가벼워지기 때문이다. 그리고 "반 남았다, 반 남았다." 이러다 보면 어느새 반이 훌쩍 넘어 있을 것 같다.

지난해 겨울은 정말 춥고 눈도 많이 왔다. 그래서 오히려 더 따뜻하게 지냈다. 옆집이랑 같이 두 식구가 창고에 딸린 방에 모여서 보일러를 팡팡 때며 지냈으니까. 집이 너무 추워서 다른 수가 없었다. 기름 값이 무서웠지만 얼어 죽는 것보다는 낫다고 생각했다. 부엌 수도가 꽁꽁 얼어 버려 집에선 밥도 해 먹을 수 없었다. 아이들이 와글와글 소란 떠는 틈에서 정신없이 겨울을 보냈다. 하지만 올해는 지난해처럼 춥지가 않다. 그래서 어떻게 집에서 버텨 볼 수 있지 않을까 싶었다. 절임 공장에서 일해 번 돈으로 장작을 사서 들여놓고 창고 방 보일러 기름도 한 드럼 넣어 두었다. 더운물을 써야 하니까. 이번 겨울은 기름을 더 안 넣고 버텨 볼 생각이었다.

지난해 크리스마스 즈음에 한 번 추위가 왔다. 밤새 따뜻하게 자려니까 나무가 너무 헤펐다. 낮에도 추웠다. 옆집은 식구가 모두 열흘 가까이 집을 비웠다. 나하고 가을이 둘이서 큰 방에 보일러를 때며 지낼 엄두가 나지 않았다. 그러다 둘 다 심하게 감기에 들어 버렸다. 과자랑 라면을 한 보따리 사다 놓고 방에서 둘이 앓으며 지냈다. 종일 자다가 배고프면 과자 먹고 또 자고, 화장실 갈 때, 불 때러 나올 때 말고는 방에서 한 발 짝도 안 나갔다. 부엌이 한데나 마찬가진 데다가 연기가 차서 도저히 뭘 해 먹을 수가 없었다. 그렇게 과자로 끼니를 때우며 크리스마스를 보내 고 나니 감기가 좀 나았다. 곧바로 큰 방에 보일러 돌리고 부엌부터 옮겼 다. 기름 값이 제아무리 무서워도 밥은 해 먹고 살아야지 싶다.

돈이야 벌면 되지. 대범하게 마음먹었지만 나무는 날마다 눈에 뜨이게 줄어든다. 두 집이 함께 3톤 좀 넘게 사서 반씩 나눴는데, 생각보다 양이 많지 않아서 사 놓고 좀 후회를 했다. 겨울을 나기 힘들 것 같다. 그럼 또 사야 하는데 에구, 어쩌나. 다시 한 번 대범하게 '돈이야 벌면 되지.' 주문 을 외운다. 보일러를 날마다 들여다보며 기름이 얼마나 줄어들었나 확인 한다. 낮에는 '외출'로 해 놓고 씻을 때랑 아침 먹을 때만 좀 돌린다. 나 혼자 있을 때는 방에서 목도리 하고 겨울 외투 입고 양말 두 개 신고 지 낸다. 우리 두 식구, 특히 내가 혼자서 이 큰 방 보일러를 돌리고 있는 게 부담스럽기만 하다. '기름이 떨어지면 다음번 기름은 내가 사서 넣어야 겠지? 그럼 그게 또 얼마냐, 에휴.' '돈이야 벌면 되지.' 대범해지는 주문 을 또 외운다.

가을이는 돈을 벌고 있다. 겨울방학 하고부터 방 청소 한 번에 백 원, 설거지 한 번에 이백 원씩 주겠다고 약속을 했다. 설거지가 더 비싼 까닭 은 찬물에 손 담그는 게 더 고생스럽기 때문이었다. 부엌을 옮기고 나서 는 더운물이 나오니 다시 백 원으로 조정해야 하는 거 아닌가 생각하지 만 아마 가을이 절대 동의하지 않을 것이다. 뭐든 오르는 건 쉬워도 내 리는 건 어렵거나 불가능하니까. 하여튼 가을이는 돈을 벌고, 나는 집안

일을 거의 하지 않게 되었다. 밥하고 반찬 하고 빨래만 한다. 방 청소는 전부터 가을이가 해 왔지만 돈을 받으려면 더 잘해야 한다고 했다. 이부자리도 싹 걷어서 쓸고 닦고, 책이나 다른 물건들도 완벽하게 제자리에 정리하지 않으면 돈을 안 주겠다고 했다. 아직까지는 잘하고 있다. 두 가지를 이틀에 한 번씩 하고 삼백 원을 벌고 있다. 꽤 쏠쏠한 용돈이다. 검도 수업이 없어져서 용돈이 끊길까 봐 시무룩해 있기에 내가 제안을 했다. 가을이는 설마 내가 정말 용돈을 하나도 안 주기야 하겠나 하고 처음엔 버텼다. 그래서 내가 그랬다.

"일하고 받은 돈하고 그냥 받은 돈은 다르지."

"뭐가 다른데?"

"일하고 받은 돈은 네 돈이지만 그냥 준 돈은 내 돈이거든."

"그래서?"

"그 돈으로 네가 뭘 살지를 내가 정하는 거라고."

"치사하다."

"인생이 원래 그런 거다."

"그럼 일하고 받은 돈은 내 마음대로 써도 돼?"

"물론. 난 내 돈에만 관심 있거든."

이렇게 협상을 하고 계약을 맺었다. 가을이는 만 원쯤 모았다. 칼도 사고 지우개도 사고 그림 그릴 연습장도 산다. 제 돈이 없으면 내가 사 줬겠지만 자기 돈으로 다 산다. 과자도 자기 돈으로 사 먹는다. 나도 하나 사 달라고 졸랐더니 정말 사 준다. 일주일에 한 번씩 내가 부안에 나가는데 가을이를 데려갈 때도 있고 집에 두고 갈 때도 있다. 가을이는 늘 따라가고 싶어 하지만 차비가 너무 많이 들어 떼어 놓고 갈 때가 많았다. 둘이 나갔다 오면 왕복 칠천 원이다. 이젠 가을이가 자기 차비를 낸다.

따라오려면 네가 차비를 내라고 했더니 그러겠다고 했다. 그런데 사실 가을이가 차비를 좀 더 내고 있다. 왜냐하면 가을이 차비는 천이백 원인데 나는 가을이에게 왕복 삼천 원을 받고 있으니까. 수수료를 떼고 있는 거다. 어쩐지 돈을 버는 건 가을이가 아니고 나인 것 같다.

가을이에게 일해서 받은 돈은 마음대로 쓰라고 했으니까, 가을이는 나한테 돈을 홀랑 뺏길 염려는 없다. 혹시 나도 가을이가 한 십만 원쯤 모으면 어느 날 내놓으라고 하고 싶을지도 모른다. 하지만 가을이는 그렇게 모으지 못할 거다. 원래는 내가 사 줘야 할 것들을 다 제 돈으로 사고 있으니까. 결국 나한테 받고 다시 나한테 주고 있는 셈이다. 아무래도 이 거래는 나에게 몹시 이익이다.

넌 구구단도 모르잖아

개학을 했다. 가을이는 방 벽에 구구단 4단을 써서 붙여 두었다. 누워서 볼 수 있게. 다 외우면 5단을 붙이겠다고 했다. 보니까 숫자를 참 예쁘게 썼다. 그건 마음에 든다. 하지만 외우고 있는지는 모르겠다.

가을이는 이제 5학년이 되었다. 하지만 우리 나라 초등학교 5학년들이 뭘 배우고 있는지 모르기 때문에 가을이가 일반 학교에 가도 5학년인지는 알 수 없다. 아마 아닐 것이다. 하지만 그런 건 별로 생각할 필요가 없다. 이제 와서 전학을 갈 것도 아니니까.

3학년 때 가을이는, 3학년이니까 구구단 3단을 올해 안에 다 외우겠다는 야심 찬 결심을 했다.

"그럼 4학년 때는 4단?"

"응."

"5학년 때는 5단?"

"응."

"6학년엔 6단?"

"응."

"그럼 7단부터 9단까지는 안 외우는 거야?"

"응."

공동체 학교 중등 과정에는 수학 시간이 없다. 앞으로는 어떨지 모르지만 지금은 그렇다. 구구단은 어떻게 해서든 초등학교 다닐 때 꼭 9단까지 알아야 한다고 말했다. 그래야 할 것 같았다. 하지만 내가 도와준 건 없다. 가끔 놀려 먹을 뿐.

"4학년은 4단, 5학년은 5단, 6학년은 6단, 7학년은 없어!"

말끝에 "넌 구구단도 모르잖아." 하면서 놀리면 전에는 "외울 거야!" 했는데 요즘은 "여기서 구구단 얘기가 왜 나오는데! 구구단이 무슨 상관인데!" 하며 대든다. 자존심 상해 하는 것 같아서 이젠 놀리지 말아야겠다고 생각했다.

내가 어릴 때 구구단은 초등학교 2학년 때 다 외웠다. 외우도록 만든다. 때리고 벌주면서 외우게 했다. 하지만 선생이 나빴던 거지 구구단 잘못은 아니다.

구구단은 왜 외워야 하는 걸까, 하고 묻는다면 수학을 더 배우기 위해서라고 대답하겠다. 수학은 왜 배워야 하느냐고 물으면 뭐라고 해야 할까. 그냥 쉽게, 가게 가서 물건 사고 거스름돈은 제대로 받아야 하니까 배워야 한다고 말하기도 한다. 가을이한테도 그렇게 말한다. 배워 두면 편리하다고. 하지만 물건 사고 하는 건 덧셈 뺄셈만 알아도 대충 되는 거 아닌가? 그렇지만 덧셈 뺄셈을 알면 곱셈 나눗셈도 알고 싶어지지 않나? 알고 싶어지지 않는다면 어쩔 수 없지만. 그럼 그보다 더 어려운 수학은 꼭 배워야 할까?

전에는 안 하던 생각을 요즘은 가끔 한다. 공부는 왜 해야 할까, 언제 해야 할까, 꼭 해야 하나? 정확히 말하면 학교에서 배우는 것들 말이다. 가을이는 글을 읽을 줄 아니까 다른 과목들은 책을 읽어서 스스로 배울 수 있겠지만(배우고 싶다면 말이다.) 수학은 그렇지 않으니까 주로 수학에 대한 생각이다.

전에는 그렇게 생각했다. 사람이니까 사람이 알아야 하는 걸 알아야 한다고. 옛날 옛날 한 옛날부터 사람들은 머리 싸매고 수학이니 과학이니 공부해서 후손들에게 전해 주었으니까, 배워서 또 물려줘야 하는 거 아닌가. 그래야 문명이 이어지고.

그런데 지금은 그것도 글쎄, 잘 모르겠다. 내가 배웠던 것들이 반드시 알아야 하는 거였는지 확신할 수 없다. 나는 어차피 이미 배워서 아는 거고 도로 물릴 수도 없고 그럴 필요도 없으니까, 내 문제가 아니고 가을이 일이다.

'초등학교 5학년인데 곱셈을 못해도 상관없는 거야? 사는 데 문제없으면 되는 거야?'

지난겨울에 검정고시 준비하는 아이 공부를 봐주게 되어서 중학교 수학을 다시 공부하게 되었다. 다시 공부했다고 하는 까닭은 겁나게 어려웠기 때문이다. 내가 검정고시를 치고 싶어질 만큼 열심히 공부했다. 수업하다 막혀서 창피당할까 봐.

검정고시 문제는 쉽고 기초만 나온다고 알고 있었는데 왜 이렇게 어려운 거야? 겨울이라 달리 할 일도 없어서 밥 먹고 수학 문제만 풀었다. 내친 김에 고등학교 수학도 다시 해 볼까 해서 십 년 전에 공동체 학교 아이들을 가르쳤던 수학 책도 꺼내서 풀어 봤다. 까다로운 문제는 한 문제 푸는 데 30분에서 한 시간까지도 걸리니 시간은 참 잘 갔다. 재미있었다.

내가 예전에 이런 걸 다 배웠구나, 새삼스러웠다. 그리고 더 이상 시험을 보지 않아도 된다는 것, 검정고시 치는 건 내가 아니라는 게 어찌나 즐겁던지. 같이 공부한 아이에게 미안할 정도였다.

시험은 보지 않아도 돼, 대학에 가지 않아도 돼, 성적으로 경쟁하지 않아도 돼, 그러면 수학도 재미있다. 적어도 나는 그렇다. 내가 한창 열나게 공부하던, 밤 열두 시까지 야자를 하던 시절에는 이런 재미를 못 느꼈지만 말이다. 중고등학교 때 나는 공부를 아주 열심히 했다. 그래도 늘 수학이 어려웠다. 특히 수학 시험이 무서웠다. 지금도 일 년에 한 번 넘게 시험 보는 꿈을 꼭 꾼다. 얼마 전에도 꿨다. 깨고 나니 참, 도대체 몇 살이 되어야 이런 꿈을 안 꾸게 되는 걸까 싶었다. 열두 해를 누구 못지않게 열심히 공부해서 대학에 갔을 때 받은 충격과 황당한 기분을 잊을 수 없다.

'대학생이 돼도 공부를 해야 하는 거야?!'

하지만 정말 그랬다.

내가 그랬다고 가을이도 그러라는 법은 없다. 나는 공부를 잘하면 그나마 학교에서 천대는 받지 않는 게 좋고 다행스럽고 그러다 보니 재미도 느꼈지만 가을이는 나와 다르다. 내가 배운 걸 가을이도 배우면 좋겠다는 생각이 들 때도 있다. 하지만 하고 싶어야 하는 거지 공부는 억지로 시킬 수 없다는 건 안다. 하고 싶어지면 하겠지. 어차피 내 인생은 아니잖아? 언제나 결론은 이렇다.

그러고 보니 가을이가 2학년이 반이 다 지나도록 한글을 못 뗐을 때도 내가 잠깐 걱정을 하긴 했다. 이번엔 구구단인가 보다.

대박 난 채소 농사

기다리던 비가 온다. 올해는 봄부터 바쁘다. 채소를 이것저것 많이 심었기 때문이다. 변산공동체에서 독립한 뒤로 이 계절에 이렇게 바쁘기는 처음이다. 날마다 하루를 꽉 채워 해야 할 일이 있다는 게 익숙하지 않다.

올해 농사를 좀 잘 지어서 돈을 벌어 보려고 몇 가지 계획을 한 게 있다. 물론 내 농사 규모가 워낙 작으니까 큰돈은 아니고 큰 일거리도 아니다. 하지만 요즘 소줏값 모았으면 집 한 채 지었겠다는 생각이 종종 들고 푼돈 모으면 큰돈은 못 되도 먹고살 돈은 되지 않겠나, 달리 돈을 벌 방법도 없고 그나마 하던 거 좀 열심히 해 보자는 마음을 먹었다. 철이 들었든지 아니면 늙었나 보다.

쌈 채소를 여러 가지 심어서 유기농 밥집에 내려고 이른 봄부터 나답지 않게 부지런을 떨었다. 비닐하우스에도 일찍 심어 보고 노지에도 남들보다 일찍 심었다. 하지만 아무리 일찍 심어도 날 때가 돼야 난다는 당연한 사실을 다시 확인했을 뿐이다.

2월 말에 씨를 뿌렸더니 3월에 싹이 돋아서 한 달이 넘어도 참 감질나게 안 자라던 게 5월이 돼서 날이 따뜻해지니까 정신없이 자란다. 더불어 풀도 정신없이 자란다. 상추밭을 다 매게 되다니. 먹을 사람도 없고 귀찮다는 이유로 채소 농사는 대충 되면 먹고 안 되면 말지 식으로 지어 왔고 그러다 보니 당연히 해마다 안 됐다.

집에 먹을 걸 심어 놓지 못하면 뭘 자꾸 사 먹게 된다. 상추도 없고 시금치도 없고 당근도 없으니까 반찬 할 게 없고, 그렇다고 그런 채소를 사 먹는 게 아니라 라면이나 냉동 만두, 햄, 소시지, 어묵 같은 걸 사 먹는다. 공동체 나오고 한동안은 그런 거 사는 게 좀 마음에 걸렸는데 좀 지나니까 괜찮아졌다. 모든 건 가을이가 채소를 안 먹기 때문이라고 핑계를 댄다. 하지만 사실 사면 내가 더 많이 먹는다. 이러면 안 되겠다는 생각이 들었다. 일단 반찬 값이 너무 많이 들고 반찬이 자꾸 불량해지고 내 인생도 불량해지는 것 같고, 무엇보다 버는 건 없으면서 쓰는 건 너무 많아서 불안해졌다.

못 팔아도 먹으면 되니까 반찬 값은 굳겠지 생각하고 잔뜩 심었다. 물도 주고 밭도 매고 웃거름도 줬다. 자라는 거 보는 게 꽤 재미있다. 그리고 정말 재미있는 건 이게 돈이 좀 된다는 거다. 일주일에 이삼만 원은 들어온다. 다음으로 재미있는 건 정말로 반찬 값이 굳는다. 냉장고가 텅텅 비고 밭에도 아무것도 없어 그야말로 개털일 때는 간단하게 한 끼 때울 거 뭐 없나만 찾는다. 그래서 치킨도 많이 시켜 먹었고 라면도 다섯 개들이 봉지로 사다 놓고 먹었다. 요즘 우리 냉장고엔 상추랑 시금치, 적겨자, 청겨자, 치커리 팔고 남은 게 일주일 내내 가득이고 밭에도 잔뜩이라 그저 저걸 뭘 해서 다 먹나 그 궁리만 한다.

시금치는 작년 늦가을에 그냥 한번 심어 봤다. 냉동실에 굴러다니던 남은 상추 씨 시금치 씨를 섞어서 다 뿌렸다. 나면 좋고 아님 말고였는데, 웬걸 겨우내 손톱만 한 싹으로 버티더니 봄 돼서 날이 따뜻해지니까 무럭무럭 커서 좀 과장하면 시금치가 배추만 해졌다. 상추도 솎아 주지 않았는데도 비닐하우스 것보다 더 크게 오글오글 잘 자랐다. 아주 조금 심었는데 잊어버리고 있다가 대박이 났다. 시금치는 팔지 않기 때문에 내가 다 먹어야 한다. 큰 비닐봉지로 한 봉지 뽑아다가 데쳐서 나물을 무치고, 한 열흘쯤 아침 점심 저녁을 시금치하고만 먹었다.

상추랑 쌈 채소는 잘게 썰어서 간장, 식초, 기름 조금 넣고 무쳐서 김치 대신 먹었다. 날마다 상추와 쌈 채소 겉절이와 시금치나물로 세 끼를 먹었는데 별로 지겹지 않았다. 좋아해서가 아니다. 먹어 치우는 데서 성취감을 느끼고 있다. '내가 심어서 기른 놈으로 세 끼를 해치웠어. 나 너무 잘 살고 있는 것 같아.' 이렇게. 남아서 썩혀 버리지 않고 다 먹어 버리는 게 참 뿌듯하고 과제를 잘 해낸 것 같은 기분이 든다.

많이 먹을 수 있는 방법도 연구해 본다. 상추를 쌈으로 먹을 때 전에는 한 장에 밥을 쌌는데 이젠 다섯 장 여섯 장 겹쳐서 싼다. 이렇게 먹으면 혼자서 한 끼에 한 소쿠리를 먹을 수 있다. 밥 반 그릇에 나물이랑 겉절이 잔뜩 넣고 한 대접 비벼서 먹어 치우고 나면 배불러서 술 생각도 안 난다. 어쩐지 배불리 먹으면서 살도 빠질 것 같은 기분도 들지만 아직 증명되지는 않았다. 시금치 먹으려고 하루에 밥을 네 번 다섯 번도 먹어서 그런지 모르겠다. 불량한 것을 조금 섞으면 더 많이 먹을 수 있다. 참치나 햄, 마요네즈 같은 걸 넣고 샐러드를 하면 한 끼에 한 대접은 먹을 수 있다. 하지만 자주 하면 반찬 값 굳히기도 살 빼기도 꽝이다.

먹는 게 단순해지고 늘 먹을 것(먹어야만 하는 것)이 있어서 기분은 좋다. 일하고 들어와 또 뭘 해 먹지, 고민하는 게 참 싫다. 가을이만 아니면 맨밥에 물 말아 먹고 치워 버리겠다 싶기도 하다.

우리 가을이는 여전히 꿋꿋하게 '반채소 노선'을 지키고 있다. 엄마가 소처럼 풀만 한 대접을 먹든 말든 상관없다. 시금치는 죽어도 먹을 수 없다고 한다. 물론 '시금치 먹을래, 죽을래.' 하는 상황에 처해 본 적 없어서 하는 소리다.

가을이를 먹여 살리는 사람은 내가 아니고 우리 엄마다. 엄마가 가끔 보내 주는 멸치, 굴비, 냉동 돈까스, 자반고등어. 내가 열심히 시금치 먹을 때 가을이는 그걸 먹는다. 나 먹을 거 한 가지, 가을이 먹을 거 한 가지, 이렇게 날마다 해서 밥 먹고 산다.

가을이는 달걀이면 달걀, 굴비면 굴비, 돈가스면 돈가스 딱 그거 하나만 해서 밥 한 그릇을 다 먹는다. 느끼하지도 않나 싶은데 맛있다고 한다. 가끔 상추 이파리 작은 거 두 개쯤 밥 위에 올려 주면 먹는다. "이거는 먹어." 하면 "이 정도야 먹지." 한다. 많이 나아진 거다.

가을이 때문에 장을 본다. 도시락을 싸 줘야 하니까. 시금치가 아무리 많아도 도시락 반찬으로 싸 줄 수는 없다. 그렇게까지 냉정해지지는 못하겠다. 그래서 두부, 콩나물, 달걀을 산다. 딱 일주일 도시락 반찬 쌀 만큼 산다. 두부조림 두 번, 콩나물 무침 두 번, 달걀찜 한 번 할 만큼. 가을이가 잘 먹는 채소는 콩나물뿐이다.

가을이가 두 해 뒤엔 중학교에 간다. 아마도 변산공동체학교에 가게 될 거다. 나는 가을이가 채소 나물이 가득한 밥상을 날마다 받을 생각만 하면 신나 죽겠다. 고소하다. 한번 당해 봐라. 그때도 네가 맨밥에 고추장으로 버틸 수 있을지 두고 볼 거다.

학교 가지 말고 같이 일하자

콩 모종을 심었는데 비가 오지 않아서 날마다 물을 주고 있다. 비다운 비가 안 온 게 벌써 한 달이 넘었다. 한낮엔 땡볕이라 콩이 새들새들하다. 수도 호스로 물 주면서도 이걸로 되겠나 싶다. 비라고 와도 채 일 분도 내리지 않는 소나기다. 그래도 해 질 무렵이면 이파리에 힘이 좀 돌아온 것 같기도 하고. 내일은 비 안 오려나, 아니면 그냥 좀 흐리기라도 했으면 좋겠다. 날마다 바라지만 날마다 맑고도 맑은 날이다.

가을이와 함께 콩을 심었다. 한 사람은 심고 한 사람은 물을 줘야 하니까. 작년에도 가물 때 심었는데 혼자 이틀을 심고 물 주고 하느라 힘들어 죽을 뻔했다. 가을이한테 잠깐 물 주는 걸 시켜 봤는데 마음에 안 차서 큰소리만 쳤다. 호스가 무거워서 제대로 끌지를 못하는 거다. 밥 먹은 건 다 어떡하고 그 힘도 못 쓰냐고 버럭버럭 야단을 쳤다. 그래도 가을이 덕에 좀 빨리 끝내긴 했다. 이번엔 아예 처음부터 함께 심기로 했다.

콩 심기 전날 가을이한테 내일 학교를 하루 빠지라고 했더니 바느질 수업이 있는 날이라고 안 된다는 거다. 천 원 주겠다고 했다. 그래도 안 된다는 거다. 짜장면을 사 주겠다고 했다. 그래도 넘어오질 않는다. 결국 또 버럭 성질을 냈더니 겨우 그럼 그렇게 하겠단다. 그래 놓고 죽을상을 하고 있길래 됐다고, 그만두라고 또 버럭 해 버렸다.

하지만 되긴 뭐가 되나. 정말 혼자 심을 엄두가 나지 않았다. 모종이 천 주가 넘는다. 다들 바쁜 때라 부탁할 사람도 없고 누가 있다 한들 도 와 달라는 말하기 쉽지가 않다. 일은 하기도 전에 기운부터 빠졌다. 그 핑계로 잠시 끊었던 맥주를 사다 마시고 놀아 버렸다. 밤에 자려는데 가 을이가 내일 콩 심겠다고 한다. 고맙다, 나도 내일부터 착하게 살겠다고 말했다. 가을이가 "술 마시지 말고." 해서 "네." 했다.

콩 심는 날은 아침에 일찍 일어나서 하우스에 물 주고 콩 심을 밭에 괭 이로 줄도 그어 놓고 모판도 옮겨 놓고 해야 하는데 전날 맥주 마신 뒤끝 이 있어서 여덟 시까지 퍼 자 버렸다. 이것저것 준비해 놓고 심기 시작했 을 땐 벌써 날이 뜨거웠다.

처음엔 내가 심고 가을이가 물을 줬는데 속도가 맞지 않는 거다. 물을 아주 많이 줘야 한다고 했더니 정말 아주 많이 주느라고 내가 두 줄 심는 동안 한 줄도 채 못 주고 있다. 나중에 심은 놈들이 말라 버릴 것 같다. 두 줄 심어 놓고 물을 먼저 다 주고 역할을 바꿨다. 가을이가 심고 내가 따라가면서 물 주기로. 이게 딱이었다. 가을이가 심는 게 느려서 물 주는 속도하고 얼추 맞는다. 콩 서너 포기 사이 띄우고 따라가면서 물을 충분 히 줄 수 있었다.

가을이가 이렇게 일을 잘할 줄이야. 콩도 참 잘 심는다. 좀 느린 것도 오히려 도움이 됐다. 같이 붙어 다니면서 심고 물 주니까 얘기도 할 수 있고 심심하지가 않다. 강아지보다 고양이보다 훨씬 낫다고, 열두 해 키 운 보람이 있구나 하고 뿌듯했다.

더 나가서 이번 여름은 혼자 밭에서 박박 기지 않아도 될 것 같은 예감 이 들었다. 희망이 마구마구 솟구쳤다. 하지만 가을이가 두 줄 심고 힘들어서 더 못 심겠다고 해서 다시 바꿨다. 빨리 심지 않고 가을이한테 맞춰 가며 심었다. 역시나 심는 게 힘들었다. 끝까지 심는 건 가을이 시킬 생각이었는데 무리였다.

점심은 짜장면 대신 짜장 라면을 끓여 먹었다. 점심 먹고 십 분 쉬고 다시 나가서 심었다. 열한 줄을 심었다. 다 심고 뒷정리까지 마치니 여섯 시 반이다. 혼자 심었으면 오늘 안에 못 심었겠다. 혼자 물 주는 건 또 얼마나 지루했을까. 기쁘고 고마웠다. 수고비로 천 원을 주고 아이스크림 한 개, 과자 한 개 사 줬다. 둘 다 만족스런 날이었다.

공동체에서 독립해서 혼자 농사지으면서 가장 힘든 게 혼자 일하는 거였다. 혼자 차분하게 일하면 좋을 것 같았는데 막상 늘 혼자 일을 하려니 차분해지는 게 아니라 오히려 두서없어지고 결국은 게을러졌다. 밭일 할 땐 집안일 생각나고 집안일 할 땐 밭일 걱정한다. 옥수수 밭 매면서 고추밭 생각에 심란하고 채소밭에 물 주면서 '마늘 뽑아야 하는데. 양파는 얼마나 나오려나. 호박 밭에 풀도 베야 하는데. 운동화를 또 안 빨았군.' 이러고 있으니 지금 당장 하고 있는 일에는 몰두하지 못한다. 생각한다고 그 일을 차근차근 다 하는 것도 아니고 그저 머리만 복잡하다가 '에라, 모르겠다. 내일은 내일의 태양이 뜨고, 오늘은 오늘의 맥주가 있다.'로 결론이 나곤 한다.

가을이한테 말해 봤다. 학교는 일주일에 세 번만 가고 이틀은 나하고 일을 하면 어떻겠냐고. 물론 정말 그러라는 건 아니었고 그냥 한번 떠본 거다. 일 바쁠 때 좀 도우라는 뜻이었다. 싫다 그럴 줄 알았는데 뜻밖에도 곰곰이 생각을 한다. 화요일은 바느질 수업이라 꼭 가야 하고, 도자기 수업도 빠지면 안 되고, 다른 날은 빠질 수 있다는 거다. 즉 일주일에 이틀만 학교에 가면 된다는 이야기다. 그러더니 또 빠지면 안 되는 수업이 있는지 좀 더 생각해 보고 대답해 준단다. 네가 대학생이냐?

어제는 가을이가 먼저 물어봤다.

"엄마, 나 무슨 무슨 날 학교 안 가면 좋겠어?"

"그냥 학교 날마다 가고 엄마 바쁜 날은 안 가고 일하자."

그랬더니 실망한 눈치다.

"괜히 고민했잖아."

학교가 싫은 건지 일하는 게 좋은 건지 아이스크림 때문인지 아니면
천 원 때문인지 나도 모른다.

가을이랑 콩밭 매기

올여름은 가을이와 콩밭을 매며 모녀 사이를 보다 더 돈독하게 할 생각이었다. 사실 모녀 사이는 별로 돈독해지지 않더라도 밭은 빨리 매고 싶었다는 게 진심이다. 여름방학 하면 같이 밭 매자고 미리 여러 번 이야기해서 그러겠다는 대답을 받아 뒀다. 싫다고 할 수는 없을 테니까 그냥 각오를 단단히 하라는 뜻이다. 물론 보상은 해 주겠다고 했다. 종일 일하면 천 원을 주기로 했다. 너무 박하다고 생각할 수도 있겠지만 농사지어서 나 혼자 먹고 사는 것도 아니고 설거지와 방 청소가 삼백 원씩이니까 나름 파격적인 보수라고 생각했다. 게다가 아이스크림도 사 줄 테고. 가을이 방학 숙제에 집안일 돕기가 있으니 이건 숙제라고도 할 수 있다.

짧은 장마가 끝나자마자 밭일을 시작했다. 풀이 좀 덜 난 고랑부터 가을이더러 매라고 하고 나는 팥을 심었다. 이틀 동안 나는 팥 심고 가을이는 혼자 콩밭을 맸다. 날은 정말 뜨거웠고 나는 마음이 급했다. 가을이는 모자도 쓰지 않고 일을 해서 얼굴이 아주 익어 버렸다. 동네 사람들이 지나가면서 다들 한마디씩 한다. "뜨거운데 애기가." "세상에 애기가. 뜨거운데." 모자를 안 쓴 건 제가 쓰기 싫어서고 열두 살이면 아기도 아닌데. 뜨거운 거야 어쩔 수 없는 거고. 마치 어린이를 강제 노동시키는 어른이

150

된 것 같았다. 사흘째 되는 날부터 나도 함께 매기 시작해서 다음 날 오전까지 네 고랑을 맸다. 가을이가 혼자 두 고랑 가까이 맨 셈이다. 속도는 제법 만족스러웠다. 잘 맸는지는 살피지 않았다. 일단 빨리 한 번 매는 게 중요하니까.

콩밭을 다 매면 하얀 쌀로 닭죽을 끓여 준다고 약속했다. 꼭 하얀 쌀이라야 한다는 것이다. 일 년 내내 잡곡밥을 먹는 가을이는 하얀 쌀을 늘 그리워한다. 급한 네 고랑을 끝낸 날, 가을이는 오늘 닭을 먹느냐고 물었다.

"저쪽도 다 매야지."

건너편에 열 고랑 정도 콩을 더 심어 뒀는데 당연히 그것도 다 매는 걸 알고 있으려니 했다.

"저걸 다 매는 거야?"

"그럼."

"난 여기만 매면 된다고 하지 않았어?"

"일단 여기만 매면 된다고 했지, 일단. 콩밭은 처음부터 끝까지 너랑 나랑 같이 맬 생각이었다고."

입을 꾹 다물고 말을 안 한다 싶더니 훌쩍훌쩍 울었다. 소리는 안 내고 눈물을 또르르 흘리며 처량하게 울었다. 뭐야, 이거. 내가 정말 어린애를 착취하는 것 같잖아.

방학 땐 같이 일한다고 약속을 했잖냐. 하루에 천 원이나 주지 않냐. 아이스크림도 사 주지 않냐. 그럼 나 혼자 저 콩밭을 혼자 다 매란 말이냐? 내가 돈 벌어서 나 혼자 다 쓰냐?(혼자 많이 쓰긴 하지만.) 왜 울고 난리야! 내가 나쁜 사람 같잖아! 달래다가 좀 화를 냈더니 울음을 삼키고 눈물을 닦으며 호미를 쥐고 나를 따라오는데 기분이 영 거시기했다. 게다가 그 전날엔 덥다고 민소매를 입고 일을 해서 어깨에 화상을 입기까지 했다. 감자를 갈아 붙였는데 여전히 좀 아픈 모양이다.

 이쪽 밭은 풀이 더 많다. 그새 더 자란 거다. 땅도 딱딱하고 가시가 돋은 풀들이 많아 장갑을 껴도 가끔 찔려서 아팠다. 먼저 네 고랑을 맬 때 어째 힘든 내색도 안 하고 씩씩하게 잘한다 싶더니, 그건 콩밭이 그게 단 줄 알고 그랬던 거였다. 일하는 게 그야말로 강제 노동하는 모양새다. 팔 힘이 약한데 땅은 딱딱하니 호미질하는 게 어설퍼서 더 그렇게 보였던 것 같다. 여하튼 억지로 하는 것 같아 보다가 짜증이 났다. 그만하고 들어가라고 버럭 소리를 질렀다. 가을이와 함께 밭매기는 그날로 끝났다.

 혼자 열흘 동안 콩밭을 맸다. 매다 보니 이건 가을이를 시킬 일이 아니란 생각도 들었다. 땅이 너무 딱딱했다. 내 힘으로도 호미가 튀어 나갈 정도였다. 내가 가을이만 할 땐 힘이 좀 더 셌나? 하는 생각을 했다. 분명 몸무게는 더 나갔을 것 같은데. 어쨌든 가을이한텐 무리였다. 나도 풀 매는 게 힘들어서 나중에 낫으로 베었다. 도중에 너무 힘이 들어서 하루 작파하고 놀기도 했다. 7월 안에 끝내자 정해 놓고 시작했는데 정확히 7월 31일 날 끝냈다. 약속대로 하얀 쌀 넣고 닭죽을 끓여 함께 먹었다. 너는 약속을 지키지 않았지만 나는 약속을 지켰다고 하려고 했는데 생각해 보니 가을이 일당을 하루치만 주고 안 준 것 같다. 달라고 안 해서 아직도 안 주고 있다. 달라고 하면 줄 거다.

 일당 천 원은 못 받았지만 가을이는 용돈을 꽤 벌었다. 내가 밭 매는 동안 설거지와 방 청소를 도맡아 했기 때문이다. 가을이는 아침에 일어나면 모기장을 걷고 이불을 개고 방을 한 번 쓸고 닦는다. 저녁엔 낮에 노느라 어지른 걸 정리하고 자리를 깔고 또 모기장을 친다. 나는 들어가 잠만 자면 된다. 아침 먹고 나가 일하고 점심때 들어오면 가을이가 설거지를 해 두어 점심하기가 좋다. 우리 집은 그릇이랑 수저가 몇 개 안 돼서 설거지 미루면 다음 끼니 밥상을 못 차린다. 설거지 개수대도 하나뿐이라 설거지가 쌓여 있으면 음식 재료를 씻고 손질할 수가 없다. 저녁에 지쳐서 돌아와 설거지 쌓인 싱크대를 보면 밥이고 뭐고 하기가 싫다. 게다가 부엌엔 모기도 많고 파리도 많다. 여름엔 저녁에 밥하기 싫어서 라면으로 때우기도 하고, 어수선한 부엌 보고 짜증이 나서 가을이한테 큰소리도 치고 그랬는데 가을이가 설거지를 다 해 놓으니 참 좋다. 설거지는 한 번에 삼백 원이기 때문에 가을이는 날마다 육백 원에서 구백 원을 벌 수 있어서 좋기도 하다. 하지만 돈보다는 나를 도와주고 싶어서 하는 거라고 생각한다. 밭을 같이 매지 못해서 좀 미안했을 거다.

  혼자서 일을 하면 심심하고 지루하다. 누구 함께 일할 사람이 있으면 좋겠다. 그래서 내 일이 바빠도 누가 일 좀 도와달라고 하면 가서 해 준다. 함께 일하러 가는 건 놀러 가는 것과 비슷하다. 하지만 가을이는 아직 종일 그렇게 데리고 일하기는 무린 것 같다. 그리고 일하며 같이 할 얘기도 별로 없고 하다 보면 가을이가 뒤쳐져서 같이 일하는 것 같지도 않다. 그 대신 집안일을 해 주는 게 훨씬 좋다. 밭일이 바쁠 땐 정말 하기 싫은 게 방 청소, 설거지, 정리 정돈, 밥하기, 빨래하기 같은 집안일이다. 빨래는 세탁기가 해 주고 나머지는 가을이가 해 주니 나는 밥하고 반찬만 하면 된다. 그래서 이번 여름엔 지치고 힘들어도 짜증이 나지 않아 가을이하고도 사이좋게 지냈다. 모녀 사이가 좀 더 돈독해진 것도 같다. 내가 신경질만 안 내면 우린 늘 다정한 편이니까. 달리 놀 사람이 없어서 더 그렇다.

  가을이는 요즘 키가 많이 자라서 정수리가 내 귀까지 온다. 날마다 철봉에 매달리기를 하는데 효과를 좀 보는 건지도 모르겠다. 가슴이 볼록 나온 게 이젠 옷을 입어도 티가 난다. 하지만 아직 배가 더 나와 있어서 가슴은 별로 나와 보이지 않는다고 위로해 줬다. 가을이는 곧 나보다 키가 더 자랄 테니까 걱정 없다고 한다. 나는 키가 나만 할까 걱정인데. 나보다 아주 조금 더 크거나.

내년이면 팔에 힘이 좀 더 붙어서 함께 더 오래 일할 수 있을 거다. 그리고 밥하는 것도 가르쳐 줘야겠다. 무럭무럭 크니 기분이 좋다.

모성애는 어디 숨어 있는 걸까?

추석에 태어난 새끼 고양이들이 벌써 뛰어다니고 있다. 이번이 다섯 번째다. 갓 태어났을 때는 납작하고 빨간 얼굴에 발도 발그스름하고 귀는 머리통에 딱 붙어 누워 있고 눈은 아직 아래위로 붙어 있어 참 못생겨 보인다.

지금은 털은 보송보송, 귀는 쫑긋, 눈도 또렷또렷, 우는 소리도 '깨액'이 아니라 '니아옹'에 가까워졌다. 꼼지락꼼지락하는 것도 벅차 보였는데 이젠 막 뛰어오르고 시도 때도 없이 '우다다' 달리고 아무거나 물어뜯고, 서로 엉겨 붙어 뒹굴고 법석을 떤다. 그러다 어미가 오면 달려들어 젖 먹고, 젖 먹고 나면 한동안 서로 딱 붙어서 잠을 잔다. 참 귀엽다.

고양이 새끼가 자라는 걸 보면 늘 사람하고 비교하게 된다. 사람이 갓 태어나 눈도 뜨지 못하고 꼬물대며 젖 먹고 자는 것 말고는 아무것도 안 하는 시절은 백일 때까지다. 고양이는 이 시기가 열흘 남짓이다. 사람과 달리 무척 평화로워 보인다. 새끼 고양이는 거의 종일 잔다. 어미는 젖 먹이고 새끼를 품고 자다가 한 번씩 나와서 밥 먹고 다시 새끼한테 돌아가 또 잔다. 어미도 종일 먹고 자는 것 말곤 하는 게 없다. 언제나 이 대목에서 감탄한다. 너희는 정말 편하게 애 키우는구나.

우리 가을이도 무척 편한 아이였지만 그래도 백일 전엔 좀 힘들었다. 밤낮이 없고, 왜 우는지 모르게 울어 델 때가 많았다. 사실 가을이는 그렇게 심하지는 않았다. 신생아 때도 한번 잠들면 서너 시간은 깨지 않고 잤다. 밥 먹을 때는 흔들 요람에 눕혀 놓고 한 번씩 밀어 주며 먹었다. 울지 않는 게 신기해서 한번 울어 보라고 발바닥에 딱밤을 주는 만행을 저지르기까지 했으니.

그런데도 처음 한 달 동안은 잠을 못 자서 힘들었다. 낮에 아기와 함께 자면 될 거 아니냐 싶지만 낮엔 자기가 싫었다. 아기한테 꼼짝없이 묶이고 나니 왜 그렇게 전엔 하기 싫던 밭일도 하고 싶고, 안 보던 책도 보고 싶고, 어디든 나가서 걸어 보고도 싶던지. 그러다 밤에 애가 잠을 안 자고 보채면 피곤해서 짜증이 나다 못해 억울하기까지 했다. 언제까지 이짓을 해야 할까 싶어 무섭기도 했고.

"아기는 언제쯤 되면 밤새 자나요?" 하고 물었더니 누가 "돌은 돼야지." 그랬다. 맙소사. 얼마나 절망스럽던지. 그야말로 딱 걸려 버렸다는 게 믿어지지 않고, 후회스럽다는 생각은 차마 할 수가 없고, 그 대단하다는 모성애는 도대체 어디 숨어 있는지, 언제 생기는 건지 알 수가 없었다. '분명한 건, 나한테는 별로 없다는 거야.' 하는 생각을 절대 남들한테(애 아빠한테도) 들키지 말아야겠다고 생각했다.

아기가 별로 사랑스럽지 않다는 마음이 들 때, 아기 돌보는 걸 어떻게든 최소한으로 줄이고 다른 걸 더 하고 싶을 때, '누가 알면 나를 비난하지 않을까, 내가 잘못된 사람일까?' 생각했다. 그때는 그런 게 무서웠다.

어미 고양이를 보면서 가끔 물어보고 싶었다. "너는 괜찮냐?" 고양이도 새끼가 갓 태어났을 무렵에는 보통 때 제가 좋아하던 걸 못한다. 밖에서 해바라기 하면서 뒹굴거리지도 못하고 새끼한테 매여 있는 게 눈에 보인다. 네 마리 새끼가 젖을 빠니 몸도 축난다. 종일 먹는 것 같은데 만져 보면 뼈가 앙상하고 털에 윤기도 없다. "그래도 네 밥은 내가 주고 기저귀 빨래 따윈 할 필요도 없고 네 새끼들은 울거나 보채지 않고 잠만 잘 자지 않니? 그리고 네 새끼들은 빨리 자라잖아." 내가 고양이가 아니니 고양이 처지를 다 이해할 수 없고 사람과 고양이는 다르니까 견줄 수는 없지만, 들여다보면 다른데 비슷하고 비슷한데 다르다.

새끼 고양이는 2주쯤 지나면 사람으로 치면 아장아장 걷는 세 살배기쯤 되나 보다. 이제 기어다니고 우는 소리도 제법 크다. 이번에는 새끼를 옷장 위에 낳았는데, 새끼들 움직임이 활발해져서 저거 떨어지겠다 싶을 때가 오자 귀신같이 알고 한 놈씩 물어서 바닥으로 옮겨 놓았다.

이때가 되면 이제 새끼를 종일 끼고 있지 않는다. 젖만 주고 저는 나가서 돌아다니다 온다. 새끼들끼리 뭉쳐서 자다가 깨면 장난치며 놀고 또 자고 그런다. 이게 또 그렇게 신통할 수가 없다. 사람은 이맘때 눈도 못 떼고 엄마가 졸졸 따라다녀야 하는 때 아닌가.

그리고 한 달을 채우면 새끼들이 젖 말고 밥을 먹게 된다. 아직 젖을 주로 먹지만 어미를 따라 사료를 조금씩 먹어 보고 이젠 저희들끼리 있을 때도 사료를 먹는다. 어미는 사냥을 해서 새끼들한테 가져오기 시작한다. 반쯤 기절한 참새 새끼나 생쥐 같은 걸 물고 와서 새끼들한테 준다. 새끼들 똥오줌도 더 이상 핥아먹지 않고 저희들이 처리하게 둔다. 이제 기저귀 떼고 유치원 다니는 거다.

내 방은 새끼 고양이들이 이미 난장판을 벌여 놓았다. 구석에 쌓아 둔 빈 스티로폼 상자를 박박 긁어 놓아 온 방 안이 눈 내린 꼴이다. 똥오줌도 어디 구석진 곳에다 누었는지 눈엔 안 보이는데 냄새가 고약하다. 게다가 하루에도 몇 번씩 어미 고양이가 물고 오는 쥐와 참새들. 반쯤 물어뜯긴 그 사체도 치워야 한다. 그래도 이런 건 눈에 띄는 곳에 두어 줘서 고맙다.

새끼들이 컴퓨터 선을 물어뜯는다. 쫓으면 도망가는데 곧 다시 온다. 스피커 선을 가지고 장난치다 스피커를 바닥에 패대기쳤다. 다행히 깨지진 않았다. 밖으로 쫓아내야 하는데 잡으려고 하면 또 구석으로 숨어서 안 나오고, 겨우 잡아서 내보내도 곧 다시 들어온다. 가장 한심한 일은 이 녀석들이 하루가 다르게 커 가는데 데려갈 집을 아직도 못 찾았다. 한 달 전만 해도 보면 절로 웃음이 나오던 녀석들이 이제 보면 한숨이 나온다.

어미 고양이를 붙들고 말했다.

"이제 애들 데리고 좀 나가지? 네 새끼들 때문에 내가 미쳐 버리겠다."

물론 대답하지 않는다. 이 녀석은 요즘 새끼들이 젖 달라고 쫓아다니면 도망쳐 내 무릎 위로 올라온다.

"이제야 너도 육아 스트레스 좀 느끼냐? 네가 새끼들 편하게 키운 게 말이다. 알고 보니 다 내 덕이었던 거다."

고양이가 무슨 생각을 하는지는 모른다. 말을 안 하니까.

네가 없으면 난 흘러내릴 거야

쉽지가 않다. 지난 연말부터 멘붕의 겨울이 이어지고 있다. '멘붕', 이거 참 좋은 말이다. 국어대사전에 올라야 한다고 생각한다.

지난해 12월 초에 주문한 장작은 일주일쯤 걸릴 거라고 해 놓고 스무 날이 넘게 오지 않았다. 준비해 둔 나무가 다 떨어지고 눈이 내려도 소식이 없었다. 독촉을 하려고 전화를 해도 잘 받지 않아서 사기 당한 게 아닐까 하는 의심이 덜컥 들기도 했다. 겨우 통화가 돼서 곧 보내겠다고 하더니 또 소식이 없다. 날은 점점 추워지고. 돈을 돌려받든지, 속이라도 시원해지게 대차게 따지든지 해야겠다고 마음먹고 전화를 걸었다.

겨우 통화가 되었을 때는 전화통을 붙들고 엉엉 울어 버렸다. 따지기는커녕 어떻게 이렇게 약속을 안 지킬 수가 있냐고, 나무 다 떨어지고 눈은 오고 애들도 다 감기 들었다고. 울면서도 거짓말이 술술 나왔다. 전에 독촉 전화했을 때는 건성으로 대꾸를 하더니 내가 울고불고하니 당황했나 보다. 정말 죄송하다, 눈이 와서 작업이 많이 늦었다, 되는 대로 가장 먼저 보내 주겠다, 목요일에 꼭 보낸다는 약속을 받고 전화를 끊었다. 안도감과 한심함, 창피함이 뒤섞인 기분에 또 좀 울었다. 가을이는 내가 하는 꼴을 처음부터 끝까지 조용히 지켜봤다.

"날 미친년이라고 생각할 거야."

"괜찮아. 빨리 보내 준다니까."

장작은 목요일 밤 열 시가 넘어서 왔다. 늦어서 내일 출발하고 싶었는데 사장님이 오늘 밤에 당장 갖다 주라고 했다고 싣고 온 분이 말했다.

다음 '멘붕'은 대선 날 밤. 치킨과 맥주를 사다 놓고 개표 방송을 보다가 또 울어 버렸다. 내 평생에 선거 때문에 울 날이 있을 줄은 몰랐다. 내가 '가장 기본, 최소한, 상식 가운데도 상식'이라고 생각했던 것들이 다 무너지는 기분이었다. 초등학교 1학년 때 봤던 도덕 시험이 생각났다.

대한민국 대통령은 몇 명인가?
① 한 명 ② 두 명 ③ 세 명 ④ 네 명

나는 2번이라고 답을 썼다. 틀림없다고 생각했다. 대통령은 두 명, 박정희와 전두환이라고 굳게 믿었다. 아홉 시 뉴스에 날마다 나오는 전두환 대통령을 내가 모를 수가 없다. 다른 애들도 다 알고 있었을 거다. 나는 나만 알고 있는 대통령이 또 있기 때문에 이 문제는 나만 맞힐 거라고 생각했다. 박정희는 영원한 대통령인 줄 알았으니까.

맥주를 홀짝이며 훌쩍훌쩍 울고 있는 나를 지켜보던 가을이는 "엄마가 찍은 사람 되면 좋겠는데." 하고 위로를 해 주었다. "하느님, 부처님, 알라신님, 엄마가 찍은 사람 되게 해 주세요." 기도도 해 주었다.

그날 밤 자려고 누워서, 둘이 손 꼭 잡고 "우리 앞으로 재밌게 살자. 일주일에 한 번은 도서관에도 가자." 그랬다. 우울해지지 말고 술 마시지 말고 가을이하고 재미있는 거 찾아서 많이 하면서 충실하게 잘 살자, 이런 초대박 건전한 다짐이라도 하지 않으면 잠들 수 없을 것 같은 밤이었다. 그날 밤, 내 초등학교 시절 대통령과 이번 대통령 당선자가 번갈아 나와 활짝 웃는, 상징과 은유 따윈 눈곱만큼도 없는 악몽을 꾸었다.

그다음 '멘붕'이다. 날이 추워지면서 자나 깨나 걱정은 부엌 수도였다. 부엌은 불을 때도 한데나 다름없어 늘 수도를 틀어 놓고 잤다. 엄청 추운 날들이 이어졌지만 수도는 한 번도 얼지 않았고 마음은 점점 느슨해졌다.

어느 날 아침, 설거지를 하는데 배수구에서 물이 빠지질 않는다. 밤새 졸졸 흐르던 물이 배수구에 고여 얼어붙었다. 단단한 얼음 기둥이 배수관을 꽉 막고 있었다. 뜨거운 물을 들통으로 몇 번을 부어 댔는지 모른다. 얼음을 망치로 깨 보려다가 배수관을 깨 먹는 사고도 쳤다. 겨우 얼음덩이를 녹여 빼내고 홧김에, 지친 김에, 맥주를 사다 마셔 버렸다. 짱구를 잘못 굴렸다. 날이 좀 풀렸으니까 오늘 밤은 물을 잠그고 자도 될 거다. 배수구가 또 얼면 귀찮잖아. 다음 날 아침, 수도는 정말 정직하게도 얼어 버렸다.

물을 끓여 붓고 또 부었지만 물은 나오지 않는다. 받아 놓은 물도 다 써 버렸다. 며칠 전 이사를 가 비어 있는 옆집에는 물이 나온다. 옆집에서 물을 길어다 쓰면서 물 나오길 기다리거나 옆집으로 옮겨서 겨울을 날 수 있다. 그런 생각을 했어야 했다. 하지만 나는 맥주를 사러 갔다. 돌아오는 길에 울기 시작해서 맥주를 마시며 목이 쉬도록 울었다. 울다 코 막히면 코 풀고 또 맥주 들이키고 다시 울었다. 가을이가 뒤에서 나를 안고 토닥토닥 해 줬지만 "저리 가!" 하고 또 소리를 지르며 울었다.

정오가 가까워지고 밖은 오랜만에 해가 나 화창했다.

"엄마, 밖에 물 나와. 그만 울어."

바깥 수도가 풀려 물이 나온다는 소리였다. 내가 "부엌은 안 나오잖아!" 하고 쏘아붙이자 가을이는 "밖에서 길어 오면 되지." 작은 소리로 받왔다. 나는 "네가 할 거야? 네가 할 거냐고!" 바락바락 소리 지르며 울고 또 울었다. 가을이는 더는 말을 안 했다. 혼자 달걀을 부쳐 아침을 먹는 것 같았다.

나는 정신이 나가서 돌아올 줄을 몰랐다. 아무도 들어줄 리 없는 생떼를 쓰며 아무도 들어줄 수 없다는 걸 핑계로 지치도록 울었다. 울다가 결국 동네 언니한테 전화를 했다. 언니네 식구가 달려와서 옆집으로 이사를 하자고 했다. 세탁기를 옮겨 주고 가스를 떼어 옮겨 달아 주고 불을 때 주고 나를 달래 줬다. 가을이 불안해 한다고 울지 말라고 했다.

언니네 식구가 돌아가고 울음이 겨우 그치자마자 부엌 수도에서 물이 쏟아져 나왔다. 눈물이 다시 쏟아졌다. 한심하고 창피하고 서러웠다.

"물 나오니까 이제 그만 울어."

"난 물이 영원히 안 나올 줄 알았어."

거짓말이다. 언젠가 나온다는 건 알고 있었다. 그저 징징대고 싶었을 뿐이다. 징징대도 아무도 대신 해결해 주지 않는다는 게 너무나 원통하고 억울했던 거다. 가을이가 그랬다.

"난 오후 되면 나올 줄 알고 있었어. 밤에도 나왔잖아."

그날 저녁에 내 떼를 받아 준 언니한테 고맙고 미안하다고 전화를 했다. 다음 날 아침엔 이사는 하지 않겠다고 다시 세탁기와 가스를 옮겨 달라고 염치없는 부탁을 했다. 스물네 시간 만에 모든 게 제자리로 돌아왔다. 다시 우리 부엌에서 밥을 했고 세탁기를 돌렸다. 하루에도 몇 번씩 물을 틀어 보고 밤이면 꼭 틀어 놓고 잔다. 또 수도가 얼면 어떻게 대처를 해야 할지 날마다 한 번씩 생각을 한다. 어른이라면 당연히 할 수 있고 해야 되는 일이지만 나는 어른스럽지 못한 사람이라 미리 연습하고 각오를 해야 한다.

누구보다도 가을이한테 가장 미안하고 또 고맙다. 침착했고 나보다 천 배는 더 이성적이었다. 다 떠나서, 곁에 있어 준 것만으로도 고맙다.

가을이에게
너는 내 인생의 빤스 고무줄
네가 없으면 난 흘러내릴 거야.

진심으로 고마워 시도 한 편 썼다.

겨울에는 절대 싸우면 안 돼

참 쉽게 잊어버린다. 지난겨울 초입부터 그렇게 추워서 수도가 다 얼고 한바탕 난리를 쳤는데 2월이 되니 '어라, 봄 된 거 아냐?' 어림없는 생각이 들 정도로 푹해졌다. 눈도 다 녹고 바람도 훈훈한 것 같고 밖에서 조금 움직이면 두꺼운 외투가 거추장스럽기까지 해서 '수도 동결 사태' 뒤로 바짝 긴장했던 마음이 풀렸다.

그러다 설을 앞두고 갑자기 진짜 센 놈이 왔다. 오늘 아침 최저기온 영하 10도. 올겨울 들어 가장 추운 날이다. 내일은 설 쇠러 서울 가야 하는데 걱정이다. 따뜻했다 갑자기 추워지니까 첫 추위보다 더 힘들다. 어젯밤이 특히 그랬다. 오후 세 시부터 불을 땠는데 방은 데워지지 않고 입김이 하얗게 나왔다. 실은 겨울 내내 방 안에선 늘 입김이 보였지만 어젯밤엔 유난히 더 그런 것 같았다. 구들이 막혔는지 연기가 굴뚝으로 안 빠지고 부엌과 방에 꽉 찼다. 아무리 때도 방은 미지근해지지도 않는다. 밤이 되도록 나무를 넣고 또 넣었지만 방 안 공기는 더 차가워지고 바닥은 아랫목이 조금 미지근한 정도였다. 전기장판을 켜고 일찍 누웠다. 앉아 있기엔 너무 추웠다. 가을이하고 딱 붙어 있으면 몸은 따뜻하다. 겨울 이불 두 개를 겹쳐 덮고 둘이 꼭 붙어서 잤다. 몸은 녹는데 머리하고 얼굴이 추웠다. 모자를 쓰고 이불을 뒤집어썼다. 가을이 배가 따끈따끈해서 손바닥으로 쓸면서 자면 참 좋다.

"우린 겨울엔 절대 싸우면 안 돼. 얼어 죽어."

내가 그랬더니, 가을이가 말했다.

"특히 밤엔 싸우면 안 돼."

이번 겨울은 나름 준비를 많이 하고 맞았다. 구들을 미리 고치지 못한 게 좀 걸렸지만, 장작도 넉넉히 준비했고, 잔가지도 떨어지지 않게 해 두었다. 부엌이 춥다는 것, 수도가 얼지도 모른다는 것도 늘 생각하고 대비를 했다. 보일러 방으로 피난 가지 않고 집에서 보내는 첫 겨울이라 긴장도 했고 이번에 잘 보내면 다음 겨울은 좀 더 여유가 있을 것 같았다.

오늘은 한결 기분이 낫다. 이번 추위도 잘 넘겼으니 이제 정말 겨울도 막바지로 가는 것 같다. 그래서 아궁이 부엌이 딸린 한 칸 구들방에서 겨울을 되도록 따뜻하게 보내는 법을 순전히 내 경험에 따라 정리해 보겠다.

먼저 구들은 겨울이 오기 전에 손을 봐야 한다. 바닥이 따뜻해야 방 안 공기도 따뜻해지는데, 우리 집 방바닥은 미지근한 정도라 어쩔 수 없이 잘 때는 전기장판을 켜야 한다. 봄이 오면 곧장 구들을 고칠 생각이다. 구들이 멀쩡하고 나무만 넉넉하면 만사형통이다.

방이 좀 추워도 방법이 있다. 올겨울을 버티게 해 준 일등 공신이 있다면 나한테는 내복과 목 폴라다. 두꺼운 옷 한 벌보다 얇은 옷 여러 벌 겹쳐 입는 게 훨씬 따뜻하다고 교과서에서도 배운 것 같은데, 정말이었다. 내복을 입고 목 폴라 두 장을 겹쳐 입으면 방 안에서 입김이 보이는 날씨에도 몸이 따뜻하다. 날이 더 추우면 여기다 조끼를 하나 더 입고, 좀 더 추우면 겨울 외투 가운데 좀 얇은 것을 하나 더 걸치면 된다. 아래는 역시 내복에 겨울용 추리닝이면 든든하다. 양말은 두 켤레가 기본이고 모자도 쓰는 게 좋다. 안 쓸 때랑 차이가 많이 난다.

내가 방 안에서 이러고 있으면 가을이는 곰 같다고 놀린다. 어떻게 목 폴라를 두 장이나 입느냐고, 목 안 답답하냐고. 하나도 안 답답하다. 따뜻해서 고맙다. 누가 처음 이런 옷을 만들 생각을 했을까? 딱 한 번 내복이 마른 게 없길래 세 장을 겹쳐 입었더니 조금 답답했다. 목 폴라 세 장이면 목은 여섯 겹이니까.

가을이는 어제처럼 추운 날에도 잘 때는 반팔이다. 긴 옷을 입으면 답답해서 못 자겠다고 한다. 아래는 팬티만 입고 자는 게 버릇이었는데 내가 제발 바지 좀 입고 자라고 그래서 이젠 내복 바지를 입고 잔다. 낮에는 내복은 벗고 청바지 같은 걸 입는다. 추워 보이는데 저는 안 춥다고 하니 그냥 내버려 둔다.

밥해 먹는 게 걱정이었다. 부엌이 추운 건 둘째 치고 아궁이에 불을 때면 연기가 굴뚝으로 안 빠지고 부엌에 꽉 차서 눈을 뜨고 있을 수도 없다. 한 서너 시간 지나야 연기가 반쯤 빠진다. 불을 일찍 때면 저녁은 못한다. 이 문제도 구들을 고치면 어느 정도 해결이 될 거다.

이번 겨울엔 하루에 딱 한 번 음식을 하고 설거지를 했다. 가장 따뜻한 낮 시간에 세끼 먹을 걸 다 만든다. 사실 찌개나 국에 밥하고 김치하고 먹는 날이 대부분이라 별로 시간도 안 걸린다. 가끔 생선이나 굽고. 특별히 신경 쓴 건 국이나 찌개다. 큰 냄비로 한가득 끓이면 부엌도 따뜻해진다. 순전히 부엌을 데우려고 전엔 안 하던 멸치 다시마 국물도 한 솥씩 끓여 놓곤 했다. 김치찌개도 많이 해 먹었고, 요번엔 시래기도 매달아서 바라만 보지 않고 국 끓여서 알차게 먹었다.

추운 날은 뭐든 끓여야 한다. 이렇게 한번에 많이 끓여서 세끼 먹고, 먹은 설거지도 한번에 하면 부엌일이 별로 귀찮지 않다. 물론 그렇게 세

끼 같은 것 먹기가 싫다면 어쩔 수 없지만 말이다. 가을이는 아직까지는 별 불만이 없다. 찌개 한 냄비 놓고 둘이 밥을 먹는데, 밥 다 먹고 배가 부른데도 자꾸 국물을 퍼 먹고 건더기를 건져 먹고 있었다.

"배부른데 우린 왜 계속 먹고 있지?"

"치우기 귀찮아서지, 뭐."

부엌일을 다 마치고 오후 서너 시에 불을 때면 잘 때쯤 방이 미지근하다. 아쉽지만 그래도 이만하면 됐다고 생각한다.

일주일에 한 번은 큰 들통 두 개에 물을 끓여서 목욕을 한다. 가을이가 먼저 하고 다시 물을 끓여 남은 물에 보태서 내가 한다. 가을이는 큰 대야에 들어가 푹 담그고 때도 민다. 나는 샤워 정도만 한다. 이렇게만 씻어도 한 며칠은 가뿐하다. 나는 날마다 더운물로 씻을 수 있을 여건이 되더라도 그렇게 안 할 것 같다. 원래 씻는 걸 별로 안 좋아한다. 가을이도 이 점은 나하고 같다. 내일 서울에 가야 해서 추운 날이지만 오늘 일찍 목욕을 했다. 그래서 지금 기분이 상쾌하고 무척 긍정적이다.

간추리자면, 구들을 미리 손봐 놓고, 나무를 넉넉히 준비하고, 부엌일은 최소한으로 줄이되 늘 정돈을 해 둬야 한다. 일을 쌓아 두면 안 된다. 찌개를 좋아해야 하고, 주는 대로 잘 먹는 딸이 있어야 한다. 내복은 필수고 목 폴라가 여러 장 있으면 정말 좋다. 우리는 일주일에 한 번으로 족하지만 씻는 거 좋아하면 자주 씻어도 괜찮다. 그만큼 부엌이 훈훈해지고 씻고 남은 물로는 초벌 설거지를 할 수 있다. 그리고 같이 사는 사람하고는 사이좋게 지내야 한다. 혹시 다투더라도 잠자리에 들기 전에 풀어야 한다. 꼭 안고 자면 훨씬 더 따뜻하니까.

혼자서도 잘 놀아야 해

3월 되자마자 겨울이 갑자기 뚝 부러지고 봄이 된 것 같아 조금 당황하고 있다. 물론 3월이 봄이 시작되는 달인 건 분명하지만, 그렇다고 3월 1일부터 '겨울 끝, 봄 시작!' 이건 너무 야멸차지 않나? 여유도 없고, 여백도 없고, 숨 고를 틈도 없고.

좋은 일이 생겼다. 겨우내 가장 견디기 힘들었던 문제가 하나 해결되었다. 불만 때면 온 방과 부엌에 연기가 들어차서 숨 쉬기도, 눈 뜨고 있기도 힘들었는데 얼마 전 굴뚝을 고쳤다. 내가 고친 게 아니라 우리 옆집으로 이사 오기로 한 아영이 아빠가 고쳐 주었다. 그때까지 나는 까닭도 모른 채 그저 막연히 구들이 어딘가 막혔나 봐, 이러면서 참고만 있었다. 연기가 굴뚝으로는 전혀 빠지지 않고 부엌과 방으로 쏟아져 나오니, 불이 제대로 들지 않아 방은 늘 추웠다. 명색이 구들방인데 두어 시간 불을 때도 바닥에 온기가 없는 게 말이 되나.

아영이 아빠가 이사 올 집을 손보러 왔다가 우리 집 굴뚝을 보더니, 굴뚝에 뭔가 문제가 있다며 굴뚝을 뽑아 보았다. 연기 나오는 구멍이 꽉 막혀 있었다. 막힌 것을 긁어내고 굴뚝을 좀 높여 앉혔다. 난 그날 불을 때면서 감격에 겨워 눈물 날 뻔했다. 정말이다. 다른 때는 눈이 매워 울었는데 세상에! 우리 집 부엌에서 숨을 쉴 수가 있어! 공기가 맑아! 방에도 연기가 하나도 안 들어와!

나는 굴뚝이 막혔을 거란 생각은 전혀 못했다. 구들을 뜯어내고 다시 놓는 대공사를 해야 한다는 생각에 걱정만 많았을 뿐. 연기가 빠지니까 드디어 방에도 온기가 돌았다. 아영이 아빠가 아궁이 입구를 조금 좁혀 주고 통나무를 잘게 쪼개 주기까지 해서 불 때기도 한결 쉬워졌다. 입구가 좁아지니 전보다 나무가 적게 들어갔다.

불 한 번 때고 혹시 부족한가 싶어 한 번 더 땠더니, 그날 밤 가을이는 방바닥이 너무 뜨겁다며 이불을 깔고 그 위에서 잤다. 나도 아랫목이 탈까 봐 걱정스러웠다. 지난겨울 내내 한 번도 해 본 적 없는 걱정이었다. 또 굴뚝 중간에 여닫을 수 있는 장치를 달았다. 이제는 불을 다 때고 나서 굴뚝을 닫아 두면 온기가 다음 날까지 쭉 남아 있다. 역시나 아영이 아빠가 달아 주었다. 산타클로스가 봄에 왔다.

그래서 그런가 보다. 갑자기 봄이 온 것 같고, 뭔가 마무리가 부족한 것 같고, 심지어 겨울 가는 게 아쉽기까지 한 것은. 이제야 겨우 따뜻하고 쾌적하게 지낼 수 있게 되었는데 봄이 벌써 와 버리다니! 날은 왜 갑자기 이렇게 따뜻해진 거야? 좀 더 추워도 되는데.

두 달 좀 넘었나? 가을이랑 단둘이 방에서만 지낸 시간이. 옆집 마루네도 이사를 가서 정말 단둘뿐이었다. 어디 나갈 일도 거의 없고, 찾아오는 사람도 없었다. 불 때고 밥하는 시간 말고는 온종일 방에, 깔아 놓은 이불 위에서 누워 지냈다.

생각해 보니 가을이하고 이렇게 오래 같이 있었던 적이 없었던 것 같다. 물론 갓난아이 때도 하루 종일 끼고 있었지만, 그건 같이 있다기 보다는 어쩔 수 없이 데리고 있다는 게 더 맞을 것 같다. 좀 커서는 공동체 식구들 가운데 누군가가 나 대신 봐 주는 시간이 많았고, 잠자는 시간 말고는 늘 여럿이 같이 지냈으니까.

변산공동체에서 독립하고 나서 한집에 살면서도, 나는 가을이랑 같은 공간에는 잘 있지 않았다. 나는 나대로 다른 방에서 시간을 보내는 게 좋았다. 이 집에서도 여름부터 가을까지 나는 자기 전까지 '내 방'에서 혼자 놀고 가을이는 안방에서 놀았다. 내 방은 난방이 전혀 되지 않아 겨울에는 쓸 수 없다. 재작년까지는 창고에 딸린 '큰 방'(보일러 방)에서 낮에는 두 집 식구가 함께 시간을 보냈기 때문에 가을이랑 나는 같이, 그렇지만 따로였다. 그게 익숙하고 편해서 좋았는데, 이번에 두 달 동안 둘이 스물네 시간을 붙어 지내 보니 이것도 나름대로 괜찮았다. 가을이가 종일 뭘 하고 노는지 관찰하는 재미도 있었다.

가을이한테는 이모가 사 준 전자 장난감이 몇 개 있다. 전화 기능만 없는 스마트폰 같은 게 하나 있고, 태블릿 피시는 원래 언니가 나한테 준 것인데 가을이 것이 돼 버렸다. 그걸로 노래도 듣고 게임도 하고 만화도 본다. 겨우내 온종일 그러고 놀았다. 그것만 하루 종일 붙잡고 있는 것이 별로 좋은 건 아니겠지만, 그거라도 없으면 얼마나 심심할까 싶어서 그냥 뒀다. 개학을 하면 어차피 손에서 놓을 수밖에 없을 테니까. 그리고 내년에 중학생이 돼서 공동체 학교 기숙사로 가 버리면 스마트폰이고 뭐고 "안녕, 그동안 즐거웠어." 하게 될 테니까.

내년이면 가을이가 공동체 학교로 가 버리고 나는 줄곧 혼자 지내야 한다. 주말과 방학 때는 집으로 돌아오겠지만. 나랑 붙어 있는 시간도 이제 얼마 남지 않았단 생각이 든다. 지금도 아침에 학교로 가 버리면 적적하다. 뭔가 어색한 기분이 든다. 나는 가을이를 키우면서 줄곧 어떻게 하면 좀 더 떨어져 있을까, 내 시간, 내 공간을 가질 수 있을까, 그 궁리를 해 왔던 것 같은데 말이다. 놀이방에 보낼 수 있는 나이가 되어 기뻤고, 학교 보내는 것도 좋았다. 자기 일은 웬만하면 알아서 하고 혼자 잘 놀아 줬으면 했다. 그렇게 바라니까 정말 그렇게 되었다. 좀 아쉽다는 생각이 요즘 드는 건 왜인지. 나도 늙었나?

이제 자기 일 자기가 알아서 하고 혼자서도 잘 놀아야 하는 사람은 가을이가 아니라 나인가 보다. 가을이가 학교 가 버리면 나도 이제 슬슬 일을 찾아서 해야 하는데……. 아니, 사실 찾을 필요도 없이 당장 해야 하는 일들도 있는데, 나는 앉아서 멍 때릴 때가 많다. 왜 겨울이 벌써 끝난 거야? 가을이랑 더 놀고 싶은데. 농담이지만 가을이한테 학교 가지 말고 집에서 나랑 놀자고 조르기도 한다. 가을이는 그냥 무시한다.

겨우내 가을이는 혼자서도 참 잘 놀았지만, 나는 오히려 심심하다고 가을이한테 치근댄다.

"심심해."

"어쩌라고."

"심심해."

"소금 먹어."

"심심해."

"사는 게 원래 심심한 거야. 심심한 게 좋은 거야. 나쁜 일이 일어나는 것보다는."

예전에 내가 말했던 그대로 가을이가 말한다. 인과응보인가 보다.

농사 '하수'로 사는 법

얼마 전 인터넷을 하다 본 싱거운 농담.

"한국은 사계절이 뚜렷한 나라다. 뿜!(5월 초순부터 중순 전까지 약 15일)
이이이이이여어어어어르으으으음,(5월 중순부터 6, 7, 8, 9, 10월 초순까지)
갈!(11월 초순 잠깐) 기이이이이이여어어어어우우우우울.(11월 중순부터 12,
1, 2, 3, 4월 까지)"

도시 사람들은 계절을 주로 체감 온도로 느끼니까 이렇게 생각할 수
도 있을 것 같다. 시골에선 심고 가꾸고 거두는 일에 맞춰 철을 안다. 그
래서 지금 날씨가 아무리 쌀쌀해도 봄은 봄이다. 나도 어제 밭에 퇴비를
뿌리고 로터리를 쳐서 옥수수 심을 준비를 끝냈다. 비닐하우스에서 키운
상추 모종도 냈다. 아침에 밤새 안녕하신가 하고 나가 봤더니, 서리는 하
얗게 내렸지만 모종은 잘 살아 있다. 살짝 서리 내린 밭도 하얗고 시금치
잎도 분이 덮인 것처럼 뽀얗고 반짝반짝 빛나서 예뻤다. 하지만 아직도
바람이 차긴 차다.

나는 아직도 겨울옷을 입고 일하는데 가을이는 자전거를 타고 가다 보
면 덥다고 어제부터 봄 잠바를 입고 학교에 간다. 가방은 큼직한데 가방
안엔 도시락밖에 든 게 없다. 게다가 오늘은 공동체 학교에서 주는 점심

을 먹는다며 가방도 안 들고 갔다. 한마디로 밥 먹으러 학교 다니는 거다. 내가 이렇게 말하면 가을이는 학교에서 하는 거 엄청 많다고 대답한다.

가을이는 일곱 시 반에 집에서 나간다. 수업은 아홉 시부터 하지만, 늦기 싫어서 여덟 시 반까지는 가야 한다고 한다. 저렇게 일찍 가고 싶어 하는 걸 보니 학교가 싫지는 않나 보다 생각한다. 가을이를 보내고 나면, 나는 춥다는 핑계로 좀 더 방에서 뒹굴다가 햇살 퍼질 때쯤 나가서 일한다. 날이 우중충하면 점심때까지 그냥 방에서 논다. 가을이는 세 시 넘어서 돌아오는데, 그전까지 조금 자유로운 기분이 든다. 혼자 있으니까 뭘 해도 눈치 볼 사람 없고, 걸리적거리는 것도 없어서 좋다. 낮술이 먹고 싶을 땐 가을이 오기 전에 몰래 마신다.

가을이 돌아올 시간엔 늘 밭에서 일하고 있기 때문에 가을이는 내가 온종일 일한 줄 알 거다. 아직은 봄이니까 빈둥대며 일해도 시간은 넉넉하다. 마늘밭 양파 밭을 그렇게 놀며 하며 다 맸다. 바짝 일했으면 일주일도 안 걸렸겠지만, 오랜만에 하는 일이 몸에 익지가 않고 자꾸 꾀가 나서 보름이 넘게 맸다. 농사가 작고 손 많이 가는 작물은 하지 않다 보니 돈도 별로 못 번다. 그래도 크게 돈 나갈 일도 없고 빚도 없으니 마음은 편하다. 그래서 봄에는 그냥 이렇게 운동 삼아 일한다.

며칠 전에 동네 일을 갔다. 아는 언니네 옥수수 심는 일인데, 나를 부른 건 아마 일손이 정말 없어서일 것이다. 우리 동네엔 나처럼 일 잘 못하는 사람은 웬만하면 안 부를 정도로 '선수'들이 넘쳐난다. 내가 짓는 밭 두 배는 돼 보이는 밭에 옥수수를 심는데, 한 사람은 물을 주고 두 사람이 마주 앉아 심는다. 나는 동네에서 가장 일 잘하는 '선수'와 짝이 되었는데 어찌나 일손이 빠른지 그야말로 가랑이가 찢어질 뻔했다. 집에서 일할 땐 이런저런 딴생각을 하는데 남의 일을 할 땐 일만 생각해야 한다.

옥수수 심을 때는 옥수수 생각만 해야 한다. 물 주는 사람이 구멍 파고, 심는 사람이 모종 넣고, 박자가 딱 맞아야 한다. 그렇게 스무 개가 넘는 긴 두둑을 기계처럼 채워 나갔다.

이걸 언제 다 심나 했는데 점심 전에 거의 다 심었다. 야, 나도 일 좀 하는데? 선수야 물론 나보다 빠르지만 나도 별로 떨어지지 않았어. 혼자 잠깐 뿌듯해하며 점심을 맛있게 먹었다. 남의 집 일의 꽃은 남이 해 주는 밥이다. 점심 먹고 한 시간쯤 옥수수를 마저 심었다.

이제 두둑에 비닐 씌우는 일이 남았다. 기계로 씌우는 거라 사람은 두둑 끝에서 정리만 해 주면 된다고 해서 별일이 아닌 줄 알았고, 네 시 전에는 집에 갈 수 있을 거라고 생각했다. 그런데 기계가 시작부터 이런저런 말썽을 부리더니 반쯤 씌웠을 때 밭두둑 가운데서 딱, 서 버렸다. 그러고는 할 수 있는 모든 짓을 다 해 봐도 움직이지 않았다. 나와 선수는 밭고랑 끝에서 한 시간 반이 넘게 기다려야 했다. 선수도 이럴 땐 별 수 없는 것이다. 제발 기계가 다시 살아나, 이 지루한 기다림이 끝나고 얼른 일을 마무리해서는, 일당을 받아 룰루랄라 집으로 갈 수 있길 간절하게 바랐다.

가장 무서웠던 건 비닐을 사람 손으로 씌워야 하는 사태가 벌어지는 것이었다. 나는 한 번도 해 본 적이 없었을 뿐더러, 하고 싶은 생각도 없었다. 선수를 넘어서 무림 고수들만이 할 수 있는 일이라고 생각했다. 열심히 갈고닦아 나도 고수가 돼야지, 이런 야망 따위는 가져 본 적도 없다. 그냥 내 조그만 밭에서 꼼지락꼼지락 일하다가 가끔 이렇게 덜 힘든 일에 일손을 도우며 '하수'로 사는 게 좋다.

결국 나머지 두둑은 사람이 손으로 씌우게 되었다. 나랑 선수가 앞에서 비닐을 끌고 가면 뒤에서 다른 두 사람이 삽으로 묻었다. 앞에서 끄는 두 사람은 중간중간 비닐을 묻어 주고 가야 한다. 내가 일을 못하니까 그나마 쉬운 걸 시킨 셈인데, 나는 그마저도 죽도록 힘들었고 선수도 내가 보조를 못 맞춰서 힘들어했다. 할머니들이 삽질도 가볍게 박자 딱딱 맞춰 가며 착착 하는 걸 많이 봤지만 그건 고수니까 그런 거지, 나 같은 하수는 넘볼 일이 아니다. 세 두둑을 남기고 새참을 주면서 나머지는 밭 주인 둘이 할 테니 그만 가라고 했을 때 정말 기뻐서, "그냥 마저 하고 가죠. 얼마 안 남았는데." 따위 인사치레는 머리에 떠오를 새도 없었다. 다행히 몇몇 동네 분들이 와서 같이 한다고 하니, 뒤도 안 돌아보고 집으로 날아왔다. 선수들은 정말 열심히 일한다. 정말 일을 잘한다. 정말 바쁘다. 나처럼 봄에 빈둥댈 수 없다. 나는 절대 선수가 되지 않겠다.

어제 알게 된 사실인데 가을이는 5학년 수학을 배우고 있다.(가을이는 열세 살이다.) 나는 아직 4학년 과정도 못 끝낸 줄 알았는데 세상에! 나눗셈도 한다. 구구단도 다 못 외웠을 거라고 생각했는데. 기뻤다. 나눗셈을 할 줄 알면 이제 기본적인 건 다 한다는 거네. 더하고 빼고 곱하고 나눌 줄 알면 된 거지. 정말 학교에서 밥만 먹지는 않았구나.

가을이를 변산공동체학교에 보내면서도 가끔씩 이런저런 생각이 들곤 했다. 이런저런 생각들을 하나로 모으면 '공부를 너무 안 하는 게 아닌가.'다. 간단한 맞춤법도 너무 자주 틀리고, 그놈의 구구단을 도무지 넘어서질 못하니. 책을 한 권 읽어도 좀 그럴듯한 걸 읽으면 좋겠는데 그놈의 인터넷 소설만 밤낮으로 읽어 대고 있으니. 인터넷 연애 소설 그만 읽으라고 강하게 말한 적도 있다. 고딩들이 말도 안 되는 연애질 하는 건 참아 주겠는데, 여주인공 이름이 도대체 '햇살'이 뭐냐? 동생은 '구름'이냐? 남동생은 '비'냐? 다 좋은데 '햇살'은 참을 수 없다. 가을이가 뭐만 읽고 있으면 이렇게 구박을 했다. 그랬더니 요즘은 판타지 소설만 읽는단다.

"엄마, 드래곤은 괜찮지?" 이러면서.

걱정이 아주 없어지진 않았지만 그냥저냥 접고, 잊어버리고 지낸다. 거의 체념하고 있다. 나하고는 다르니까. 좀 다른 게 아니라 아주 많이 다르니까. 이렇게 다르게 된 것도 내가 선택한 거니까. 그리고 어차피 내 인생 아니고 네 인생이니까. 내가 다 알 수도 없고, 앞으론 더 그럴 테고. 그래도 나눗셈을 할 줄 안다니 얼마나 다행이야?

3부

가을아,
네가 필요해

가을이가 돌아와서 참 좋다

가을이가 보름 동안 제주도에 다녀왔다. 나는 보름 동안 가을이를 기다렸다. '여름잠' 같은 걸 잘 수 있으면 좋을 텐데. 기다리는 건 힘들었다. 정확히 말하면 기다리는 게 힘든 게 아니라 가을이가 없는 게 힘들었다. 가기 전에는 가을이가 가는 날을 기다리는 게 힘들었다. 일단 가야 다시 돌아올 테니까.

가을이 아빠가 제주도에 사는데 여름방학 때 놀러 오라고 했나 보다. 가을이가 제주도 가고 싶다고 말한 건 올해 초부터인데, 나는 그냥 그러라고 했다. 방학이 다가올 무렵, 가을이는 아빠와 몇 번 통화를 하고는 제주도 가는 게 아주 정해진 것처럼 말해서 좀 당황했다.

그 까닭은 첫 번째, 가을이 아빠가 나한테는 가을이를 보내 달라는 말을 전혀 하지 않고 아이하고만 주고받았다는 점이다. 이러다가는 모든 걸 아이하고 정하고는 불쑥 찾아와 데리고 갈 것 같았다. 나는 나한테 전화하겠지, 하고 기다렸는데 소식이 없다. 가을이는 들떠 있고, 나는 무심히 "그래." 하고 말해 버린 뒤고. 이건 아닌데 싶었다. 가을이 보호자는 나고, 가을이가 어디를 가든 내 허락 없이는 안 되는 것이다. 아빠라고 해도 안 되는 것이다. 가을이가 집을 떠나 얼마 동안 어디서 어떻게 지낼지

의논해야 하는 사람은 바로 나다. 이걸 꼭 말로 해야 하는지 답답했다. 화도 났다. 또 한 가지, 가을이도 알고 나도 알지만 서로 모른 척해 온 사실이 있다. 나는 가을이를 아빠한테 보내는 게 싫다는 것. 보내기 싫었지만 늘 보냈다. 가을이가 가고 싶어 하니까. 그리고 그러는 게 옳은 일이라고 생각하니까. 또 보내지 않으면 내가 속 좁고 이기적이고 불공정한 사람이 되니까. 사실 나는 속 좁고 이기적이고 공정하지도 않은 사람이 맞지만 그렇게 보이기는 싫어서 참는 거다. 가을이도 이젠 아주 어린애가 아니니까 지질하게 보이고 싶지 않았다.

가을이가 처음 제주도에 가도 되느냐고 물었을 때 생각해 보겠다든지 그때 가서 얘기하자든지, 이런 대답을 했어야 했는데. '아직 방학은 멀었으니까, 정말 가게 될지 어떨지도 모르니까.' 하고 흔쾌하게 받아들이는 척했던 게 잘못이었다. 이러지도 저러지도 못하게 돼 버렸다. 하지만 결국 보내게 될 거라고 미리 각오는 했다.

이래저래 어수선한 마음을 그대로 가진 채 날짜는 갔고, 방학을 맞았다. 가을이 아빠는 내가 기다리던 전화를 끝까지 하지 않았다. 어쩔 수 없었다. 싫은 소리를 할 수밖에. 기왕 보낼 거면 기분 좋게 보내고 싶었지만 기분이 좋지 않은 걸 어쩌란 말인가. 가을이 아빠와 통화하기로 마음먹었다. 가을이한테 온 전화를 바꿔 달라 해서 내 생각을 말했다. 내가 보내고 싶지 않은 것이 아니라고 몇 번 강조를 했다. 절차가 잘못되어서 당황스럽다고 말했다. 가을이 아빠가 별로 나를 이해한 것 같지는 않았다. 유쾌한 통화가 될 수는 없었겠지만 내 뜻이라도 분명하게 전하고 싶었는데 그것도 잘 안된 것 같다.

어찌 됐건 날짜를 정했다. 가을이 아빠가 처음엔 한 달을 데리고 있고 싶다 해서 깜짝 놀라 거절했다. 나는 기껏해야 일주일, 길어도 열흘이라고 생각하고 있었는데. 서로 양보해서 보름으로 정했다. 딱 반을 깎은 건데, 너무 길었다. 흥정이라면 좀 그렇지만, 난 그런 걸 잘 못한다.

한 번 결정 나면 두 번 생각 안 하고 잊어야 하는데, 이번엔 잘되지 않았다. 가을이가 떠나는 날까지 나는 무척 우울했고, 가을이는 즐거워도 즐거운 티를 내지 못하고 참았을 거다. 막상 가던 날은 그래서 차라리 후련하기도 했다. 이제 기다리기만 하면 되니까. 왜 보내기가 싫을까? 왜 이렇게 걱정이 될까? 이러는 게 이상한 게 아닐까? 아니면 당연한 걸까? 가을이가 조금 더 자라면 흔쾌히 보내 줄 수 있을까? 아빠한테 가는 게 아니고 배낭여행을 간다면? 계절학교라면?

가을이가 갔으니까 이제는 더 생각하지 않아도 된다는 게 조금 기쁘기도 했다. 떠나던 날만큼은 그랬다. 그런데 기다리기만 하면 되는 게 아니었다. 기다리면서 혼자 지내야 했다. 가을이 가고 나서 일주일 동안 비가 줄기차게 왔다. 방에서 영화 보고, 책 읽고, 맥주 사다 마시고, 화장실 갈 때 말고는 한 발짝도 안 나갔다. 볼 책이 떨어지면 부안 도서관에 가서 또 빌려 왔다. 하루에 한 번 가을이와 밤 여덟 시에 통화하는 것 말고는 사람하고 말을 거의 안 하고 지냈다. 아무도 만나고 싶지 않았다.

하루는 동네 아는 언니가 놀러 와 막걸리를 마시자는데, 누가 술 먹자는 게 그렇게 귀찮기는 처음이었다. 이야기 나누는 것도 귀찮고 빨리 갔으면 싶었다. 그날 밤 엄마가 전화를 했는데, 가을이 제주도 갔다고 하니까 화를 내는 거다. 다 큰 애를 보름씩이나 그렇게 멀리 보냈느냐며. 짜증이 확 밀려와서 수화기를 던질 뻔했다. 다행히 잘 참았다. 전화하기도 귀찮고 전화 받기도 귀찮으니 전화하지 말라고 했더니, 네가 이제야 사람이 되는구나, 뜬금없는 소릴 했다. 사람? 무슨 사람? 나도 너희들 대학 다닐 때 집에 왔다 가면 그렇게 쓸쓸하고 허전하고 눈물도 나고 그랬다고 뭐라 뭐라 한다. 아, 엄마! 공감도 위로도 안 되니까 제발 전화 좀 끊어 주세요, 속으로 그랬다.

꿈을 꿨다. 꿈에 가을이가 방에 있었다. 분명 꿈이라고 생각했는데 꼭 안았더니, 분명 만질 수도 있고 몸이 느껴졌다. 꿈 아니네? 너 어떻게 왔어? 왜 왔어? 묻다가 깼다. 역시 꿈이었다. 꿈에서 깨서는, 이건 불길하다는 생각을 했다. 날 밝자마자 제주도엘 가자. 가서 가을이를 데려오자, 다짐하며 다시 잠이 들었다. 물론 아침이 되었을 땐 이성이 돌아와 그런 일은 하지 않았지만.

가을이는 재미있게 지내는 것 같았다. 통화할 때마다 목소리가 밝았다. 그래서 보고 싶단 말은 안 했다. 쓸쓸하다든가 우울하다는 말도 안 했다. 난 어른이니까. 사실 쓸쓸한지 우울한지도 잘 모르겠고, 그냥 가을이를 생각하고 기다리는 것 말고 다른 일은 아무것도 하고 싶지 않고, 아는 사람 만나는 것도 싫었다. "가을이는 언제 와?" 라든가 "가을이 없어서 심심하지?" 이런 소리 듣고 싶지 않았다. 몇 번 들었는데 아무렇지 않게 대답할 수가 없었다. 마음이 아팠다. 그게 진짜로 명치 있는 데가 쿡 찌르는 것처럼 아팠다. 가끔 불안한 생각이 들면 더 아팠다.

일주일이 지나니까 조금씩 나아지기는 했다. 엄마가 전화해서는 일주일 금방 간다, 가을이도 바람도 쐬고 좋은 경험이다, 처음 말과는 다르게 위로를 해 주는데 나도 처음보다는 덜 귀찮았다.

드디어 가을이가 오는 날, 공항에 일찍 가서 두 시간을 기다렸다. 가을이가 탄 비행기가 도착했는데 사람들이 나오지를 않았다. 5분쯤 걸린다는데 20분이 지나도 나오질 않는다. 부끄럽지만, 영화나 드라마에서 주인공이 식구나 애인이 타고 있는 자동차로 막 다가가는데 쾅, 하고 차가 폭발하는 장면 있지 않나. 그 생각이 퍼뜩 들었다. 정말 무서웠다. 나중에 이 얘기 듣고 가을이가 말했다.

"엄마는 영화를 너무 봤어."

가을이는 무사히 돌아왔다. 파마를 했다. 새까맣게 탔고 키가 좀 컸는지는 잘 모르겠는데 말투가 조금 달라졌다. 좀 큰 아이 같은 말투. 내 선물이라고 가방을 사 왔다. 용돈이 남았다며 자기 돈으로 치킨도 사 줬다.

오늘은 가을이가 돌아온 지 사흘째 되는 날. 날씨는 화창하고 나는 행복하다.

가르치는 것보다 참는 게 더 힘들다

나는 가르치는 일이 적성에 맞지 않는다고 늘 생각하지만, 어쩌다 보니 때때로 그런 일들을 하게 되었다. 변산공동체학교에서 세 해 동안 역사를 가르쳤다. 애들은 말 못 하게 하고 나만 말하려고 죽을 애를 쓰다 실패하고 그만뒀다. 초등 학부모라 초등 수업도 한 가지 맡아야 했다. 국어와 역사 수업을 차례로 한 해씩 했고 지금은 수학을 가르치고 있다. 국어와 역사를 맡았을 때는 뭘 해야 할지 몰라서, 이름만 국어, 역사고 사실은 오목과 알까기, 장기와 홀라(카드놀이)로 수업을 했다. 수학은 해야 할 게 분명해서 그나마 다행이다. 하지만 아이들이 잘 이해하지 못할 때 끈기 있게 설명하고 또 설명하는 게 무척 힘들다. 화내지 않고 말이다.

그래서 나는 가을이는 가르치지 않는다. 다른 분이 6학년 아이들을 가르친다. 내가 가을이는 맡고 싶지 않았기 때문에 그렇게 하자고 했다. 가을이가 처음 글을 배울 때, 2학년 1학기가 다 지나도록 읽고 쓰기가 안되어 내가 좀 가르쳐 보려고 했다가 둘 다 아주 질려 버렸다. 나는 화내고 위협하고 무시하고 윽박질렀고 가을이는 겁먹고 울었다. 모른다는걸, 이렇게 간단한 걸 모른다는 걸, 참을 수가 없었다. 하지만 내가 참든 못 참든 모르는 건 모르는 거다. 빨리 포기해 버린 걸 그나마 다행이라고 생각한다. 지금도 그때를 생각하면 미안하다. 결국은 알게 되는걸.

다른 집 아이들 가르칠 땐 그렇게 못된 성질을 다 드러내며 화내지는 않는다. 화가 나긴 한다. 그건 어쩔 수 없다. 하지만 몇 번이고 다시 설명해 준다. 그래도 모르면, 화난다. 간신히 참는다. 하지만 표정이나 말투에서 드러난다. "바보 멍청아!" 하고 윽박지르고 싶은 걸 참고 있다는 것. 아이들은 다 안다. 내가 그러거나 말거나 신경 안 쓰기만 바랄 뿐이다.

중학생한테 과외를 한 적도 있다. 초등 수업을 할 때보다 훨씬 더 많이 내 성질을 눌러야 한다. 가끔 아이들을 가르치다가 '나 정말 참을성이 많아지고, 상냥해지고, 됨됨이도 좋아진 것 같아.' 하고 착각할 때도 있다. 하지만 그건 아이가 그럭저럭 잘 따라오고, 태도도 좋을 때 얘기다. 그날따라 공부하기 싫어서인지 자세가 흐트러져 있거나, 유난히 말귀를 못 알아듣거나, 실수를 자꾸 한다거나, 그러면 속에서 화가 부글부글 끓어오른다. 버럭 화는 못 내도 가시 돋은 말투가 나온다. 창피를 주고 무시하고 싶은 못된 마음이 인다. 참는 게 힘들다. 가르치는 것보다 더 힘들다.

나는 됨됨이가 모자라서 남을 가르치는 일이 맞지 않는다는 결론을 내렸다. 특히 아이들. 나는 애들을 어떻게 대해야 할지 아직도 잘 모르겠다. 아니, 익숙하지가 않다. 내 아이도 있고, 아이들과 함께할 일이 다른 사람들보다 오히려 더 많았다고 생각하는데 말이다. 내가 어른답지 못해서, 아이들이 무섭고 나 자신도 무섭다. 그래서 되도록 멀리하자, 서로 다치지 않게, 이렇게 생각하고 있다.

지난여름 단 일주일이었지만 여러 아이들을 한꺼번에 만난 적이 있다. 정확히는 닷새 동안 보습학원에서 부업으로 아이들을 가르치게 된 것이다. 오직 돈에 혹해서 하겠다고 했다. 내가 한 해 마늘 농사로 버는 만큼의 돈을 닷새 만에 벌 수 있는 기회였다. 내가 맡은 과목은 주로 수학으로, 가르친 아이들은 초등학교 1학년부터 중학교 1학년까지였다. 하루에 수학 문제집을 한 장 반에서 두 장 정도 풀게 하고, 채점해 주고 틀린 문제를 설명해 주면 된다. 강의는 할 필요가 없고 아이들이 학년별로 시간을 맞춰 오지도 않는다고 했다. 그리고 유치원생도 한 명 있단다.

미리 문제집 몇 권을 가져다가 집에서 열심히 풀어 봤다. 초등학교 6학년 수학 문제는 꽤 어렵다. 나는 초등학생은 3학년 과정까지만 가르쳐 봤다. 중학교 수학은 검정고시 자습서를 한 권 풀어 봤는데, 자세하게 문제 풀이를 하다가 막힐지도 모른다는 생각에, 정말 열공을 했다. 주말 동안 그렇게 준비하고 월요일에 드디어 학원에 갔다.

나는 수학 가운데 확률을 늘 어려워했는데, 이번에 가르친 6학년 수학 진도가 마침 '경우의 수와 확률'이어서 서른 해 동안 헷갈렸던 개념들을 정리하게 되었다는 성과를 얻었다. 하지만 그건 나한테 좋은 일이었고, 정작 학원 아이들에게 줄 수 있는 도움은 별로 없었다. 아니, 아이들이 별로 내 도움을 받으려 하지 않았다.

6학년 여자아이가 셋이었는데 다들 공부를 잘하는 것 같았다. 가을이도 6학년이라 좀 더 마음이 쓰이기도 했고 궁금하기도 했다. 셋 다 나보다 키가 컸다. 아가씨들이다. 처음 보는 나한테 전혀 신경 쓰지 않았다. 늘 하던 대로 문제를 풀고 답안지를 맞춰 보고, 가끔 나한테 "선생님! 5번에 여섯 가지 맞아요?" 하고 물어본다. 내가 "어, 그래 5번이 무슨 문제더라, 그러니까……." 하는 사이에 이미 답안지 찾아서 맞춰 보고 이해한다. 나는 별로 할 일이 없었다. 괜히 열심히 공부했잖아. 이 아이들은 머리가 아주 빨리 돌아가는지 문제도 무척 빨리 푼다. 마치 '빨리 감기'로 돌려 보는 것 같다. 문제 풀다 막히면 짜증을 낸다. 그리고 곧장 답안지 확인. 한번은 내가 "좀 천천히 생각을 해 봐. 급할 거 없잖아." 말해 봤지만 별

대꾸를 안 한다. 바빠서 못 들었나 보다.

한 아이가 갑자기 나한테 "선생님 어느 대학 나왔어요?" 하고 물어봐서 당황했다. 왜 당황했는지 잘 모르겠지만, '좋은 대학'이라고 대답해 버렸다. 농담이었는데, 분위기가 확 달아오르면서 애들이 앞다투어 물었다. "좋은 대학 어디요?" "선생님, 서울대 나왔어요?" "아니, 서울에 있는 대학." "아, 인 서울 대?" "내가 어느 대학 나왔는지 왜 궁금해?" "그냥 궁금해요. 우리도 좋은 대학 가고 싶어요." "초등학생인데 벌써 대학 생각해?" "하죠!" "빨리 집 나가고 싶어요." 나도 그러긴 했다만. "엄마 잔소리 지겨워요." 물론 나도 그랬지. 귀엽기도 하고 좀 짠하기도 했다. 하도 전투하듯 문제를 풀어서 애들이 조금 무서웠는데, 그것도 덜해졌다.

6학년 아가씨들이 40분 만에 문제집 두 장 반을 해치우고 돌아가자마자 유치원생이랑 초등학교 1학년 몇몇, 3학년 둘, 4학년 하나, 5학년 셋 아이들이 한꺼번에 들이닥쳤다. 그때부터 얘기는커녕 애들 이름 물어볼 새도 없었다. 한 사람씩 문제를 얼마나 풀지 정해 주고, 채점해 주고, 유치원생은 따로 옆에 데리고 글씨 연습을 시키는데 뭘 시켜도 "못해요." "몰라요." 한다. 이런 꼬마가 유치원이나 열심히 다니지 학원은 왜 올까, 잠깐 생각했다. 쉬지 않고 떠드는 남자애들, 한 장만 하면 안 되냐고 끈질기게 묻는 여자아이, 자기 거 왜 채점 안 해 주냐고 옆에 버티고 서 있는 아이, 채점하는 그새를 못 참고 나가 버리는 아이. 말 그대로 혼비백산이었다.

닷새만 하면 되니까, 이런 마음이라서 별로 힘들지 않게 할 수 있었다. 화도 안 냈다. '이건 일이잖아, 일.' 하고 생각하면 별로 화나지도 않았다. 그동안 가르친 아이들은 거의 다 공동체 아이들이었고 어릴 때부터 보던 아이들이었다. 가까워서 성질이 났는지도 모르겠다. 가을이는 더 가까우니까 더 화가 나고.

　가을이가 다음 해면 중학교에 간다. 자기가 원하지 않으면 수학은 더 공부하지 않아도 된다. 그래서 올겨울에 함께 6학년 수학을 공부하자는 말을 한 적이 있다. 사실은 해마다 겨울에 엄마랑 공부하자고 말한다. 하지만 겁나서 못하고 있다. 내 됨됨이가 좀 더 나아진 뒤에 해야 할 것 같아서. 아마 올해도 못할 것 같다. 그럼 또 어쩔 수 없는 것이다.

뭘 해서 돈 벌지?

가을인데 비가 잦다. 마늘이랑 채소 조금 심어 놓으니까 별 할 일이 없다. 찾아 하려면야 여기저기 일이 많겠지만, '왜 굳이 일을 찾아서 해야 하지?' 하고 생각하면 돌 맞으려나?

난 게으르다. 일하는 것보다 노는 게 좋다. 꼭 해야 하는 일을, 꼭 하지 않으면 안 될 때만 하면 좋겠다. 꼭 해야만 하는 일은 되도록 적으면 좋겠고, 꼭 해야만 할 때는 되도록 지금이 아니라 나중이면 좋겠다. 가끔은 '이렇게 게을러서 쓰겠나, 한심하다, 바꿔야 한다.'는 마음이 들 때도 있지만 대개 그냥 덮는다. 내가 나를 안 봐주면 누가 봐주겠어? 하고.

지난여름 한창 밭 매다가 가을이를 붙들고 하소연을 했다.

"난 일하기 싫어. 정말 싫어. 놀고 싶어."

"하지 마, 그럼." 이런다. 이럴 줄 알았다.

"안 하면 너랑 나랑 굶어 죽잖아. 맥주도 못 마시고."

"사브레(가을이가 가장 좋아하는 과자)도 못 먹고."

가을이가 장단을 맞춰 준다.

"그렇지. 우린 거지 되고."

"그럼 일해."

"싫어."

"그럼 엄마는 뭐 하고 싶어?"

"나는 그러니까, 일은 아주 아주 심심할 때 그냥 취미로 좀 하고, 나머지 시간은 놀고 싶어. 뭐하고 노냐면, 우선 읽고 싶은 책을 다 사서 벽을 다 책장으로 두르는 거야. 보고 싶은 영화 디브이디도 다 사서, 집에서 볼 수 있게 해 놓고. 책 읽고 영화 보고 컴퓨터 하다가 가끔 산책이나 하고 그렇게 살고 싶어."

한마디로 백수가 꿈이란 말이다. 예전부터 그랬다. 대학 졸업할 무렵부터 일은 조금만 하고, 돈은 조금 벌어도 시간은 많고, 책이나 보고 술이나 마시며 혼자 살 수 있을 만한 그런 일 어디 없나, 생각했다. 지금이 그래도 가장 비슷한 거 아닌가 싶기도 하다. 하지만 먹고살 수 없으면 어떡하나, 돈을 더 모아야 하는 게 아닐까, 항상 불안하다.

"그럼 왜 농사를 지어?"

"어쩌다 보니 이렇게 됐어."

사실 농사는 생각도 안 해 봤다. 시골에서 농사짓는 것 보고 자란 것도 아니고, 농사지으며 살고 싶단 생각해 본 적도 없고, 그렇다고 공동체나 대안 교육에 관심이 있었던 것도 아니었다. 정말 왜 이렇게 됐지?

그런데도 아쉽거나 후회되지는 않는다. 지금이 만족스럽고 내가 하는 일이 쓸모 있다는 확신 같은 게 있어서가 아니다. 지나간 일은 그냥 그럴 만해서 그랬다고 생각하고, 앞으로 일어날 일을 고민해 봐야 무슨 소용인가 하고 미루는 걸 아주 잘한다. 느긋하거나 편안한 성격은 아닌데 나 자신한테만은 너그럽기 그지없다. 한마디로 성격도 백수다.

"그래도 농사가 나아. 직장 다녔으면 비가 오나 눈이 오나 일해야 하고, 겨울에도 못 놀잖아. 그래도 농사가 많이 노는 거야."

"그래도 더 놀고 싶어. 돈 벌 걱정 없이 쭉 놀고 싶어."

"십 년만 기다리면 내가 해 줄게."

"내가 돈 벌어서 엄마 놀게 해 줄게. 근데 뭘 해서 돈 벌지?"

나는 아주 어릴 때는 그림 그리길 좋아해서 화가나 만화가가 되고 싶었고, 좀 커서는 동물이 좋아서 수의사가 되고 싶었고, 더 커서는 서울로 대학만 가면 그다음 일은 다 잘될 것 같았다. 결국 뭔가 해서 벌어먹어야 하는 나이가 되어서는 평생 이루지 못할지언정 생각만 해도 가슴이 뛰는 백수가 꿈이 되었다.

가을이 꿈이 화가였던 적도 있었다. 가을이는 그림을 곧잘 그린다. 곧잘 그린다고들 한다. 나는 잘 모르겠다. 집에선 늘 공주만 그리니까. 공주들은 하나같이 머리가 크고 다리가 길고 눈 속엔 별이 들어 있다.

"화가로 돈을 많이 벌 수 있을까?" 가을이가 물었다.

"아마 없을 거야, 대개는."

"의사는 돈을 많이 벌지, 엄마?"

"나중엔 많이 벌지만 지금은 돈이 많이 들지. 공부도 엄청 해야 해."

"그럼 의사는 됐고."

그렇게 쉽게 포기하기냐? 물론 내 힘으론 널 의대에 보내지 못하지만. 사실 의대 아니라 '아무 대'도 못 보내지만, 꼭 네가 하겠다면 마음으로라도 응원하겠다고 말하려 했는데.

"그냥 엄마처럼 농사지어야겠다."

"농사지어선 돈 많이 못 벌어.(더구나 엄마처럼 지어선.)"

"할 게 없는걸, 뭐."

백수로 살게 해 주겠다는 건 결국 빈소리였구나.

"천천히 생각해도 돼. 아직은 그런 걸 걱정할 나이는 아니니까."

올여름에 학원 잠깐 나갈 때 만난 6학년 아이는 꿈이 외교관이라고 했다. 외교관이 뭐 하는 건지 정말 아느냐고 물어보려다 말았다. 무시한다고 오해할까 봐. 외교관이란 직업을 어떻게 아는지, 왜 하고 싶은지 정말 궁금했는데. 아이들한테 앞으로 뭐가 될지, 뭘 하고 싶은지 자꾸 물어보고 생각하게 하는 건 별로 좋지 않다고 생각한다. 스스로 하고 싶은 거라면 말릴 수야 없겠지만. 직업이 정말 꿈이고 희망이고, 그런 일은 거의 없지 않나. 꼭 그래야 하는 걸로 알고 자라면 나중에 실망할 테고. 그냥 지금 즐겁게 지내고 나중 일은 나중에 생각하는 게 좋다. 엄마 돈으로 사브레 사 먹는 시절을 마음껏 즐기라는 거다. 언젠가 제가 벌어 사 먹어야하는 날이 오고야 말 테니까.

"그런데, 가을아. 십 년 뒤에 넌 아직 스물세 살밖에 안 되는데, 날 놀고 먹게 해 줄 만큼 돈을 벌 수 있을까?"

생각해 보니 그렇다. 십 년이라 해서 한참 뒤인 줄 알았는데 그렇지도 않네. 십 년 뒤에도 여전히 사브레는 내가 사는 건가? 그러다 문득 생각이 떠올랐다.

"맞다! 너 걸 그룹 아이돌이 돼라."

"뭐?"

"스물 셋에 돈 왕창 버는 직업은 그거밖에 없잖아? 가을이, 너 걸 그룹이 돼라. 소녀시대!"

가을이는 어이없어 했지만, 걸 그룹 아이돌이 되려면 살을 좀 빼야 하니까 생각해 보겠다고 했다.

운수 좋은 해

지난해는 농사가 다 잘됐다. 특히 잡곡이 잘됐다. 내가 짓는 농사가 거의 다 잡곡이기 때문에 내 농사는 다 잘됐다. 옥수수는 지난해 봄, 날도 추운데 일찍 심어서 싹이 트지 않아 두세 번 다시 심었다. 자랄 때는 영신통치 않아 보였는데, 말려서 털어 보니 80킬로그램이 넘는다. 깎아서 옥수수쌀을 만들면 60킬로그램은 넘겠다. 옥수수는 내 현미 잡곡에 가장 많이 들어가는 잡곡 가운데 하나다. 내가 가장 좋아하기도 하고. 쥐눈이콩은 50킬로그램 정도 거두었다. 지지난해보다 20킬로그램쯤 더 많다. 팥은 30킬로그램 거두었다. 기대한 것보다 두 배는 더 많이 거두어서 나도 놀랐다. 베기 직전까지만 해도 정말 별로인 줄만 알았다. 현미 잡곡하려면 좀 사야 하나, 생각도 했다. 역시나 잘해 본 적이 없어서 잘한 줄도 몰랐던 것이다. 독립한 뒤 잡곡 농사를 짓기 시작하면서 가장 잘했다. 들쑥날쑥한데다 가장 적게 거둔 게 서리태인데, 아직 다 털지 않았지만 이것도 이제까지 지은 농사 가운데 가장 잘된 것 같다. 콩깍지가 통통하고 단단하게 잘 달렸다. 쭉정이가 거의 없다. 나 왜 이러지? 내가 무슨 짓을 했지? 뭘 잘했기에 이렇지?

늘 짓던 그 밭에 늘 심는 만큼 심고, 늘 매는 만큼 밭 매고, 웃거름하고,

순 따 주고, 게으름 부리다 때 놓쳐서 풀밭을 만들기도 했다. 지지난해도 그랬던 것처럼 농사지었을 뿐인데 운이 좋았다. 그리고 무엇보다 날씨가 적당했다. 비도, 바람도, 해도. 내가 날씨한테 뭘 잘해 준 것도 없으니, 순전히 행운이고 선물이다. 다행스럽고 고맙다.

죽도록 노력해서 잘되는 것보다 웬만큼 했는데 운이 좋아 좋은 결과가 나오는 게 나는 더 좋다. 사실은 죽도록 애써 본 적도 없다. 그래서 죽도록이 어느 만큼인지 잘 모르겠다. 웬만큼 했는데 역시나 신통치 않았다면 그냥 그러려니 한다. 신통치 않은 것도 아니고 아주 영 망해 버렸다면 실망하고 괴롭겠지만, 더 잘해 볼걸 하고 받아들일 수 있다. 후회는 하겠지만 말이다. 더 잘해 볼 여지가 있는 거니까.

그런데 죽어라 애썼는데 결과가 꽝이라면 그건 참 힘들 것 같다. 원망스러울 테고 다시 해 볼 마음도 안 들 것 같다. 웬만큼 했는데 지난해처럼 기대를 넘어 잘됐다면 기쁜 건 물론이고 고맙기까지 해서 마음마저 착해질 것 같고, 겸손해지는 것 같고, 다음번엔 좀 못하더라도 실망하지 말자는 미래로 나아가는 자세까지 갖게 되는 것이다. 따라서 이게 가장 좋은 것이다. 선물은 노력해서 받는 것보다 그냥 받는 게 더 기쁘다.

돈을 더 많이 버는 건 쉽지 않겠지만 조금이라도 더 모을 수는 있지 않을까. 지난해 초부터 줄곧 그런 생각을 해 왔다. 가을이는 자라고 나는 나이가 점점 들 테니 조금이라도 앞일을 준비해 두어야 하겠다는 생각이 이제야 들었다. 가을이가 나를 백수로 만들어 줄 날이 정말 올 수도 있겠지만(걸 그룹은 틀린 것 같다.), 그보다 먼저 가을이가 자라서 자기 하고 싶은 일을 하러 떠날 때, 적어도 먹고사는 일로 걱정은 시키지 않고 싶다. 아, 내가 먹고사는 일 말이다. 가을이 먹을 건 자기가 벌어야 할 거다.

그래서 지난해 초 처음으로 적금이란 걸 들었다. 농협에서 농민한테 특별히 이자를 높게 쳐 주는 게 있다는 사실은 꽤 오래 전부터 알고 있었지만 나는 남들 다 한다 해도 별 관심이 없었다. 그런데 처음 적금을 든 날 참 뿌듯했다. 만기되면 그 돈 얼마를 떼어 가을이와 해외여행이란 걸 가 보자고 계획도 세웠다.

그런데 이게 점점 문제가 되었다. 정확히 말하면 적금이 문제가 아니고 내가 문제였다. 내가 버는 돈은 늘어나지 않는데 달마다 십만 원씩 저축하면서 생활을 해 나가려면 달마다 십만 원을 전보다 덜 써야 한다. 이 사실을 머리로는 이해했지만 실천하기는 쉽지 않았다. 뭐 저축이란 걸 해 봤어야 알지, 이제껏 버는 대로 쓸 줄만 알았는데 말이다.

가장 큰 부담은 연말에 현미 잡곡을 만들려면 몇 가지 잡곡을 사야 하는데, 그 돈을 남겨 놓아야 하는 것이다. 그리고 잡곡을 살 돈이 얼마일지는 한 해 농사가 마무리되어야 알 수 있다는 것. 내 경제 규모라는 게 일이십만 원에도 흔들흔들하는 수준이니까.

그래서 돈 걱정이란 걸 무척 자주 하게 되었다. 전에는 아주 가끔 통장 잔고만 확인하고는 '아직 괜찮군.' 하고 잊어버리곤 했는데 적금을 들고 나서는 몇 달 뒤 나갈 적금, 앞으로 들어올 돈, 들어올지도 모르는 돈, 잡곡을 사들이기 위해 남겨 둬야 하는 돈, 줄일 수 있는 생활비 같은 것들을 종이에 적어 가며 계산하는 버릇이 생겼다. 계산하고 나면 대개는 마음이 놓이는 게 아니라, 더 불안하고 기분이 꿀꿀해지곤 했다.

계산에 계산을 거듭하고 불안했다 마음이 놓였다를 되풀이하면서 가을이 되었고, 결론을 냈다. 할 수 있는 한 적금은 깨지 않고 버틴다, 버티기 위해서는 11월에 김장 절임 부업을 하고, 12월에 새 잡곡을 내고, 이듬해 2월까지 아껴 쓰며 지낸다. 가을이하고도 형편을 잘 얘기해서 용돈을 좀 줄이기로 했다. 가을이 통장에 모아 둔 돈도 아주 급할 때는 쓰기로 했다. 여유가 있을지 쪼들릴지는 잡곡을 사는 데 드는 돈이 얼마일지, 내 농사 결과는 어떨지 나와 봐야 아는 것이니까 일단 집에 있는 돈은 다 탈탈 털어 준비 자금으로 묶어 두었다. 가을이 돼지 저금통도 털었다.

김장 절임 부업을 시작할 무렵엔 묶어 둔 돈 말고는 생활비가 다 떨어졌다. 그래서 무척이나 전투적으로 일했다. 그런다고 돈 더 주는 게 아니라는 건 끝나고 나서야 알았다. 그런데 이번 농사가 대박 났다! 콩도 팥도 옥수수도 다 잘돼서 사지 않아도 됐다. 나만 잘된 게 아니라 남들도 다 잘되었는지, 잡곡 값이 전보다 떨어지기까지 했다. 1킬로그램에 이만 원이던 기장과 수수가 만오천 원으로 내렸다. 생각지도 못한 선물이다. 다른 사람 농사 잘된 것까지 기뻐하게 되었으니 이것도 선물은 선물이다.

아직은 콩이고 옥수수고 그냥 그대로 있고, 여전히 통장은 가볍고, 다음 달까지는 아껴 살아야 하고, 올해도 지난해와 별로 다르지 않겠지만 이제 불안한 마음이 없다. 잡곡을 사들이느라 백만 원을 쓸 줄 알았는데 팔십만 원을 썼다. 그 이십만 원 덕분에 이렇게 부자가 된 기분이 들다니. 통이 작아도 너무 작지만 그래도 좋다. 나는 운 좋은 사람이니까.

가을이가 자기 돈은 천천히 갚아도 된다고 한다. 김장 절임 부업을 해서 돈 받으면 갚겠다고 했더니, 당분간 돈 별로 없을 테니까 나중에 갚아도 된다고 그런다. "다 우리 먹고사는 데 드는 돈이잖아." 하면서. 가을이가 좋은 아이인 건 내가 애쓴 결과가 아니기 때문에, 이것도 운이 좋은 것이다.

그날이 왔다

이런 날이 곧 올 거라고 생각은 하고 있었다. 사실 좀 기다리기도 했다. 가을이와 둘이 보낸 지난겨울은 그야말로 평화로운 게으름뱅이 천국이었다. 우리 사이도 더없이 다정했다. 다정한 꼼둥이 한 쌍처럼. 먹고 자고 뒹굴고. 야단칠 일도 짜증 낼 일도 없었다. 열세 해 동안 이보다 더 사이좋은 적이 없었지, 아마?

2월 중순이 지났는데, 공동체 학교에서 한번 연락이 올 때가 되지 않았나? 가을이는 올해 중등부 입학생인데. 예비교육 같은 것도 하던데 아무 연락이 없다. 설마 잊어버렸나? 그럴 리가. 하긴, 여느 학교에서 하듯이 입학 수속을 밟는다거나 지원서를 쓴다거나, 하다못해 내가 가을이 "그 학교 보냅니다." 하는 전화 한번 한 적 없으니 정말 잊어버렸는지도 몰라. 거기 사람들이 여러 일로 바쁘다 보니 정신없잖아?

"널 잊어버린 거 아닐까?"

"설마. 그럼 난 어떡해?"

"그냥 집에서 놀지 뭐."

"그러지 뭐."

그럴 일은 없을 거라고 믿었다. 그리고 그 순간이 참 좋았다. 왜냐하면

이 꿉등이 놀이가 오래가지 않을 거라는 걸 알고 있기 때문이다. 언젠가 끝나서 우리 둘 다 다른 것, 새로운 것을 하게 될 거라는 걸 알고 있기 때문이다. 더 이상 이렇게 다정할 일도 없을 테지. 그렇게 우리 둘은 헤어질 날을 은근히 기다리고 있긴 했다.

그렇게 결국 그날이 왔다. 그런데 뭔가 크게, 몹시 잘못됐다는 생각이 들었다. 처음엔 당황했다가, 슬슬 화가 나기 시작하더니 점점 더 화가 많이 났고 화를 풀 길이 없어서 슬퍼졌다. 그다음엔 겁이 났다. 난 뭔가 잘못하고 있고 지금 바로 되돌려야 한다는 생각, 아니 충동이 한밤중에 찾아들어 잠 못 들었다. 아침에 일어나면 좀 더 기다려 봐야지, 하다가 밤이 되면 이건 아니야. 그만둘 거야, 하면서 보름쯤 보낸 것 같다.

그러니까 바로 2월 23일 일요일이었다. 저녁이 다 되었을 때, 변산공동체학교에서 전화가 왔다. 목소리가 아주 앳된 걸 보면 학생인 것 같은데, 내일부터 예비교육을 하니까 점심때까지 짐 싸 가지고 오란다. 상대가 아직 어린 학생인 걸 알았지만 일부러 존대를 하며 따졌다.

"그걸 지금 연락하시면 어떡하나요?"

"아니, 저, 희정 아저씨(변산공동체학교 교장)가 가을이도 와야 한다고, 연락하라고."

"그러니까요. 내일 들어가는 걸 오늘, 그것도 저녁에, 미리 준비할 것도 있고 그런데, 지금 알려 주시면 어떻게 하나고요."

학생이 당황해서 대답을 못 한다. 안됐다. 하지만 어쩔 수 없다. 희정 아저씨를 원망해라. 아니, 학생이 전화를 한 것부터 마음에 안 들었다. 종이 값이 아까워서 통지서는 못 보낸다 하더라도, 다만 일주일 전에 책임 있는 어른이 전화라도 해 줘야 하는 거 아닌가? 그리고 보면 가을이 입학에 대해 아는 게 하나도 없다. 대충 그럴 거라고 혼자 짐작할 뿐 물어

본 적도 없고, 누구한테 물어야 하는지도 모르겠다. 입학식 날짜밖에 아는 게 없지 뭔가. 제대로 된 학교라면 뭔가 알려 줘야 하는 거 아냐?

그러니까 공동체 학교는 제대로 된 학교가 아니다. 말도 안 되는 학교다. 그런데 나는 당연히 가을이를 그 학교에 보내겠다고 생각하며 살아왔다. 지난겨울 가을이 보낼 날을 기다리기까지 했다. 나도 이상한 인간이다. 왜 그랬지? 다 말도 안 된다. 엉터리다. 미쳤나 보다. 그만둬야겠다. 전화 받은 뒤 내 마음은 그랬다. 그래도 가을이한테 물어보긴 해야겠다.

"너 내일 짐 싸서 오래."

"뭐?"

"점심때까지 오래."

"뭐 이런 황당한!"

맘속으론 '그렇지? 황당하지? 말도 안 되지? 우리 완전 무시당한 거지? 너도 기분 나쁘지? 그러니까 가지 마, 가을아. 네가 싫다면 안 보낼 거야. 엄마랑 계속 놀자.' 하고 싶었다.

"갈래? 싫으면 안 가도 되는데."

"가야지, 그래도."

그래서 다음 날 짐 챙겨서 보냈다.

일주일은 견딜 만했다. 가을이가 날마다 아침저녁으로 한 번씩 전화했고 입학식 날 만날 수 있으니까. 그러면 그날 집에 데리고 와서 자고, 그 뒤로도 주말마다 집에 오면 된다고 생각했다. 그런데 여전히 공식적인 통보는 전혀 오지 않은 가운데, 가을이가 전화로 물어 나르는 소식들이 다 기막혔다.

"한 달 동안 못 나갈지도 모른데. 적응 기간이래."

"적응은 무슨 얼어 죽을!"

"그러니까. 우리 토냉이한테 마당에 적응하라고 한 달 동안 방에 못 들어오게 하는 거나 마찬가지지."

참 적절한 비유다. 똑똑한 내 딸.

"때려치우고 집으로 와!"

"좀 더 있어 보고."

입학식 날, 가을이는 잠깐 집에 다녀갔을 뿐 자고 가지는 못했다. 다음 주에는 올 수 있을지도 모른다고 했지만, 다시 전화가 왔다.

"일주일에 한 번 집에 못 간대!"

"도대체 왜!"

"나도 몰라."

"그냥 집으로 와, 자기. 보고 싶어." 불쌍하게 매달렸지만, 가을이는 "그만 징징대고 뚝!"이라고 했다.

"너 거기가 좋아?"

"싫어."

"그럼 돌아와."

"좀 생각해 보고."

집으로 달려오고 싶을 정도로 거기가 싫지는 않은가 보다. 하지만 나는 싫다. 그 학교 싫다. 왜 애를 주말에도 집에 안 보내느냐 말이다. 입학한 첫 주 주말에 못 온다는 전화를 받고는 화가 폭발했다.

"도대체 왜!"

이젠 묻기도 지겹다.

"단합대회 한대."

"단합대회는 무슨 얼어 죽을! 같이 먹고, 같이 자고, 온종일 개떼같이 몰려다니면서 또 뭔 단합을 하냐고! 난 단합이 세상에서 가장 싫어. 우린 산산이 흩어진 모래알처럼 살아야 한다고!"

가을이는 엄마가 하는 헛소리에 무척 익숙하기 때문에 끄떡도 안 한다.

그리고 또 일주일 동안 화났다가, 슬펐다가, 겁났다가, 불끈 결심했다가, 일단 두고 보자고 생각하다가 오락가락하며 하루하루 지냈다. '가을이가 보고 싶다, 공동체 학교 싫다, 데려오고 싶다, 데려오면 그다음은 어쩌고? 어쩔 수 없다, 끝난 건 끝난 거다, 드라마로 치면 결말이 난 거니, 체념해야 한다. 그래도 싫어!' 이런 생각들이 뒤죽박죽 얽혔다. 아무것도 안 하고 방에 처박혀서 말이다.

나는 지금 무척 외롭고 앞으로 더 외롭게 살게 될 거란 생각이 들었다. 가을이가 태어난 순간부터 오늘까지, 어서 키워 자유로워지고 싶은 맘도 여전하다. 사실 바라던 날이 지금 온 거라는 생각도 했다. 바라지 않아도 이런 날은 온다는 생각도 했다. 내가 어떻든 가을이는 학교에서 잘 지낼 거라는 걸 나도 이미 알고 있다. 내가 걱정하는 건 가을이가 아니고 나다. 겁이 나는 것도 나 때문이다. 어떻게 해야 하는지도 안다. 그래도 일주일에 한 번은 집에 보내야 하는 거 아냐?

그래서 어제, 마침내, 그만 슬퍼하고 내가 움직이자고 마음먹고 가을이를 만나러 갔다. 내가 보러 가면 되지 않나 하는 생각이 이제야 들다니. 난 학부모니까 당연히 가을이를 보러 갈 수 있다. 우리 학교는 규칙이 이러이러합니다, 하고 일러 준 적도 없으니 나도 신경 쓰지 않겠어. 그래, 난 진상 학부모가 될 거야. 가을이는 짐작했던 대로 잘 지내고 있었다. 집에 가자고 한 번 더 애처롭게 꼬셔 봤지만, 가을이는 "토요일에 갈게. 고기 사 놔."라고 할 뿐이었다!

두 주에 한 번, 사랑하기 좋은 시간

가을이가 변산공동체학교 중등부에 입학해 기숙사에 간 지도 한 달이 좀 넘었다. 이제까지 두 번 집에 왔고 지금 마침 주말이라 집에 와 있다. 그러니까 세 번째 집에 온 거다. 시간이 시간이니만큼 나도 가을이도 적응했다. 가을이는 공동체 밥이 맛있다고 했다. 사실 밥이 좋으면 다 좋은 거 아닌가? 집에서 평소에 잘 먹여 키우지 않은 보람이 있다. 집에선 한 해 묵은 잡곡밥만 먹다가 공동체 학교에선 오분도쌀로 지은 밥을 먹으니 쌀밥 먹는다고 어찌나 좋아하던지.

처음 두 주가 지나 집에 왔을 땐 아이가 갑자기 키가 훌쩍 큰 것처럼 보였다. 웬 아가씨가 들어오나 했다. 얼른 키를 쟀는데 지난해 12월 무렵 키보다 2센티미터도 더 안 컸다. 착각했나 보다. 반갑고, 좋고, 신기하고, 그래서 뭐든 다 해 주고 싶었다. 그래서 물었다.

"뭐 먹고 싶어?"

"치킨."

"암. 치킨은 진리지."

후라이드 반, 양념 반을 시켜서 먹었다. 맥주는 사지 않았다. 가을이가 있는데 술 따윈 필요 없었다. 영화 〈해리 포터〉 디브이디를 틀어 놓고 먹었다. 하지만 나는 가을이만 자꾸 쳐다보고 싶었다. 그런데도 그날 밤 아홉 시가 좀 넘으니 졸려서 먼저 잠들었다. 가을이는 그동안 밀린 웹툰을 보고, 못 한 게임을 하느라 늦게 잔 모양이다.

가을이는 먹고 싶은 게 치킨만은 아니었다. 치킨은 1번이고, 잡채, 떡볶이, 순대, 피자, 라면, 아이스크림. 그리고 과자, 과자, 과자! 다음 날은 늦게 일어나서 전날 먹다 남은 닭으로 아침을 때우고 과자와 라면을 사서 방에서 종일 뒹굴며 먹고 놀았다. 가을이와 나는 원래 말은 별로 하지 않는다. 한방에서 따로 자기 하고 싶은 거 하고 놀면서 가끔 고양이 얘기나 할 뿐이다. 말 같지 않은 말은 가끔 하면서 논다. 내가 "가을, 사랑해." 하면, 가을이가 "당연하지." 하거나, "집으로 돌아와. 아기." 하면, "다다음 주에 또 올게." 하거나. 두 주 만에 만나니까 사랑이 마구마구 솟아올라서 거의 십 분마다 한 번씩 사랑한다고 말했다. 가을이도 그때마다 "나도." "그럼." "응." 하고 대답해 줬다. 사랑이 넘쳐나는 나날이었다. 사랑은 치킨이 되고, 라면이 되고, 과자가 되고, 아이스크림이 되고 저녁엔 잡채밥이 되었다.

둘째 날 저녁은 중국집에서 외식. 셋째 날엔 함께 부안에 갔다가 돌아와 저녁 먹고 학교로 돌아가야 했다. 부안에서 점심으로 피자를 먹었다. 이 사랑은 많이 비쌌다. 나는 국어 수업을 하고 가을이는 도서관에서 기다렸다 만나서 가을이 필요한 거 사고 장 좀 보고 돌아오니까 네 시가 넘었다. 가을이가 돌아갈 시간은 다가오고, 이틀 동안 사랑을 지나치게 써서 지치기도 했다. 그래서 말없이 서로 할 일 하다가 저녁은 라면으로 먹고 여섯 시쯤 가을이를 데려다 주러 나섰다.

자전거를 끌고 가면서 얘기를 좀 했다. 그제야 학교 얘기도 물어보고, 한방 쓰는 언니들이랑 잘 지내는지도 물었다. 별 어려움은 없는 것 같았다. 나도 가을이는 잘 지낼 수 있을 거라고 믿고 있긴 했다. 기숙사까지 데려다 주고 나서 자전거 타고 돌아오는 길에 맥주를 한 병 샀다. 마시고 일찍 잤다. 허전한 마음이 없지는 않았지만 또 그런 대로 편안했다.

예전에 본 〈복수는 나의 것〉이라는 영화에서, 주인공은 아픈 누나 수술비를 마련하려고 아이를 유괴한다. 아이는 작은 공장을 운영하는 사장의 딸이다. 넉넉한 집안이니까 돈을 줄 수 있을 테고 아이만 무사히 돌려주면 되는 거 아니냐고 주인공은 생각한다. 주인공 여자친구는 한술 더 떠서 부추기며, "아이를 잃어버렸다가 무사히 다시 찾으면 부모가 얼마나 기뻐하겠느냐. 우린 돈 받아서 누나 살리고 아이 부모는 아이 찾은 다음엔 더 많이 사랑해 줄 테니 서로한테 다 좋은 일이다."는 말 같지도 않은 소리를 해 댄다.

가을이를 보내고 나서 이 영화가 문득 생각났다. 그 여자친구의 말 같지도 않은 소리를 나는 꽤 그럴듯하다고 진지하게 생각했던 게 기억났다. '아, 내가 그렇게 반사회적이라서 가을이랑 생이별하게 된 거야.' 이렇게 더더욱 말이 안 되는 생각을 퍼뜩 하고는 기막혀서 웃어 버렸다.

생각은 꼬리에 꼬리를 물고 망상으로 이어졌다. 공동체 학교 교사, 식구들이 모여 진지하게 토론을 하는 모습을 상상한다. 아이들을 주마다 집에 보낼 것인가 두 주에 한 번씩 보낼 것인가 따위의 주제로 말이다.

"아이들이 주마다 집에 오면 부모는 처음엔 반갑고 좋겠지만 곧 시들해질 거다. 올 때마다 뭐 좀 특별한 걸 해 먹이거나 사 먹여야 한다는 부담도 느낄 테고. 애들은 당연히 쭉 그렇게 해 주길 바랄 거 아니냐. 결국은 부모들이 애들 오는 걸 반가워하지 않는 일도 벌어질지도 모른다. 두 주에 한 번이 부모 자식 사이의 사랑, 그리고 살림을 돈독하게 하는 데 가장 적당하다. 애들은 갈 때마다 반겨 주고 사랑받으니 좋고,

부모는 돈 아끼고 시간도 아끼고."

이런 의견이 채택된 거 아닐까? 어쩐지 내가 조만간 이렇게 생각하게 될 것 같다. 아니, 아니지. 내가 이러면 안 되지. 이제 한 달 좀 지났는데 벌써 사랑이 식을 수는 없지.

가을이가 두 번째 온 날 아침엔 우리 집 고양이가 새끼를 낳았다. 새끼를 한 마리 낳고 더 못 낳는 것 같아서 저녁 무렵 가을이와 고양이를 데리고 동물 병원에 갔다. 역시나 택시 타고. 가서 검사해 보니 배 속에 새끼가 더 없다는 것이다. 고양이 때문에 5만 원이 택시비와 병원비로 날아갔다. 하지만 고양이 덕분에 가을이랑 뛰어다니는 걸 또 하니까 즐거웠다. 그리고 그날도 치킨은 1번이었다. 그래. 치킨은 사랑이니까.

가을이를 공동체 학교에 보내 놓고 난 뒤, 취직을 할까 했다. 부안군에서 해마다 열다섯 명쯤 뽑는 일자리가 있었는데, 지원서도 내고 면접도 봤다. 월급이 90만 원쯤 되고, 농사일하면서도 할 수 있을 것 같았다. 면접 보고 나서 일주일쯤 통보를 기다렸는데, 꼭 붙을 것 같은 느낌이 들었다. 그래서 그 일주일 동안 참 우울했다. 붙으면 어떡하나. 해야지. 농사일도 같이 해야 하니까 일찍 일어나고 시간 잘 쪼개서……. 돈은 좋지만 부지런해지는 건 너무 싫다!

그래도 겨우 마음을 다잡았다. 막상 하게 되면 또 잘 할 수 있을 거다. 가을이도 없는데 바쁘게 살면서 돈도 벌면 좋은 거다. 그래, 하는 거야! 언제까지 게을러터지게 살 거냐? 하자! 그랬는데 뚝 떨어졌다. 가을이도 내가 일하게 될 걸로 알고 있었다. 고양이 데리고 돌아오는 길에,

"취직했으면 고양이들이 다 수술받게 할 수 있었는데."

"그러게."

"책도 막 사고, 디브이디도 다 사고, 컴퓨터 고장 나도 걱정 없고. 네 아

이패드도 새 걸로 사 줄 수 있는데."

"난 아이패드 싫어. 안드로이드가 좋아."

안드로이드가 뭐지?

"아무튼 부자가 될 뻔했는데 아깝다."

"괜찮아. 엄마는 언젠가 부자가 될 거야."

'부자가 될 거야.'는 우리 사이에선 오래된 농담 같은 거다.

"정말? 어떻게?"

"나도 모르지. 하지만 엄마는 어차피 부자가 될 거야. 개부자."

'개'는 '매우, 많이, 크게, 몹시'라는 뜻을 담은 접두사 비슷한 거다.

"그래. 난 개부자가 될 거야."

가을이가 그렇게 말해 주니까 기분은 좋았다.

가을이가 다녀간 게 이번이 세 번째. 다음번엔 치킨 시켜 먹지 않고, 닭 사다가 집에서 닭찜을 해 먹을 거다. 그러니까 여전히 많이 사랑하는 게 분명하다.

나는 평생 걱정하며 살게 될 거다

가을이가 지난 4월 27일부터 5박 6일 동안 공동체 학교에서 도보 여행을 다녀왔다. 공동체 학교에서 다 함께. 그러고 나서 어린이날이 낀 연휴 3일 동안 집에서 지내고 학교로 돌아갔다. 그 뒤로 벌써 한 주가 지나갔으니 다음 주 토요일이면 오겠다. 이젠 두 주가 그렇게 많이 길게 느껴지지는 않는다. 그렇다고 사랑이 식은 건 아니다. 치킨으로 증명할 것이다.

도보 여행은 변산공동체학교에서 해마다 모든 학생이 참가하는 행사다. 나는 한 달 전부터 가을이 도보 여행 준비를 하고 있었다. 침낭, 우비, 걷기 편한 바지같이 필요한 물건들도 사고 마음 준비도 하고. 어쨌든 가을이가 좀 더 멀리 가는 거니까.

하지만 떠날 날이 다가오니 정말로, 진심으로 보내기가 싫었다. 가을이만 안 보내는 게 아니라 여행이 아주 취소되거나 미뤄지길 바랐다. 하지만 그럴 리는 없었고, 나도 그런 말을 아무한테도 하지 않았다. 이치에 맞는 생각이 아니니까.

수학여행 가다가 사고를 당했다고 해서 수학여행을 없애자는 말이 나온다는 건 말이 안 된다고 생각했다. 그럴 거면 차라리 학교를 없애자고 하는 게 맞겠다고. 머리는 그렇게 말했지만, 마음은 그냥 바보 같아졌다.

도보 여행 가지 말았으면. 아무 데도 가지 않았으면. 평생 배도 비행기도 타지 말고, 될 수 있으면 자동차도 타지 말고, 내 눈 밖으로는 한 발짝도 나가지 말았으면 좋겠다고 생각했다.

세월호 참사가 일어나고 나서 날마다 그랬다. 혼자 속으로만 그랬다. 이야기할 사람도 없고 이야기하고 싶지도 않았다. 다들 혼자서 슬퍼하고 있을 거라고 생각했다. 말을 하는 것도 무서웠다. 여행 가기 전 주에 가을이한테는 말했다.

"무척 무척 비이성적이지만, 엄마는 원래 이럴 때 이성적이기 힘드니까." 하고 먼저 변명을 해 놓고, "네가 아무 데도 안 갔으면 좋겠어. 학교도 안 다니면 좋겠어. 집에서 나하고만 있으면 좋겠어."라는 말을 기어이 해 버렸다. 가을이는 내 대나무 숲이니까. 남한테 못할 말을 가을이한테는 할 수 있다.

"불가능하다는 건 알아."

가능하다고 생각한다면 그건 진짜 무서운 거지.

"토냉이라면 가능하겠지만."

"너무너무 걱정돼."

"엄마, 난 괜찮아."

그리고 돌아갔다. 가을이가 괜찮다니까 나도 조금 괜찮아진 것 같았다.

가을이가 도보 여행 하는 동안 연락을 할 방법이 없었다. 함께 가는 선생님한테 휴대전화가 있지만 안부 묻는다고 전화하기는 좀 그렇고. 게다가 어디서 출발해서 어디를 언제 걷는지도 전혀 몰랐다. 아는 거라곤 섬진강뿐이다. 섬진강을 따라 걷는다는 것. 섬진강은 무척 길다. 곡성에서 하동까지, 길고 긴 강 어디를 걷는다는 건지, 나도 모르고 가을이도 몰랐다.

가을이가 떠나고 나서야 그 생각이 났다. 실은 가을이가 가기 전 '섬진강 어디메를 간다는겨?' 하는 생각이 잠깐씩 떠오르곤 했는데, 공동체 학교에서 알려 주겠지 하다가 잊어버렸다. 나는 왜 그런 것도 안 물어봤는지, 온갖 말도 안 되는 걱정은 다 했으면서. 이를테면, "배는 안 타지?" 묻고는 안 탄다는 답을 들어 놓고도 '강이니까 혹시 나룻배라도 타게 될지 몰라. 절대 타지 마.'라든가, '강물이 불어서 위험하면 어떡하지?'라든가. 심지어 영화 〈괴물〉도 생각났다.(이 얘긴 부끄러워서 가을이한테도 못했다.) 그런데도 어디를 어떻게 가는지 자세히 묻지 않았다. 알아보지도 않았다. 그래서 가을이가 떠나고 난 뒤엔 지금 어디 있는지, 오늘은 어디서 묵는지 전혀 몰랐다. 나도 나를 참 이해할 수 없다.

가을이가 도보 여행 가던 날, 비가 무척 많이 왔다. 그다음 날도. 가을이가 고생스러울까 봐 걱정되지는 않았다. 고생은 다 같이 하는 거니까 무사히 다녀오기만 하면 된다고 생각했다. 돌아오기를 기다리는 건 떠나기 전 쓸데없는 걱정으로 힘든 것보다 낫다. 마음이 좀 차분해졌다. 기다리면 오니까 그렇다고 생각했다. 그리고 가을이는 아무 탈 없이 돌아왔다.

나는 원래 걱정이 많다. 하지만 걱정을 말로 하는 걸 싫어한다. 말하면 현실이 될까 봐 무섭기 때문이다. 그래서 걱정을 누구와 나눌 수가 없다. "잘못되면 어떡하지, 사고 나면 어떡하지." 이런 말을 아예 입 밖에 내지 않으려 하고, 다른 사람이 그런 말 하는 걸 듣는 것도 싫다. 금기 같은 거다. 왜 그런지도 잘 모르겠다. 그냥 습관인데 무척 뿌리가 깊다.

별거 아닌 일에도 그렇다. 가을이가 아직 어렸을 때, 버스 시간이 간당간당해서 서둘러 터미널로 가고 있는데 "우리 버스 놓치면 어떡해?" 하고 물었다고 아이한테 소리 지르며 화낸 적이 있었다. 불길한 소리 한다고.

그리고 내 걱정도 좀 병 비슷하게 황당한 게 많아서, 가을이 말고는 누구한테 말할 수 없기도 하다. 이번 도보 여행 걱정도 그래서 아무와도 나눌 수가 없었다. 내가 지나친 건지, 나처럼 걱정하는 사람도 있는 건지도 알 수 없었다. 딱 한 번 언니한테 메시지를 보냈다. "가을이 다음 주에 여행 가는데 나는 무서워 죽겠다." 바로 전화가 와서는, "배는 안 타지?" 그런다. 역시 우린 자매가 맞구나 싶었다. 그래서 내가 먼저 사고 얘기를 꺼냈다. 온종일 그 생각에서 벗어날 수가 없다고. 언니가 대답을 안 하고 잠시 둘 다 말이 없었다. 그러다 "아." 하더니 "그만 끊자." 하는데 목이 멘 소리였다. 그렇구나. 언니도 나처럼 차마 말을 못하는구나. 아주 잠깐이 지만 다른 사람과 조금 마음을 나눈 것 같았다.

가을이는 꽤 잘 걸었다고 한다. 첫날 말고는 발이 아프거나 그러지도 않았다고. 약골은 아니니까 그럴 거라고 생각했다. 재미는 없었단다. 그 것도 그럴 줄 알았다. 다시는 가고 싶지 않다고 했지만 또 가게 될 거다.

공동체 학교에서 가는 여행 말고도 또 여러 곳을 가게 되겠지. 점점 더 자라서, 혼자 여행을 갈 수도 있고 먼 곳에서 살게 될 수도 있고, 어쩌면 외국으로 갈 수도 있고. 당연히 배도 타고 비행기도 타게 될 거다. 그리고 나는 걱정하면서도 간섭이나 구속은 못 할 테고.

가끔 하는 말인데, 내가 가을이한테 바라는 건 단 한 가지, 나보다 오래 살아 주는 것뿐이다. 농담이 아니라 진심으로, 그것 말고는 바라는 게 없다. 지금 더욱 그렇다. 나는 평생 걱정하며 살게 될 거다. 아무리 걱정 해도 지나치지 않다는 걸 이미 알고 있으니까. 지금은 걱정 말고 다른 어 떤 걸 더 할 수 있는지 모르겠다.

가을아, 네가 필요해

콩밭을 다 매면 집으로 돌아온다며 공동체 학교에 간 가을이는 아직 오지 않았다. 지난 6월 마지막 주에 공동체 학교는 '장마 방학'을 했다. 가을이는 이불까지 싸 들고 집으로 와서 딱 열흘을 있다 갔다. 그 열흘 동안 비는 전혀 오지 않았다. 장마가 아니었나 보다. 비가 안 오니 나는 정신없이 바빴다. 그래서 가을이와 별로 놀아 주질 못했다.

가을이가 돌아가자마자 진짜 장마가 시작됐다. 많은 비는 아니지만 땅이 마른 날이 드물었다. 벌써 두 주째다. 가을이는 그동안 두 번 전화를 했다. 한 번은 비가 온 다음 날이었는데, 땅이 질어서 밭을 못 매고 있다고 했다.

"언제 와?" 하고 물었더니, "나도 몰라." 하고 다 죽어 가는 소리를 한다. 가을이가 말하길, 비가 한 번 올 때마다 밭 매는 날이 5일씩 늘어난다고 한다. 벌써 비가 세 번 왔기 때문에 15일 동안 무조건 집에 못 간다고 한다. "엄마, 나 방학하면 학교 그만두면 안 돼?" 하고 묻기에, "방학하면 생각하자." 그랬다. "나도 할 일 엄청 많아. 근데 일하기 싫어." 그랬더니, "나는 무지무지 일하고 싶어." 그런다. 가엾기도 하고 좀 우습기도 하고 그랬다. 콩밭이 매고 싶어 어쩔 줄 모르는 중딩이라니.

늦어도 이달 안에는 오지 않겠나, 하고 생각하고 있었는데 어제 전화가 왔다. 내일 비가 안 오면 돌아오는 월요일엔 집에 갈 수 있을 것 같다고. 거봐라. 내가 보름씩이나 늦어질 것 같지는 않더라니. 기뻤다. 마침 가을이가 무척 필요한 때인데. 내 정신 건강을 위해서 말이다. 그런데 다음 날 비가 왔다. 월요일에 집으로 오는 건 글렀다. 하지만 늦어도 이번 주 안에는 올 수 있을 것 같다. 가을이가 무척 많이 보고 싶다.

나도 콩밭을 다 맸다. 지금 남은 밭은 팥 밭뿐이다. 하루 꼬박 매면 다 할 수 있는데 못 끝내고 있다. 팥 밭을 다 매면 감자 심었던 자리에 녹두를 한 줄 심을까 한다. 그리고 가을 당근을 좀 심고, 올해는 때 놓치지 말고 김장 배추랑 양배추도 좀 심을 생각이다. 8월까지는 좀 시간이 있으니까, 이번에 가을이가 오면 함께 많이 놀아야겠다. 가을이 주려고 만화책도 몇 권 사 뒀다.

전에 없이 밭일을 차근차근 해 나가고 있다. 콩밭을 두 번이나 맨 건 올해가 처음이다. 오늘은 이거 하고 내일은 저걸 하자, 계획을 세우며 일하는 것도 공동체 나오고 나서 아마 처음인 것 같다. 해야 한다는 생각은 있지만, 오늘 못하면 내일 하고, 내일 안 해도 모레도 날이잖아? 올해는 대충 수습해서 넘어가고 다음 해부터 착실히 하자. 할 수 있을까? 안 되면 말고. 이런 자세로 쭉 살았는데 말이다.

이건 다 일을 시작했기 때문이다. 생각지도 않은 일자리가 마침 절실하게 필요한 때에 생겼다. 나한테도 이런 운이 있다는 게 신기했다. 봄에 다니려고 했던 곳은 내 몫이 아니었는지 안 됐다. 떨어지고 나니 마음이 후련하고 안심이 됐다. 그 일을 하게 되었다면 정말 새벽부터 저녁까지 시간을 쪼개고 계획을 세워 가며 부지런히 살아야 할 뻔했으니까. 그렇게 살아 보려고 했는데, 안 그래도 된다니까 왜 그리 좋은지.

그래서 또 게으른 나날을 보내게 되었다. 조그만 밭에서 늘 심던 작물을 심고 기르는데, 부지런히 일한다 해도 남는 게 시간이다. 그런데 돈은 없다. 올해는 현미 잡곡이 지난해만큼 팔리질 않는다. 한 달에 십만 원씩 붓는 적금이 부담스러워져서 그만둘까 여러 차례 생각했다. 가을이랑 중국으로 여행 가서 본토 북경 오리를 먹겠다는 야심 찬 꿈이 있었는데. 뭔가 변화가 필요했다. 꼭 돈 때문은 아니지만 내 농사도, 내 생활도 답답하게 늘 제자리거나 점점 나빠지는 것 같았다. 마음이 늘 불안했다. 뭔가를 해야 해. 그러는데 갑자기 일자리가 생긴 거다. 우리 집에서 오 분 거리에 있는 학원인데, 초등학생 중학생 다 해서 스무 명쯤 다닌다. 학원이라니, 내가? 이건 무조건 해야 해!

소개 받은 다음 날 원장 선생님을 만나 면접을 봤고, 30분 만에 취직이 됐다. 그다음 주부터 출근해서, 이제 꼭 한 달이 되었다. 하루 네 시간, 초등학생과 중학생 수학을 가르친다. 초등학생은 다른 과목도 봐줘야 한다. 낮 세시 반에 수업을 시작해서 저녁 일곱 시 반에 마친다. 월급은 한 달에 70만 원이다. 나한테는 참 큰돈인데, 둘레 사람들은 다들 적다고 한다. '시골이고 학생도 얼마 없는 학원인데, 원장 선생은 운영비 빼고 자기 월급이나 챙길 수 있을까?' 하고 내가 전혀 할 필요 없는 걱정도 좀 했는데 말이다.

학원을 나가기 바로 전 주에 나는 정말 열심히 일했다. 학원을 나간 첫날은 새벽에 일어나 열두 시까지 콩밭을 맸다. 점심을 먹고 나서 공부를 했다. 그다음 날도, 또 그다음 날도. 그래서 독립한 뒤 처음으로 서리태 밭을 낫이 아닌 호미로 매고, 쥐눈이콩 밭을 두 번이나 매는 쾌거를 이룬 것이다. 뿌듯하고 기뻤다. 하지만 딱 여기까지였다.

아이들을 놓고 이러쿵저러쿵 함부로 말할 수 없다고 생각한다. 하지만 내 이야기는 할 수 있다. 가을이가 오면 붙들고 울면서 하소연이라도 하고 싶다. 그럼 머리를 쓰다듬어 주며 "불쌍한 엄마. 그래도 열심히 일해. 오리 먹으러 가야지." 하고 말해 줄 것 같다. 나는 늘 "아이들을 별로 안 좋아한다, 싫어한다."고 말하곤 했다. 마음속으로는 그렇게까지 싫어하지는 않지만 그렇다고 해 두는 편이 낫다고 생각했다. 뭐가 낫냐면, 아이들을 피할 수 있는 핑곗거리가 되기 때문이다. 왜 피해야 하냐면, 사람을 대하는 게 늘 힘들기 때문이다. 아이들이 조금 더 힘들다. 하지만 나도 아이가 있고, 공동체에서는 늘 아이들을 만날 수밖에 없었다. 공동체에서 초등 수업과 중등 수업도 했다. 아이들이 청년으로 자라는 모습도 가까이서 봤다. 그렇지만 많이 힘들었다. 지금도 힘들다. 처음 한 주는 정신없이 지나갔고, 두 주째부터 지금까지 날마다 마음이 바삭바삭 부서지는 소리가 들린다. 이른바 '멘탈이 가루가 되는' 느낌이다.

처음 며칠을 다니고 나서, '공동체 아이들은 천사였어. 날개만 안 달았지.' 깨달았다. 다음 한 주를 버티며, '뭘 먹여 키웠기에 애들이 이렇게 버릇이 없지?' 화를 냈다. '싫어한다는 건 과연 이런 것이다.'고 느낄 만큼. 좀 지나니까 내가 한심하고 무능하다는 생각이 들었다. 나는 애들을 다룰 수 없다. 심지어 무시를 당하지 않는 방법도 모르겠다. 내가 앞에 있든 말든 귀청이 떨어져 나가게 떠들며, 수업 시간에도 거리낌 없이 군것질을 해 대고, 몰래 손전화를 갖고 놀다가 들켜서 내놓으라고 하면 못 들은 척한다. 두 번 세 번 달라고 하면 집어던지듯 내놓는다. 조용히 하라고 하면 내 말을 따라 하며 비웃는다. 화를 냈더니 다음 날 학원을 끊었다.

오후에 잠깐 일하고 돈 번다 생각했는데, 자면서 학원 생각이 나 어느새 확 깨고, 밭일 하면서도 불끈불끈 화가 치밀다가 스스로 처량해지곤 한다. 그래서 가을이만 애타게 기다리게 되었다. "가을. 내 말 좀 들어 봐. 엄마가 평생 당할 개무시를 한 달 동안 다 당했어." 이런 하소연을 하고 싶어서다.

그래도 한 달을 버텼다. 첫 월급도 탔다. 책도 좀 샀다. 그런데 읽을 시간이 없다. 학원 초등학생 애들과는 그래도 조금은 편해져서 가끔 귀엽다고 생각할 때도 있다. 중학생은 아직도 힘들다.

지금은 그저 하나만 생각하고 있다. 애들이 이렇다 저렇다 생각 너무 말고, 내 할 일을 잘할 생각을 더 많이 하자고. 지금은 달리 어쩔 수가 없다. 지내다 보면, 아니 버티다 보면 길이 보이지 않을까 한다. 북경 오리를 위해 힘을 내야겠다.

이건 정말 쓸데없는 짓

가을이가 여름방학을 한 지도 벌써 한 달이 다 되어 가고, 이제 개학이 멀지 않았다. 그토록 가을이가 집에 오기를 기다렸으나 둘이 뭐 이렇다 하게 한 건 없다. 어디 놀러 간 적도 없고, 그저 방에서 둘이 뒹굴거나 나는 나가서 일을 해야 하니 가을이 혼자 뒹굴거나, 군것질하러 가게에 가거나, 디브이디 보기가 다였다. 〈해리 포터〉 시리즈를 1편부터 다시 다 봤다. 얘기도 별로 안 했다. 그래도 심심하지 않았다. 아니, 심심한데 그게 또 재미있었다. 나는 그랬다.

나도 어릴 땐 심심한 적이 참 많았다. 책도 읽고 읽고 또 읽고, 텔레비전도 애국가를 하루에 두 번 듣도록 보고, 날마다 학교도 다녀야 했지만 정말 지긋지긋하게도 시간이 안 간다고 생각했다. 어른이 되는 날은 죽을 때까지 오지 않을 것 같았다. 무척 지루했다.

하지만 지금은 가을이한테 심심한 게 좋은 거라고 말한다. 그건 진심이다. 심심하다는 건 아무것도 안 해도 된다는 것이다. 지금 안 해도 되고, 내일도 안 해도 되고, 그다음 날도 안 해도 된다. 어른이 되면 그럴 수가 없다. 일을 안 할 수는 있지만 안 해도 될 수는 없다. 가끔씩 게으름을 부려도 될 만큼 시간이 남아돌 때, 아무것도 하지 않고 그냥 빈둥대고 있을 때, 심심한 게 세상에서 가장 재미있는 거란 생각을 한다.

가을이도 개학을 하면 오히려 나보다 더 바빠질 테니, 심심한 건 정말 재미있다는 걸 이젠 알 거다. 지금보다 더 어렸을 때 가을이가 심심하다고 칭얼대면, 나는 늘 어린이는 원래 심심한 게 당연하고, 심심해야 하는 거다, 심심한 건 정말 좋은 거다, 그래도 정 심심하면 부엌에 소금이 있으니 먹어도 된다고 위로 내지는 격려를 해 줬다. 가을이도 이제 그게 놀아 주기가 귀찮아서만은 아니었다는 걸 알지 않을까?

학원에 나간 지도 벌써 두 달이 넘었다. 월급을 두 번 받았다. 보통 일하고 돈 받을 때, 그 일이 어떤 일이었든, 돈이 많든 적든 늘 기뻤고 뿌듯했다. 그런데 이 일은 그렇지가 않았다. 두 번 모두 착잡하고 무거운 마음이 들었다. 물론 돈은 좋다. 필요하다. 내 시간과 힘을 들여 정당하게 번 돈이다. 하지만 남의 집 일을 해 주고 하루에 오만 원을 받아 집으로 돌아올 때, 김장 절임 공장에서 열흘 일하고 몇 십만 원 받을 때처럼 기쁘고 신나고 잠깐이나마 부자가 된 것 같은 기분이 들지 않았다. 왜 그런지 생각했다.

나는 열심히 일했지만 인정을 받을 수 없다는 생각이 든다. 나는 가르쳐야 하는데, 아이들은 배우고 싶어 하지 않는다. 도우려고 해도 아이들이 그걸 바라지 않는 것이다. 아이들은 부모님이나 학교 선생님은 조금 어려워하지만 나는 우습게 본다. 이건 내가 어떻게 할 수 있는 문제가 아닌 것 같다.

부모들은 아이들이 학원에서 공부를 한다고 생각한다. 공부를 하니까 성적이 오를 거라고 생각한다. 그건 그냥 착각이다. 혹시 시험을 조금 잘 봤다 해도 그건 학원에서 공부를 해서 그렇게 된 게 아니다. 망쳤더라도 마찬가지다. 나는 기를 쓰고 뭔가 하고 있는데 사실은 아무것도 안 하는 것과 다름이 없다. 선생님도 아니고, 공부를 도와주는 사람도 아니고, 성적을 오르게 해 주는 사람도 아니다. '이건 정말 쓸데없는 짓'이란 생각이 불쑥불쑥 들 때마다 괴롭다. 이런 마음으로 일을 해서는 안 되는데, 그런 일은 하는 게 아닌데. 이 일을 시작할 때 꾸준히 2년쯤 해서 돈도 좀 모으고, 성실하게 해서 내가 맡은 아이들한테도 도움이 되게 하겠다고 마음을 먹었다. 학원에 오는 건 공부를 하려는 것일 테니, 내가 노력해서 도움이 되면 서로 좋은 일이라고 생각했다. 이것도 큰 착각이었다. 학원에 공부하러 오는 아이는 적어도 지금 내가 맡은 아이들 가운데는 없다. 부모들이 학원비를 내고 가라고 하니까 올 뿐이다. 내 역할이란 건, '공부하는 척' 하는 걸 돕고, 성적이 떨어졌을 때 핑곗거리 가운데 하나가 되는 것뿐이다. 보람도 자부심도 노동하는 기쁨도 없는 이런 일은 정말 처음이다.

처음 한 달을 일하면서, 아이들과 친해지지도 못하고 엄하게 다루지도 못하고 갈팡질팡했다. 버릇없는 말이나 행동을 어떻게 받아 줘야 할지 알 수가 없었다. 야단을 치기도 했고 무시하기도 했지만 내 마음이 먼저 져 버렸다. 이건 내가 어떻게 할 수 있는 일이 아니란 쪽으로 자꾸 마음이 돌아갔다. 아이들을 통제하지 못해서 수업은 날마다 전쟁 같았다. 첫 한 달 동안 아이들 대여섯이 내 수업을 그만뒀다. 학원 원장은 슬슬 압박을 해 왔다. 학부모들이 원장에게 싫은 소리를 해 댔던 것 같다. 뭐라고 했는지는 모르고 알고 싶지도 않다. 나는 최선을 다했다고 변명하고 싶지도 않았다. 내가 노력했든 안 했든 그건 중요한 게 아니니까. 나는 내 도리를 다했지만 내가 제대로 못한다고 생각한다면 그만두겠다고 말했다. 원장은 그런 뜻이 아니라고, 같이 더 노력해 보자고 말했지만 사실 믿을 수가 없다. 아이들 가운데 또 누군가 그만둔다면 내 탓을 할 것만 같다. 나는 날마다 두 시간 넘게 수업 준비를 하고, 이 시간에는 반드시 이건 이해를 시키고야 말겠다고 다짐을 하고 시작하지만 거의 실패한다. 이게 무슨 쓸데없는 짓이란 말인가.

놀고 싶은 아이들을 억지로 모아 놓고 공부하게 하는 게 정말 가능한 일일까? 좋고 나쁘고를 떠나서 말이다. 불가능한 일이 아니더라도 나는 못하는 일이다. 사람은 쑤셔 넣는다고 뭐가 들어가는 구조로 만들어지지 않았다고 생각한다. 그러니까 이리 생각하고 저리 생각해 봐도 결론은 내가 헛일을 하고 있다는 것이다. 아무에게도 좋지 않은 일을. 그리고 돈을 받고, 그 돈에 기대게 된다면……. 이런 생각을 하는 게 무섭다.

그냥 일이라고 생각하고 너무 심각하게 생각하지 말자고 마음을 다지기도 한다. 하지만 잘되지 않는다. 아직은 그렇다. 두어 달 지나면 수월해진다고 전에 일했던 선생이 그랬는데, 이제 두 달이 지났는데 여전히 '아직'이다. '그 선생은 잘해낸 일을 왜 나는 잘 못할까?' 하는 고민까지 덤으로 하고 있다. 늘 생각한다. 생각만 한다. 난 어떡해야 하나.

그나마 조금 다행스런 일이라면, 이제 처음보다는 아이들이 덜 밉다는 것, 그거 하나다. 말과 행동이 거친 초등학교 5학년 남자애가 시험 성적이 나빠서 엄마한테 두 시간 동안 혼났다며 40분 동안 책상에 엎드려 우는 걸 보고 참 복잡한 기분이 들었다. '그래도 넌 엄마는 무섭냐?'부터 '가여워라.'까지. 뭐라고 위로할 말이 없었다. 재미있는 건, 뭉쳐 있을 땐 꼭 악마 같던 애들도 따로따로 만나면 훨씬 순해진다는 것이다. 뭐라 한마디 하면 두 마디 세 마디 하며 덤비던 녀석이 나와 단둘이 얘기할 땐 수줍어하기까지 했다. 물론 그때뿐이다.

생각이 정리가 되지 않아 늘 마음이 불안하고 뭔가 떳떳하지 못한 기분이 떠나지 않는다. 하지만 한 가지 결심은 했다. 내가 맡은 아이가 또 내 핑계를 대고 그만둔다면 나도 바로 그만두겠다. 버릇없는 아이 비위를 맞추지 못했다는 까닭으로 치사한 소리는 더 듣지 않겠다. 그리고 소용이 있든 없든 수업은 열심히 하겠다. 그다음 일은 다음에 생각하겠다.

가을이가 집에서 놀 날도 며칠 안 남았다. 최선을 다해 빈둥거리라고 응원이라도 하고 싶다. 요즘 종종 만화 〈뽀로로〉 주제가를 흥얼거리곤 한다. 들을수록, 불러 볼수록 좋은 노래다.

노는 게 제일 좋아.
친구들 모여라.

정말 좋은 노래다.

가을이와 나누는 은밀한 개드립

한 달 가까이 기다렸다. 변산공동체 가을걷이 축제를 말이다. 추석 연휴 지나고 가을이가 학교로 돌아간 뒤부터 어제까지. 축제 공연 연습 때문에 집에 올 수가 없다고 했다. 너는 뭘 하느냐고 물었더니, 합창이라고 했다.

"합창만?"

"합창만."

"연습 열심히 해?"

"아니."

그런데 왜냐고 묻지도 따지지도 않았다. 그냥 그렇게 결정됐을 테니까. 그래서 날짜가 가기만 기다렸던 것이다.

화창한 가을날, 가을이를 만나러 가게 된 것이다. 한 달 만이다. 반찬을 한 가지 해 가야 해서 뭐가 좋을까 물었더니, 가을이가 '무조건 불량한 거'라고 했다. 그래서 어묵을 잔뜩 사다가 집에 마지막 남은 풋고추를 다 썰어 넣고 조림을 해 갔다. 풋고추는 그나마 내 양심이다.

점심때 도착해서 먼저 밥부터 먹고 가을이를 찾았다. 반가운 맘에 덥석 손을 잡고 가까이서 보니 화장을 했네? 비비크림을 발랐다나 뭐라나.

"그거 아니다. 맹한 십대 전형처럼 보인다." 하고 꼰대질을 해 버렸다. 그러고는 가을이가 준비할 게 많다며 가 버리고 혼자 남아 후회를 했다. 아, 내가 왜 그랬지? 하지만 정말 맹해 보였는데……. 그래도 그럼 안 되지! 한 달 만에 보는 딸인데. 다행히 가을이는 별말 없이 넘어가 줬다.

사람이 많았다. 아주 많았다. 나는 공연을 다 보기 전에는 막걸리를 절대 마시지 않겠다고 마음을 먹고 왔기 때문에, 혹시라도 술 권할까 봐 주점 쪽에는 가까이 가지도 않았다. 어디 가서 틀어박혀 있어야 하지? 난감했다. 아는 사람은 다 알지만, 나는 '사람 무서움증'이 좀 있어서 사람 많은 곳에 가면 힘들다. 가을이는 바쁘고, 어디 가서 숨어 있을까 헤맸다.

결국 가을이가 구해 줬다. 도서관에 가서 틀어박혀 있다가 공연 시작하면 내려오면 된다고 그래서 그렇게 했다. 실은 공연을 봤다기보다는 도서관에서 책 한 권 펴 놓고 들었다. 기타 연주도 듣고(솜씨가 훌륭했다.), 해금 연주도 듣고, 노래도 들었다.

가을이가 하는 합창만 내려와서 봤다. 가을이가 혼자 부르는 부분도 있었다. 노래는 참 못하는구나 생각했다. 그래도 가을이가 하는 거니까 보고 들었다. 가을이가 꼭 그래야 한다고 했기 때문이다. 강당에서 1부 공연이 끝나고, 밖에 마련한 무대에서 하는 2부를 가을이랑 손 꼭 잡고 봤다. 보자마자 맹하다고 말한 걸 사과하는 마음으로.

택견이 가장 좋았다. 멋졌다. 그래서, "가을, 택견을 해라. 멋지잖아." 했지만 "싫어." "해라, 멋지다. 너도 은이처럼 돼라." "싫어." 가을이는 운동을 싫어한다. 아쉽다.

노래와 춤도 괜찮았다. 가을이랑 둘이 손잡고 걷기도 하고, 얘기도 하며 볼 수 있어서 더 좋았다. 누구하고 말해 본 게 정말 오랜만인 것 같았다. 학원에서도 말은 하는데, 꽤 많이 하는데 그건 내가 하는 말 같지가 않다. 말투도 나 같지 않다. 마음 놓고 말할 수가 없다. 가을이도 그렇다고 했다.

"여기선 정상적인 말만 해야 돼. 엄마의 개드립이 정말 그리웠어."

'개드립'이란 이를테면 이런 것이다.

가을이가 전화를 한다.

"축제까지 외출 안 되는 걸로 결정 났어."

"누가 결정했는데?"

"학생회장단."

"누구누군데?"

"○○오빠하고, 또 누가 있더라?"

"몇 개나 파면 돼?"

"응?"

"묻어 버려야지. 엄마가 포크레인 하루 빌릴게."

"돈은?"

"한 삼사십만 원쯤?"

"너무 비싸. 낭비야. 그냥 내가 묻을게."

"혼자 할 수 있어?"

"할 수 있어."

'묻어 버린다'는 둘만 하는 농담인데, 정말 묻은 적은 한 번도 없다.

또는 둘이 그네 의자에 앉아 별을 보며 얘기를 나누는 것이다. 내가 먼저 시작한다.

"이렇게 오랜만에 둘이 밤하늘을 보니, 참 별이 몇 개 없구나."

"그래도 저 정도면, 꽤 몇 개 없네."

"그래도 사랑하는 딸이랑 둘이 보니까 참 별이 흐리기도 하구나."

"그래도 사랑하는 엄마랑 같이 보는데, 정말 흐리멍텅하네."

"한 달 만에 너랑 같이 보는 밤하늘은 참 유난히도 구질구질하네."

"그래도 엄마하고 보니까 참 구질구질하네."

이런 대화를 쭉 이어 가는 것이다. 지겨워질 때까지. 그래서 개드립이다.

2부 공연을 다 마치도록 가을이와 나는 걸어 다니다, 서서 구경하다, 또 걸으면서 끝도 없는 개드립을 이어 갔다.

공연이 모두 끝나고 함께 저녁을 먹었다. 그리고 헤어졌다. 가을이는 기숙사로 가고 나는 학부모 회의를 하러 갔다. 마침 학부모들이 다 모인 날이기 때문이다. 회의는 길었다. 세 시간 넘게 했다. 좀 지치기도 했고, 늦어져서 가을이 얼굴은 못 보고 가겠구나, 그런 생각밖에 들지 않았다. 다른 학부모들한테는 미안하지만, 나는 아직 우리 가을이 생각밖에 못하는 것 같다. 가을이가 잘 지내면 그걸로 됐다. 다른 아이들 모두나 공동체 학교에 대한 넓은 생각은 하지 않고 있다.

가을이가 아직 어리니까 앞날도 별로 생각하지 않는다. 오늘은 그냥 즐거웠다. 내일 가을이가 집에 오니 참 좋다. 그 생각뿐이었다.

부자 되는 법

겨울이 벌써 반이나 지나갔다. 가을이 방학도 이제 반쯤 남았다. 많이 추운 겨울은 아니다. 나무를 아껴 때고 있는데도 따뜻하게 지낸다. 그래도 겨울은 어서 갔으면 좋겠다. 가을이 방학이 끝나는 건 아쉽지만. 그런데 아주 아쉽기만 한 것도 아니라는 게 사실은 사실이다. 가을이가 외출하는 주말을 기다리면서 가끔 혼자 단출하게 지내던 때도 좋았단 생각도 든다. 늘 같이 있으면 갑갑할 때도 있다. 딱히 왜 그런지는 모르겠지만, 가을이가 자라서 그런 것 같단 생각은 들었다. 방이 좁아졌다.

일반 초등학교, 중학교도 방학이라 나는 요즘 아침에 출근한다. 오전에 초등학생 수업을 하고, 집에 돌아와 점심을 먹고 오후 한 시 반에 다시 나가 중학생 수업을 한다. 오전 오후 모두 두 시간씩이다. 결국 학원에서 보내는 시간이 조금 더 길어졌다. 집에 돌아오면 세 시 반이다. 집안일을 좀 하고 불을 때고 저녁 해 먹고 나면 밤이다. 방 청소는 날마다 내가 학원 나간 사이에 가을이가 해 놓는다. 이건 무척 좋다.

지난해 겨울 눈 속에서 구해 낸 내 콩과 팥을 엊그제서야 다 털었다. 낮 시간을 거의 학원에서 보내니 주말이 아니면 시간이 나질 않았다. 혼자서 조금씩 털다가 목요일, 금요일 달랑 이틀이었던 '학원 방학'을 맞아서 가을이와 둘이 꼬박 이틀 털어서 다 끝냈다. 후련하다. 내 방학은 이제 시작인 것 같았다.

지난해 겨울 조금씩 털어서 먼저 첫 번째 현미 잡곡을 만들어 냈다. 내가 학원 나간 사이에 가을이가 콩을 골랐다. 이번에 턴 나머지 콩도 가을이가 개학하기 전에 다 골라 주고 가기로 했다. 가을이는 콩 고르는 일을 무척 싫어하지만, 빠르고 꼼꼼하게 잘 고른다. 털기도 잘 턴다. 내가 시키는 일은 뭐든 잘한다. 그래서 이것저것 많이 시키지 않으려고 한다. 아껴 뒀다 급할 때 써먹을 생각이다.

들려오는 소문으로는 가을이가 밭도 그렇게 잘 맨다나? 변산공동체 소식지에서 교장 선생님이 콕 집어 칭찬할 만큼. 가을이가 나와 함께 밭을 많이 매 봐서 그렇다고들 하는데 사실이 아니다. 딱 두 번인가 데리고 일을 해 봤는데 신통치 않아서 내가 잘라 버렸다. 그러니까 가을이가 밭을 잘 맨다면, 그건 타고난 재능이 이제야 꽃을 피우는 거라고 할 수 있다. 내 딸은 밭매기 신동이라는 얘기다. 무척 자랑스럽다.

이제 콩도 다 털었고 콩 고르는 일도 한동안 쉬게 되었다. 가을이는 이제부터 남은 방학 내내 빈둥거릴 일만 남았다. 나머지 콩은 개학하기 일주일 전쯤에 고를 거니까.

방학을 막 시작했을 때 가을이한테 뭐라도 공부를 좀 하는 게 어떠냐고 말해 보았다. 가을이 얼굴이 좀 어두워졌다. "무슨 공부?" 하고 묻길래, "영어든 수학이든 역사든." 그랬더니 역사를 하겠다고 했다. 영어나 수학은 싫다는 말이다. 그럼 내가 갖고 있는 책이 좀 있으니까 날마다 읽으라고 했다. 가을이는 좀 더 어두워진 얼굴로 그러겠다고 했다.

그런데 다음 날 가을이가 "엄마, 나 무슨 책 읽어?" 하고 물어, 저절로 이렇게 말하게 됐다. "관둬. 놀아, 그냥. 책은 많으니까 당기면 읽든가."

가을이 얼굴은 다시 밝아졌고 역사책 같은 건 읽지 않는다. 영어나 수학도 물론 안 한다. 가을이가 시간을 그저 흘려보낸다고 해도 그건 가을이 시간이다. 나는 내 시간에 신경 쓰고 가을이는 그냥 두고 싶다.

가을이는 아이팟으로 게임을 한다. 〈마인 크래프트〉라는 게임이다. 가을이가 그걸 하는 걸 두 해째 보아 왔지만 나는 아직도 그게 무슨 게임인지 모르겠다. 또 가을이는 날마다 올라오는 웹툰을 읽고, 〈명탐정 코난〉을 본다. 그림도 그린다. 사람 손 모양을 여러 가지로 찍어 놓은 사진을 보고 따라 그리기도 하고, 만화처럼 그리기도 하고 이것저것 그린다. 그리고 종이접기를 한다. 다섯 살 때부터 꽤나 열심히 접었는데 아직도 접는다. 수준이 좀 높은 걸 하고 싶다고 해서 종이접기 책도 두 권 사 주었다. 날마다 이런 걸 하며 시간을 보낸다.

저녁을 먹고 나면 나는 책을 읽거나 수학 공부를 하고 가을이는 아까 말한 것들을 하면서 둘이 별말 없이 한방에 앉아서 논다. 방은 따뜻하고 밤은 길고 고양이들은 아랫목에서 자고, 편안하고 한가하다. 아주 좋을 때는 그렇단 얘기다.

이번 겨울에 우리는 부자가 되기로 결심을 했었다. 물론 아직도 우리는 전혀 부자가 아니지만 지난해보다는 여유가 생긴 게 사실이다. 그리고 지난 가을에 가을이가 나한테 큰 깨달음을 줬다. 둘이서 늦은 양파를 심고 있었다. 밭에 모종을 냈는데 시월이 다 가고 십일월이 반이나 지나가도록 도무지 자라질 않는 것이다. 어쩔 수 없이 부안 장에서 모종을 좀 사고, 그나마 큰 것을 골라 심기로 했다. 마침 가을이가 집에 와 있어서 이틀 만에 겨우 심었다. 미리 마련해 둔 양파 두둑엔 벌써 풀이 한가득. 내가 매고 가을이가 심었다. 힘들었다. 내가 물었다.

"이렇게 힘들게 일을 하는데 왜 우린 아직 부자가 못 된 거지?"

"힘들게 일하니까 부자가 못 되지."

"그런 건가?"

"그런 거야. 부자는 양파 같은 거 심지 않아."

"하지만 양파를 심어서 팔아야 더 부자가 될 수 있잖아."

"양파로는 부자가 될 수 없어. 부자는 부자이기 전에 이미 부자여야 하는 거야."

아하, 그렇구나!

"그만 심고 들어가자, 과자나 사다가 먹으면서 코난이나 보자. 그럼 우린 부자인 거지?"

"바로 그거지."

그토록 알고 싶었던 부자 되는 법을 찾은 것 같다. 물론 양파는 마저 심어야 했기 때문에 그날 당장 부자가 되지는 못했지만, 그 뒤로 종종 부자가 될 수 있었다. 다만 쭉 쉬지 않고 부자가 될 수는 없는 게 아직은 아쉽다.

그리고 마침 겨울이 되었으니 적극적으로 부자가 되어 보기로 했던 것이다. 먼저 그동안 사고 싶었지만 망설이다 지르지 못한 책과 디브이디를 질러 버렸다. 망설였던 까닭은 이미 다 본 것이기 때문이다. 하지만 나는 갖고 싶었다. 사 버렸다. 나는 부자니까. 사 놓고 한동안은 안 볼 것 같은 책들도 질러 버렸다. 부자는 꼭 읽으려고 책을 사는 게 아니다. 책으로 벽을 더 두껍게 만들면 방한 효과도 있을 것이다.

가을이는 내가 혼자서 '부자'를 다 써 버린다고 불평을 했다. 그래서 가을이한테도 좀 쓰기로 했다. 가을이가 좋아하는 웹툰을 책으로 사 주었고 종이접기 책도 샀다. 두 주에 한 번꼴로 치킨을 먹었고, 함께 부안에 나갈 때마다 외식도 했다.

사실 이젠 좀 질린다. 사 먹으려고 해 봐야 별로 맛있는 것도 없다. 콩을 다 턴 날, 치킨을 시켜 먹었는데, 이제 치킨도 좀 지겹다는 생각이 들었다. 가을이한테 말했더니 가을이도 그렇다는 것이다. 치킨이 지겨워지다니 정말로 부자가 되었구나, 감탄을 했다.

지금은 부자 되기를 조금 쉬고 있다. 이미 갖고 싶은 걸 다 가졌으니까. 그리고 이제 다시 아껴야겠다는 마음도 슬슬 들고 있다. 또 한 해가 시작됐고, 앞일은 알 수 없지만 살아가야 하니까. 그래도 가을이가 개학하기 전에 다시 한 번 부자가 될 생각이다.

시간을 다시 찾았다

봄이 다가오는 게 느껴진다. 한겨울보다 바람이 오히려 더 차다. 이른 봄바람이다. 미친 듯이 불어 재끼다가, 좀 잦아들면 햇살은 따스하다. 부지런한 우리 이웃집은 벌써 비닐하우스에 모종을 부어 놓았다. 나는 설이나 지나고, 콩이나 마저 고르고, 마늘밭이나 맬 만해지면 그때나 올해 일 시작이다.

겨울 한 달 부자 놀이는 이제 완전히 끝났다. 학원을 그만두게 됐다. 사실은 내가 그만둔 게 아니라 학원이 그만둔다. 문을 닫는다는 얘기다. 2월 첫째 주 유난히 기분이 맑았던 월요일 아침에 출근하자마자 원장한테 사정 얘기를 들었다. 솔직히 말해서 이 일 시작하고부터 단 하루도 그만두게 되지 않을까, 생각하지 않은 날이 없었는데……. 그날만큼은 정말 아무 조짐도 예감도 없었다.

어릴 때, 역시 어렸던 우리 언니가 내게 해 준 말이 생각났다. 나쁜 일은 언제나 미리 생각 못 한 일이니까, 늘 일어날 수 있는 모든 나쁜 일들을 생각하며 살아야 한다고. 그때 언니가 초등학생이었는지 중학생이었는지 기억이 가물가물하다. 다시 생각해도 원, 참, 애늙은이 같으니라고.

하여튼 아이들이 점점 줄어서 운영도 어렵고, 원장 선생님도 다른 사정이 생겨서 갑작스럽게 정리하게 되었다는 것이다. 아이들이 줄어든 것은 내가 아주 조금은 책임을 느끼고 있다. 내가 일을 시작하자마자 대여섯 명이 그만뒀는데, 어쨌든 내 탓이 아주 없다고는 할 수 없으니까. 그런데 그 뒤로도 하나둘씩 그만두는 애들이 늘었고, 나는 내 담당이 아닌 영어반 아이들이 그만두면 속으로 안도를 하곤 했다.

통보를 받고 두 주 더 수업을 했다. 월급날인 오늘 드디어 마지막 수업을 하고 끝냈다. 두 주일 동안 마음 정리를 다했기 때문에 아쉽거나 걱정스럽거나 그런 건 없다. 처음 이야기 들었을 땐 겉으론 침착한 척했지만 마음은 정말 심란했다. 이제 좀 견딜 만해졌는데. 한 일 년은 더 할 수 있을 줄 알았는데. 돈도 별로 못 모았고 씀씀이는 커졌는데 어쩌란 말이냐.

그날 집에 돌아와 가을이한테 "나 학원 그만두게 됐다." 그랬더니, 가을이가 하는 말, "축하해, 엄마 꿈은 원래 백수잖아." 이런다. "내 꿈은 그냥 백수가 아니라 돈 많은 백수란 말이다!" 하고 버럭 소리쳤다. 농담이 아니라 내 꿈은 정말 돈 많은 백수다. 하지만 내 기준에서 많은 거지 '억수로' 많은 걸 바라는 건 아니기 때문에 나는 이룰 수 있는 꿈이라고 생각한다.

곧 돈을 못 벌게 된다고 생각하니 맥주는 또 어찌나 당기는지. 그동안 꽤 착실하게 절주를 했는데 핑계 김에 열심히 마셔 댔다. 가을이가 웬만해선 그런 말 안 하는데 "이제 술 좀 그만 마셔." 할 때까지. 그래서 "이번 주까지만 마시겠다, 이게 나는 힐링하는 거다." 그랬다.

실은 처음 며칠은 참 심란했는데, 점점 나아졌고 오늘은 홀가분하다. 힐링 같은 건 이제 안 해도 될 것 같다. 수업은 잃었지만 시간을 다시 찾았다. 역시나 바쁜 건 싫다. 직장도 다니고 농사도 짓고, 남한테 그 밭 참 개판이라는 소리는 안 듣게 하려면 정말 부지런해야 하는데, 난 그럴 수가 없었다. 결국은 이 일이 저 일을 제대로 못하는 핑계가 될 뿐이었다. 이제 돈은 없겠지만 시간만은 내 것이 되었다.

로라 잉걸스가 쓴 《초원의 집》에서 가장 좋아하는 부분이 있다. 2권에서 로라네 식구가 위스콘신의 큰 숲을 떠나 서부로 간다. 그리고 인디언 거주 지역에 정착해 한 해를 산다. 집도 짓고 우물도 파고, 말라리아에 걸린 식구가 죽을 뻔하기도 하고, 초원을 개간해서 옥수수, 밀, 콩도 심고, 인디언들과도 조심스럽게 친분을 맺어 가며 일 년을 버텼다. 그리고 봄이 와서 새 씨앗을 막 뿌려 놓으니 미국 정부가 인디언 거주 지역에 정착한 백인들을 모두 강제로 내보낸다고 했다. 로라네 식구들은 쫓겨나기 전에 떠나기로 결정하고, 한 해 동안 고생해서 일궈 놓은 밭과, 유리창까지 끼워 놓은 통나무집을 두고 마차에 옷가지와 작은 짐만 꾸려 떠난다.

로라 엄마가 "우리 일 년 동안 시간만 버렸군요." 하고 푸념하자, 로라 아빠는 "일 년이 대수야? 이 세상 시간이 다 우리 건데!" 하고 대꾸한다. 사실 로라 아빠는 냉정하게 보면 늘 "다 잘될 거야! 나만 믿으라고!" 하면서 식구들 개고생 시키는 사람이지만 나는 이 말이 참 좋았다. 나도 늘 시간이 많다고, 나한테 시간만은 넉넉하다고 생각하며 살고 싶기 때문이다.

학원 아이들과 정이 좀 들긴 했지만 헤어지는 게 아쉽지는 않았다. 딱 그 정도 정이다. 아이들도 비슷하다. 아마 나보다 덜 섭섭할 거다. 딱 한 녀석이 "길에서 만나면 아는 척할 거죠?" 하고 물어서 "물론이지." 대답하고는 좀 흐뭇했다. 말썽쟁이 2학년 꼬마는 결국은 길들이지 못했고, 내가 길이 들었다. 그 대신 나도 너그러운 척, 다정한 척은 집어치우고 같이 소리 지르고, 놀리고, 얄밉게 굴었다. 내 수준이 딱 그만큼이다. "선생님은 정말 나빠요. 나쁜 사람이야." 걔가 그러면, "맞아 난 나빠. 근데 나보다 더, 더, 더, 나쁜 사람 딱 하나 알아. 그건 바로 너야." 오늘도 걔는 인사도 없이 가 버렸다.

꽤 오랫동안 잊지 못할 것 같은 일들이 있다. 하나는 무척 충격이었는데, 6학년 아이 하나가 5학년 아이한테, 같이 어떤 애를 때리고 그 애가 울면 동영상을 찍자고 부추기던 걸 보고 들었던 일이다. 그런 짓 하면 안 된다고 말했더니, "걔는 짜증나요." 했다. 정말 그런 짓을 하지는 않았던 것 같지만, 놀랐고 무서웠다.

그리고 또, 4학년 아이 하나가 나한테 "선생님은 꿈이 뭐예요?" 하고 얌전하게 묻길래, 백수라곤 말 못 하고, "응, 부자가 되는 것."이라고 대답했다. 그 아이는, "헐! 선생님은 살날도 얼마 안 남았잖아요!" 했다. 헐! 그날부터 그 아이가 은근히 싫었다는 걸 고백한다.

마지막으로, 사회 문제집을 풀면서, '고령화 사회'라는 주제가 나왔는데, 은퇴한 노인들에게 나라에서 일자리를 만들어 준다는 내용이 있었다. 또 그 4학년 아이가 내게 물었다. "근데, 선생님. 나라에서 완전 거지 같은 일자리 주면 어떡해요?" 내가 되물었다. "거지 같은 일자리가 뭔데?" "청소부 같은 거요." 정말로, 진심으로 화가 났던 건 그때가 처음이고 마지막이었다. 차분하게 설명을 해 주는 게 맞겠지만, 내 수준이 참 그렇고 그래서 나는 폭발해 버렸다.

"청소부가 왜 거지 같아? 그런 생각하는 네가 더 거지 같아!"

부끄럽지만 그랬다. 잘못했다고 생각하지만 미안하지는 않다. 잘리지 않고 그만두게 되어서 참 다행이다.

그래도 다행이다

방금 가을이를 공동체 학교에 데려다주고 돌아왔다. 감기가 심하게 들어서 수요일에 집으로 돌아와 주말을 지내고 가는 것이다. 지난 주말에는 내가 일이 바빠서 가을이를 불렀다. 두 주 연달아 가을이랑 주말을 보내게 됐는데, 어쩌다 보니 가을이는 두 번 다 아팠다. 그래도 지난주에는 현미 잡곡 만들 콩과 팥을 다 골라 줬고, 이번 주에는 밤늦게까지 부추를 같이 다듬었다. 다음 날 회원들한테 보낼 농산물 '꾸러미'에 나갈 부추였는데 가을이가 없었으면 밤을 샐 뻔했다. 아이란 이토록 쓸모 있는 존재로구나, 새삼 느꼈다. 기침을 심하게 해서 안쓰러웠지만 식욕은 전혀 떨어지지 않아서 다행이라 생각했다.

일도 없고 돈도 없는 인생을 운명이라고 받아들이려 했는데 일이 생겨 버렸다. 학원을 그만두자마자 꾸러미를 하게 된 것이다. 이웃집 분들이 꾸러미를 하려고 하는데 같이 하겠느냐고 물어보자마자 바로, "네, 할래요. 저 학원 잘렸어요." 하고 대답했다. 이런저런 생각은 할 새가 없었고 그냥 해야겠다는 동물적인 감이 왔다. 아무 생각 없이 하겠다고 한 것이다.

그러고 나서 두 달이 지나 첫 꾸러미를 지난 목요일에 보냈다. 이 철에 이렇게 바쁘긴 처음이었다. 몸보다는 마음이 바빴다. 내 역할은 일종의 총무 같은 것인데 농사가 가장 적어서 맡게 되었다. 내가 이런 일을 잘할 수 있을까 하는 걱정은 접어 버렸다. 학원 강사도 했는데 뭘. 제대로 하려면 일이 많지만 제대로 해야겠다는 생각이 든다.

첫 꾸러미를 보내기 며칠 전부터는 그야말로 스릴이 넘쳤다. 실제로 하는 일이 많아 벅찬 것은 아니었다. 그냥 마음이 두근두근 조마조마했다. 꾸러미를 보내고 나니 당장은 무척 기뻤다. 정말로 시작을 했구나, 이게 되는 일이구나 싶었다. 지금은 다음 주 꾸러미를 준비하고 있다. 몇 달 해 나가면서 일을 익히고 그 사이에 큰 실수를 하지 않는 것이 목표이다.

꾸러미를 시작하고 느낀 좋은 점은 농사를 해서 먹는 일에 관심을 갖게 되었다는 것이다. 나는 자타공인 날라리 농부라서 김칫거리도 안 심고, 집에서 반찬 해 먹을 채소들만 그냥 대충대충, 되면 먹고 안 되면 말지, 하는 식이었다. 심어 놓고 해 먹기 귀찮아 밭에서 묵혀 버린 적도 수두룩하다. 오직 현미 잡곡 만들 잡곡 농사만 좀 공을 들였을 뿐이다. 그런데 이제 이것저것 심어 볼 의욕이 생겼다. 내가 못 먹어도 조금이라도 꾸러미에 내면 수입이 될 수 있고 버려지지도 않을 테니까.

첫 꾸러미를 보내는 날 집집마다 한두 개씩 더 넉넉하게 가져와 남는 것들을 먹으라고 줬는데, 무척 고마웠다. 그날 점심때 콩나물이랑 돌나물, 무말랭이 무침을 큰 그릇에 다 넣고 밥을 비벼서 가을이하고 맛있게 먹었다. 가을이는 채소를 싫어하지만 콩나물은 좋아한다. 그리고 돌나물도 참을 만하다고 했다. 나는 둘 다 좋아한다.

꾸러미 준비로 바쁜 동안 우리 대구리가 죽었다. 대구리는 우리 집 고양이 서열 4위였다. 우리 집 고양이는 이제 열 마리가 넘어서 어느 놈이 어느 놈인지도 헷갈린다. 지난해 모내기할 즈음에 태어나 한 해를 채우지 못하고 갔다.

대구리가 서열 4위인 것은 방에서 자는 고양이기 때문이다. 서열 3위인 레이가 녀석을 방에서 낳았다. 그래서 방에서 컸고, 다 자란 다음에도 밤이면 방에 들어와서 자곤 했다. 다른 새끼 고양이들은 좀 크면 마당에서 지내고 사람을 따르지 않는다. 내가 밥을 주지만 나를 따르지 않아서 별로 정은 없다. 우리 집 고양이는 크게 방 안 고양이와 마당 고양이로 나뉜다.

대구리는 방 안 고양이 가운데 가장 서열이 낮았고 내가 별로 아끼지는 않았다. 들어오면 들어왔나 보다, 나가면 나가나 보다 했다. 하지만 이 녀석은 참 특이했던 게, 애교는 전혀 없는데 무척이나 순했다. 밤에 자려는데 쌀쌀하다 싶으면 대구리를 품에 안곤 했다. 다른 고양이들은 안는 것을 싫어했다. 하지만 대구리는 폭 안겨서 골골골 소릴 내고 내 손을 잘근잘근 씹으면서 잔다. 이런 고양이는 정말 흔치 않다. 고양이는 제가 오고 싶을 때만 오고, 비비고 싶을 때만 비비고, 안기고 싶을 때만 안아 달라 하는 동물이다. 일 년도 안 되었지만 덩치는 무척 커서 4년을 키운 서열 2위 고양이와 맞먹을 정도였다. 지금 생각하니 좀 모자란 녀석이었나 싶기도 하다.

3월 마지막 날 밤 대구리가 늦게까지 안 들어왔지만 걱정은 하지 않았다. 요즘 컸다고 마당 고양이 누님들을 쫓아다니느라 낮에는 수염 끝자락도 못 보는 날이 많았으니까. 외박을 하나 보군 했다. 열두 시가 넘어서 불을 끄고 자려고 누웠는데 방문을 긁는 소리가 났다. 끙끙 앓는 소리도 났다. 대구리는 문을 제가 열고 들어올 줄 안다. 하지만 닫지는 않는다. 그래서 내가 일어나야 했다. 문을 열어 주니 대구리가 들어와 비틀거리다 이불 위로 픽 쓰러졌다. 불을 켜 보니 피투성이였고 다리가 거의 뭉개져 있었다. 처음엔 동네 길고양들과 싸움이라도 났나 했다. 하지만 그렇다 보기엔 상처가 너무 심했다. 오른쪽 뒷다리는 부러진 게 분명했다. 밤새 앓았다. 나는 잠이 들었다가도 몇 번씩 깼다.

다음 날 저녁에야 병원에 데려갈 수 있었다. 부안에 있는 동물 병원은 낮에는 진료를 하지 않는다. 수의사 선생님은 차에 친 것 같다고 했다. 뒷다리 뼈가 부러졌고 수술비는 백만 원이 넘을 거라고 했다. 그나마도 부안에서는 할 수 없고 전주에 있는 큰 병원에 가야 한다며 "그렇게까지 하겠어요? 이런 길냥이를." 하고 말했다. 길냥이는 아니지만 나도 그렇게 할 수 없다는 걸 알고 있었다. 깁스는 해 줄 수 있지만 그것도 십만 원 넘게 들 거라고 했다. 깁스를 해 달라고 했다. 하지만 상처에 염증이 심해 당장은 할 수 없다 해서 소독하고 붕대만 감고 돌아왔다. 응급처치에만 6만 원 정도가 들었다.

다음 날 다른 동물 병원에 전화를 해 보았다. 데리고 오라 해서 갔더니 뼈가 두 군데 부러졌고 고정을 할 수 없는 부위라고, 안락사를 하는 게 나을 거라고 했다. 그래서 그러자고 했다. 그 병원에서 대구리를 보냈다. 대구리는 내 단벌 외출용 봄 코트에 오줌을 싸고 갔다.

대구리를 그다지 아끼지 않았고, 처음 간 병원에서 치료는 어렵다는 얘기 들었을 때부터 안락사를 생각했다. 하지만 다리가 으스러져서 내 집을 찾아온 걸 생각하면 할 수 있는 건 다 해 줘야 한다고 각오했다. 사람의 도리라고 생각했다. 두 번째 찾아간 병원에서 안락사 하자고 했을 때 솔직히 안도를 했다. 나는 돈이 없다. 그래서 대구리 죽을 때 울었던 것 같다. 안 울고 싶었는데, 울 만큼 슬프지 않다고 생각했는데 참을 수가 없었다. 수의사 선생님이 위로를 해 줬다. "보낼 때는 보내야 해요. 나도 이런 일 마음 참 안 좋아요. 유기묘 소식 들어오면 연락할게요. 예쁜 놈으로요." 나는 울고 있었기 때문에 우리 집에 아직도 고양이가 열 마리

있단 말은 못 했다.

　대구리는 내 밭 구석에 묻었다. 고양이 무덤만 몇 개인지. 그 주말에 가을이가 와서, 얘기를 다 해 줬다.

"개털이었는데 잡곡값 들어와서 아껴 써야지 했는데, 대구리 보내느라 십만 원 들었다."

그랬더니 가을이가 이랬다.

"그래도 그 돈이 있어서 얼마나 다행이야."

정말 그랬다.

잃어버리지도 말고, 탓하지도 말고

밤새 바람이 미친 듯 불어 콩 모종해 놓은 게 포트째 뒤집히고 난리가 났다. 덮어 둔 검은 망을 무거운 것으로 눌러 두지 않아서 바람에 날아가 어디 있는지 찾을 수도 없다. 바람 불 걸 알았으면서 이렇게 아무 대비도 안 하다니. 누굴 탓하겠나. 탓하는 얘기가 나와서 말인데, 가을이는 내가 뭘 잃어버리거나 어디 뒀는지 찾지 못해 쩔쩔맬 때면 무척 긴장한다. 그리고 물건을 무사히 찾아서 내 기분이 풀리면 이렇게 말한다.

"또 나한테 뒤집어씌우려고 머리 굴리고 있었지?" 난 아니라고 한다. 하지만 속으론 '어떻게 알았지?' 한다. 사실 뭐가 없어질 때마다 가을이가 만진 게 아닐까 의심했다. 집에 저랑 나랑 둘뿐이니 내가 아니면 네가 아닌가. 마치 우리 엄마가 그랬던 것처럼 말이다. 하지만 우리 엄마처럼 거침없이 "범인은 너다, 너일 수밖에 없다, 바른대로 대라!"고 추궁하지는 않았다. 의심하는 티를 폴폴 내며 공포 분위기를 조성한 것 같기는 하지만.(어떤 게 더 나쁜지는 모르겠지만 내가 더 나은 것 같지는 않다.) 나중에 찾고 보면 대개는 내가 어디 두고 잊어버린 것이고 가을이가 손을 댄 적은 없었다. 이젠 가을이가 집에 없으니까 고양이를 의심한다. 고양이는 겁먹지도 않고 변명하지도 않고 관심도 없지만.

나는 물건을 잃어버리는 것을 무척 두려워한다. 물건의 가치(가격)와는 별개다. 잃어버린 게 아니라 집 안 어디에 두고 당장 찾지 못하는 것이라 해도 찾아내기 전에는 다른 일을 못 한다. 그래서 늘 자리를 정해 두고 확인 또 확인한다. 지갑과 통장이 든 가방은 자다가도 생각이 나면 벌떡 일어나 늘 두는 곳에 있는지 확인한다. 이건 어릴 때 겪은 몇 번의 '대형 분실 사고' 때문에 생긴 습관이다. 대형 분실 사고라고 해 봤자 내가 크게 값나가는 걸 잃어버린 것은 아니다. 그래도 내게는 큰일이었다.

내 기억에 따르면 맨 첫 번째는 가위였다. 학교 미술 수업에 엄마가 쓰는 바느질 가위를 가지고 갔다. 물론 엄마가 챙겨 준 것이다. 절대 잃어버리면 안 된다는 다짐을 받고. 그러곤 참 신기하게도 홀랑 잃어버렸다. 도대체 그걸 어떻게 잃어버리게 되었는지 전혀 기억이 나지 않는다. 기억나는 거라곤 바람이 몹시 불던 날 집에도 못 가고 가위를 찾아 학교 운동장을 뺑뺑 돌던 내 모습이다. 가위가 운동장에 있을 리가 없는데 말이다. 심지어 옆 학교 운동장까지 돌았다. 가위가 발이 달린 것도 아닌데 말이다.

아마도 나는 가위를 찾기 위해 할 수 있는 모든 노력을 다했다고 변명을 하고 정상참작을 받고 싶었던 것 같은데, 우리 엄마가 그런 걸 해 줄 리 없었다. 멍청하게 다른 학교는 왜 갔느냐는 죄까지 더해져서 아주 반쯤 죽도록 혼났다. 이제 알 것 같다. 엄마는 가위가 너무너무 소중했던 것이다. 그래서 그걸 잃어버린 내가 정말 지독하게 미웠을 것이다. 내가 일부러 가위를 버린 게 아니라는 건 알고 있었겠지만, 그렇게 생각하고 싶었을 것이다. 그래야 나를 더 미워할 수 있으니까. 그 가위는 정말 크고 예뻤다.

두 번째는 수영복이었다. 중학교 2학년 때 친구들과 수영장에 가기로 했다. 친구들끼리는 처음 가 보는 것이었다. 엄마는 가방에 새 수영복과 비치 타월을 싸 주었다. 좋은 것이니까 절대 잃어버리지 말라는 당부와 함께. 나는 버스 정류장 의자에 가방째 고이 두고 버스를 타 버렸다는 걸 수영장에 도착해서야 알았다. 가방을 찾으려고 다시 돌아가거나 울면서 엉뚱한 곳을 헤매고 다니기엔 나도 이제 좀 크지 않았나. 친구들이 수영복을 빌리면 된다고 하길래 그렇게 했다. 재미있게 놀았다. 물론 집으로 돌아간 뒤 내 운명은 알고 있었다. 가방이 그 자리에서 그대로 나를 기다리고 있을지도 모른다는 헛된 희망도 조금은 있었다. 물론 가방은 없었고 나는 중학교 2학년답게 곧장 집으로 돌아갔다. 그리고 운명을 받아들였다. 엄마는 수영복 때문에 거의 울려고 했다. 나를 아무리 때려도 수영복은 돌아오지 않을 테니 얼마나 힘들었을까. 누구나 할 수 있는 실수 때문에 이렇게 심하게 당해야 하나 싶어, 그때는 내 목숨과 수영복을 바꿔서라도 엄마한테 안겨 주고 싶었다. '내가 수영복만도 못하다는 거지?'

엄마는 그 뒤로도 몇 년 동안 잊을 만하면 꼭 한 번씩 수영복 얘기를 했다. 나를 두들겨 팬 걸 후회한다거나 너무 심했다는 이야기가 아니라, 수영복이 얼마나 좋은 것이었는지, 그걸 잃어버린 게 얼마나 아까웠는지, 내가 얼마나 정신머리가 없었는지, 하는 것들 말이다. 그 뒤로 다시는 수영장에 간 적이 없다. 앞으로도 안 갈 거다.

세 번째는 지갑과 학생증이었다. 대학교 3학년 때, 이제는 더 이상 엄마를 겁낼 필요가 없었지만 역시나 충격이 컸다. 지갑에 돈은 없었지만 학생증을 다시 발급받는 과정이 험난했다. 권위적이고 말 함부로 하는 걸로 악명 높았던 교무과 김과장한테 온갖 수모를 다 당하고 대성통곡을 했다. 새로 만든 학생증은 지금도 가지고 있다. 그때 산 지갑도 18년째 쓰고 있다.

지난 일요일에 가을이는 이런 옛 기억을 한꺼번에 떠올리게 해 주었다. 함께 부안에 나가서 다이어리, 샤프 같은 문구를 만오천 원어치쯤 샀다. 나한테 돈이 얼마나 있는지 묻지도 않고 이것저것 고르길래 내가 재벌인 줄 아냐고 한마디 했다. 이때부터 기분이 좀 쭈글쭈글했다. 나 쓸 건 다 쓰면서 가을이한테는 인색하게 구는 것 같아 미안하기도 했고 계산을 해 보니 너무 비싸기도 했다. 나는 동전까지 탈탈 털어서 차비를 내야 했다. 모종을 이것저것 샀더니 짐이 좀 많아서 버스 내릴 때 짐은 가을이한테 챙기라고 했다. 내리고 나서야 그 문구 봉투를 버스에 두고 내렸다는 걸 알았다.

아! 이런 상황 너무 익숙해. 입장만 바뀌었을 뿐. 나는 엄마와 달라야 한다는 생각을 했다. 가을이가 놀이방 다닐 때 만 원 주고 산 초콜릿 퍼즐 한 조각을 잃어버렸다고 찾기 전엔 집에 오지 말라고 쫓아낸 적이 있었지. 가을이는 결국 그 한 조각을 찾아왔다. 집에 돌아와서 버스 회사에 전화를 했지만 일요일이라 받지 않았다. 가을이는 학교로 돌아가는 날이라 아무 말도 없이 자기 짐을 챙겼다. 나는 부엌에 쭈그리고 앉아서 가위와 수영복 때문에 나를 진심으로 미워했을 엄마를 떠올리며 이 기분을 어떻게 다스릴까 고민했다. 방법은 하나뿐, 찾아야 한다는 결론을 내렸다.

쉽게 찾을 수 있었다. 가을이와 둘이 버스 정류장에서 버스를 기다려 버스 기사님한테 물어보니 운전석 옆에서 바로 그 문구 봉투를 들어 보이며 "이거요?" 한다. 고맙습니다, 감사합니다, 꾸벅꾸벅 인사를 하고 집으로 돌아왔다. 행복했다.

가을이를 학교에 데려다주며 내 대형 분실 사고 이력을 쭉 들려주었다. 그리고 내가 당한 대로 너한테 하지 않았다는 걸 은근히 강조했다. 그때 사고에 대해서는 "갑자기 세상이 깜깜해지면서 추위가 몰려오고 모든 기쁨과 희망이 사라지고 다시는 행복해질 수 없을 것 같았어." 하고 말했다.

"디멘터*네."

가을이가 말했다.

"맞아, 디멘터. 나는 물건 잃어버리는 게 바로 디멘터야. 해리 포터는 디멘터를 만나면 엄마가 죽을 때 비명을 지르는 소릴 듣지. 나는 디멘터를 만나면 우리 엄마가 가위, 수영복 하면서……."

총채로 두들겨 맞았단 말은 안 했다. 우리는 자비로운 버스 기사님께 감사 또 감사하자고 다짐했다.

* 디멘터 : 〈해리 포터〉 시리즈에 나오는, 인간의 모든 긍정적인 기억과 감정을 빨아들여 가
장 어둡고 비참한 시절로 돌아가게 만드는 어둠의 생물.

한여름 멘붕

변산공동체학교는 6월 마지막 주쯤에 '장마 방학'이란 걸 한다. 그래서 가을이도 열흘쯤 집에 와 있다가 지난주에 돌아갔다. 장마 방학이 끝나자마자 바로 진짜 장마가 시작됐다. '장마 방학'이란 정확하게 말하자면 '장마 전 방학'이라고 해야 할 것이다.

언제부턴가 6월 장마는 해마다 마른 장마였다. 비는 7월에 내리고, 8월에도 내리고, 9월에도 참 많이 내리곤 했다. 하지만 장마철에는 많은 비가 오지 않게 되었다. 그래서 이 '비가 오지 않는 장마 방학'이 나에게는 참 좋은 시간이다. 우선 가을이와 열흘이나 함께 지낼 수 있고, 혼자서 다 할 수 없는 여러 가지 급한 일들을 가을이와 함께 마칠 수 있다.

6월 말쯤 되면 일찍 심은 콩밭은 벌써 풀밭이 되어 가고 있다. 한 번 더 매 줘야 한다. 두 번째로 심은 콩은 막 돋아나는 잔풀들을 긁어 주어야 한다. 그리고 솎아야 하고 콩 순도 따야 한다. 마늘과 양파를 정리한 자리에 밭을 만들어 또 콩과 팥을 심어야 한다. 감자도 캐야 하고, 강낭콩밭도 정리해서 수확할 준비를 해야 한다.(정확히는 풀 속에서 강낭콩을 찾아내야 한다.) 이 모든 걸 다하면서 밥도 해 먹어야 하고, 빨래도 널어야 하고, 설거지도 해야 하고 방청소도 해야 한다. 꾸러미도 보내야 한다. 그래서 가을이가 있어야 하는 것이다.

가을이는 새벽부터 해 질 때까지 종일 일을 하지는 않았다. 하지만 꼭 해야 하는 일들은 다하고 갔다. 어렵지는 않지만 귀찮은 일들이 가을이 몫이다. 콩 순지르기, 쥐눈이콩 솎기, 쥐눈이콩 밭 긁기, 작년에 거둔 콩과 팥 남은 것 다 고르기.

하루 한 번 방 청소를 하고, 고양이와 개 밥을 주고, 꾸러미에 낼 부추도 다듬었다. 가을이는 주로 방에 앉아서 하염없이 하고 또 해야 하는 일들을 했다. 내가 가장 하고 싶지 않은 일들이다. 가을이는 밖에서 밭매는 것보다 그런 일들을 더 좋아한다. 음악을 들으며 〈코난〉을 틀어 놓고 종일 앉아서 잘도 한다.

가을이 덕에 때맞춰서 급한 일들을 다 해치울 수 있었다. 하지만 어김없이 위기가 찾아오긴 했다. 이름하여 '한여름 멘붕'이다. 보통은 7월에 오는데 올해는 좀 일찍 찾아왔다. 강낭콩 때문에 아니, 팥 때문이다.

봄 강낭콩을 올해 처음 심어 봤다. 별로 잘되지는 않았다. 비둘기가 어찌나 꼼꼼하게 파먹었는지 듬성듬성 난 데다가 봄 가뭄에 키가 자라질 않았다. 봄에 가을이와 풀을 한 번 매 주고 웃거름도 조금 주었다. 그럭저럭 꼬투리가 달려서 막 통통해질 무렵인데 풀에 완전히 묻혀 버렸다. 콩 심고, 콩밭 매고, 마늘밭과 양파 밭 정리해야 하고, 또 콩 심고, 팥도 심어야 하고, 감자는 이제 더 이상 놔둘 수 없게 되었는데, 넌 또 뭐냐 강낭콩! 어디서 갑자기 튀어나와서! 아, 내가 심었지. 내가 얘를 왜 심었을까! 꾸러미에 내고 잡곡에도 넣으려고 심었지.

콩을 심다가, 하필 강낭콩 풀밭 옆에다 심고 있는데, 팥도 심어야 한단 생각을 했다. 팥을 심으려면 양파밭 풀을 다 매야 한단 생각을 했고, 마침 다음 날 비가 올 거란 생각이 났고, 강낭콩 밭이 풀밭이란 생각을 다시 했다.

그 순간 그분이 오셨다. 그리고 호미를 놓고 벌떡 일어나 방으로 들어 갔다. 가을이가 착실하게 쥐눈이콩을 고르고 있었다. "나 멘붕 왔다. 나 일 못 한다." "쯧쯧." 가을이는 계속 콩을 골랐다. 나는 방 한구석 이불이 뭉쳐 있는 곳에 머리를 처박으며 "콩, 팥, 양파, 감자, 풀, 강낭콩, 못해, 죽 어 버릴 거야!" 하고 부르짖었다. 가을이는 흔들림 없이 콩을 골랐다.

"멘붕이 제대로 오셨구만."

보통 멘붕은 해마다 콩밭에 난 풀이 콩의 키를 넘어설 때쯤 오곤 했다. 더 이상 호미로 매는 것은 불가능하고 낫을 들고 고랑 사이사이를 베어 나가야 하는 7월 중순쯤이다. "난 못 할 거야, 난 망했어, 하기 싫어, 못해, 난 쓰레기야, 죽어야 해." 그러면서 이틀쯤 방에 처박혀서 맥주를 퍼마시 고 캔 참치나 소시지로 끼니를 때우며 방탕한 생활을 한다. 이틀이나 사 흘쯤 그렇게 지내면 더 이상 방탕할 체력이 남지 않아 다시 낫을 들고 기 어 나오게 된다.

그리고 묵묵히 나머지 콩밭을 해치운다. 스스로도 놀랄 만큼 빨리 일 을 마칠 수 있게 된다. 방탕이 특별한 능력을 주는 건 절대 아니고, 사실 조금만 더 하면 마칠 수 있는 일이었던 것이다. 그런데도 늘 그 앞에서 주저앉아 한바탕 '지랄'을 해야만 그 고비를 넘길 수가 있다. 하지만 멘붕 이 온 순간엔 이런 일이 해마다 되풀이되었다는 사실을 잊어버린다.

이번 멘붕이 이전과 다른 점은 좀 일찍 왔다는 것과, 짧았다는 것, 가 을이가 같이 있어서 방탕 지수가 무척 낮았다는 것이다. 그래서 섭섭한 건 아니다. 그날 일을 때려치우고 맥주를 사 오고 치킨을 시킨 다음, 먹 고 마시고 잤다. 다음 날 오전에도 놀았다. 오후에는 집안일만 했다. 그다 음 날부터 다시 일을 할 수 있었다. 심던 콩을 마저 다 심었다. 이웃에게 부탁해서 경운기로 팥 심을 자리를 만들었다. 난 풀을 다 매고 심을 생각이었는데, 아마 멘붕이 안 왔으면 그렇게 했을 것이다. 하지만 풀을 다 매고 심어야 한다는 생각 때문에 멘붕이 온 것이다.

결국은 경운기가 옳았다. 두 시간이 채 안 걸려서 밭을 만들었다. 그래서 그날 팥을 심었다. 강낭콩 밭 풀도 다 뺐다. 풀 속에서 그래도 콩이 영글고 있었다. 가을이도 쥐눈이콩을 다 골랐다. 조금 남은 팥도 다 골랐다. 그리고 장마 방학도 끝났다.

가을이도 왔다 가고, 멘붕도 왔다 가고. 이제 본격적으로 비가 오려는 모양이다. 가을이는 공동체 콩밭을 다 매야 여름방학을 한다고 했다. 비가 와서 밭매기가 늦어지면 방학도 늦어질 것이다. 나는 급한 밭을 다 맸다. 심을 것도 거의 다 심었다. 아직 한가롭진 않지만 쫓기는 기분은 아니다.

그래서 해마다 찾아오는 멘붕에 대해 생각한다. 일이 너무 많아서가 아니라 내가 일을 싫어하기 때문이다. 농사일이 즐겁고, 재미있고, 기다려지고, 뭔가 새로운 걸 해 보고 싶다는 그런 기분을 느껴 본 적 없다. 다른 어떤 일도 그럴 수 있을 것 같지 않다. 나는 노는 게 좋다. 할 일이 없는 게 정말 좋다. 일을 하는 건 먹고 살아야 하기 때문이다.

농사를 짓는 건 어쩌다 보니 이 길로 들어섰는데 일 년에 한두 번 격렬하게 일하기 싫긴 하지만 대체로 견딜 만하기 때문이다. 그래서, 그나마 이 일이 나한테 맞는 것 같다는 생각이 든다. 놀고먹을 수 있는 팔자가 아니라면 덜 괴로운 일을 하는 게 나으니까.

가을이가 어서 콩밭을 해치우고 돌아와서 나를 좀 더 행복하게 해 줬으면 좋겠다. 8월에는 좀 놀 수도 있을 것이다.

빈둥빈둥 여름방학

오늘은 꾸러미를 보내는 날이다. 어제는 가을이와 둘이 여섯 시간쯤 부추를 다듬었다. 날이 가물고 풀이 많아 부추가 깨끗하지 않았다. 가을이는 부추를 다 태워 버리고 싶다고 했다. 철없는 것. 부추야말로 네가 먹을 아이스크림과 치킨을 만들어 주는 소중한 존재라고 말해 줬다. 그래도 다 태우고 싶단다. 하지만 끝까지 다듬어 포장까지 함께 마쳤다. 가을이가 없었다면 내가 혼자 다듬어야 했을 테니, 나도 부추를 태우고 싶었을 것이다.

가을이는 채소를 잘 안 먹지만 부추는 먹는다. 부추전도 좋아하고 부추김치는 아주 시큼하게 삭아야 먹는다. 그런데 꾸러미에 부추를 내면서부터 부추전을 한 번도 해 먹은 적이 없다. 포장을 하고 나면 거의 안 남고 더 다듬을 생각은 절대로 들지 않는다. 먹고 싶지도 않다. 부추와 이런 사이가 되다니. 우리 집에 다른 건 몰라도 부추만은 일 년 내내 넘쳐 나는데 말이다. 그래서 어제저녁엔 부추를 넣고 잡채를 했다. 둘이서 십 인 분은 먹은 것 같다.

7월 마지막 주에 가을이는 방학을 했다. 그리고 내 휴가도 시작됐다. 나는 '사장'이니까 언제든 마음대로 휴가를 가질 수 있다. 하지만 콩밭이

허락하지 않는다면 사장도 별 수 없다. 콩밭을 다 맸다. 모든 밭을 다 맸다. 그래서 놀 수가 있다.

두 주 정도 거의 아무 일도 하지 않았다. 나는 책 읽고 가을이는 게임하고, 둘이 함께 낮잠 자고, 가끔은 격포나 부안으로 외출을 했다. 에어컨이 있는 곳을 찾아다녔다. 마트를 구경하고 도서관에 가고 햄버거도 사먹었다. 부안에 새로 생긴 수제 햄버거 가게 메뉴를 거의 다 먹어 본 것 같다. 나는 '수제'란 말을 볼 때마다 "어떤 햄버거는 발로 만드나? 족제 햄버거가 있다면 특별할 수도 있겠지만." 하고 딴지를 거는데, 가을이는 내가 '수제'라는 말뜻을 모른다고 생각해서 늘 설명해 주려고 한다. 그게 그 '수제'가 아니라며 이젠 짜증도 낸다.

그러고는 아무 데도 가지 않았다. 가끔은 어딜 한번 가야 하는 게 아닌가 하는 생각도 했다. 내가 아니고 가을이가 말이다. 가을이는 아빠가 있는 제주도에 갈 수도 있었지만 내가 보내지 않아서 많이 실망했다. 가을이는 착한 아이라서 그냥 받아들였다. 섭섭했을 거다. 마음도 아팠을 테고. 보상을 해 주고 싶단 생각을 늘 하는데, 뭘 해 주면 좋을까.

지난 이 주 동안은 정말 끔찍하게 더워서 화장실에 가는 것도 용기를 내야 했다. 이제 여름이 한 고비를 넘겼다는 걸 느낀다. 바람이 다르다. 이미 가을 농사가 시작되었다. 나는 좀 더 놀 수 있지만 가을이가 개학할 즈음에는 다시 마음부터 바빠질 것이다. 몸은 좀 더 있다 바쁠 것이다.

꾸러미를 하게 된 건 참 다행이다. 줄기차게 빈둥대던 것을 잠깐 쉬고 일주일에 이틀은 일을 하게 만들어 준다. 사실 빈둥대는 것도 오래 하면 지친다. 짜증도 쌓이고. 가을이도 한 주 동안 쌓인 짜증을 부추한테 풀어버릴 수 있어서 더 좋을 거라고 내 맘대로 생각하고 있다. 하지만 부추 맛에는 아무 영향이 없을 것이다.

이제 종일 바쁘게 뛰어다녀야 한다. 택배 일은 왔다 갔다 하는 시간이 반이다. 이걸 가지러 가야 하고, 또 저걸 챙겨 와야 하고. 택배 송장을 쓰고, 달걀을 닦아 달걀 상자에 담아야 한다. 달걀이 깨지지 않게 포장을 하고 나서, 아이스박스를 챙겨 마당에 늘어놓고 상자 뚜껑에는 스티커와 운송장을 붙여야 한다. 꾸러미에 넣을 소식지를 컴퓨터로 출력해서 챙겨놓고 나면, 물건이 먼저 오는 대로 상자에 넣어 택배를 싸기 시작한다. 오후 다섯 시쯤 택배 차가 올 때까지 거의 숨 돌릴 새가 없다.

그래서 일주일에 단 한 번 내가 무척 열심히 일하고 있다는 기분이 몸과 마음에 가득 차게 된다. 나는 쉴 권리가 있고, 오늘만은 맥주도 마음껏 마실 자격이 있다고 생각한다. 꾸러미는 참 좋다. 꾸러미 일을 마친 순간은 더 좋다. 그 다음날까지 기분이 좋다.

가을이는 방학을 시작한 순간부터 개학이 다가온다고 걱정을 하기 시작했다. 하지만 열흘쯤 지나면 개학이 오길 조금은 기다릴 것이다. 집에서 노는 것을 무척이나 좋아하지만, 그것도 끝이 있어야 한다.

나는 어릴 때 방학이 끝나길 기다린 적이 있었나? 없었던 것 같다. 방학 내내 보충수업을 한다 해도 방학이 더 나았다. 나는 가을이가 학교를 은근히 좋아하고 있다고 생각한다. 가을이는 절대 인정하지 않지만 말이다. 늘 시큰둥하게 말하지만 학교도 친구들도 좋아하고 있는 것 같다. 다행이라고 생각한다. 내년 여름방학이 되면 이렇게 집에서 나하고만 놀지는 않을지도 모르겠다. 내가 날마다 닭을 먹게 해 준다고 해도.

닭 얘기가 나와서 말인데, 나는 요즘 닭 우는 소리에 잠을 깨곤 한다. 옆집 수탉이 요즘 한창 목을 틔우고 있기 때문이다. 새벽 세 시 반이면 어김없이 '꼬끼이이이이' 소리에 눈을 뜬다. 이 녀석은 이제 막 병아리 태를 벗은 어린 닭이다. 아직 득음을 하지 못했다. '오오오'가 터져 나오지 않는 것이다. '꼬끼이이이이이'에서 늘 막힌다. 나는 잠이 깨서 '오오오'가 나오기를 기다린다. '오오오'를 듣지 않으면 다시 잠들 수 없을 것 같다. 내가 대신 해 주고 싶을 정도다. 그렇게 한 번 깼다가 다시 잠들기 때문에 더 늦게 일어나는 거라고 생각하고 있다. 가을이는 닭이 울든 말든 잘 잔다. 하지만 아침에 물어보면 자기도 들었다고 한다. 터지지 않는 '꼬끼이이이' 소리를.

정말로 공부가 좋아질 때

12월도 벌써 중순이 다 되었으니 분명히! 겨울인데, 눈이 오지 않는다. 대신 비가 온다. 마치 장마철처럼 비가 잦다. 날씨는 불안하게도 따뜻하다. 불을 때면 좀 더울 정도로.

이젠 해마다 "이런 날씨는 처음이야." 하고 말하게 된다. 좀 더 나이를 먹으면 무척 그럴듯하게 말할 수 있을 거다. "몇 십 평생에 이런 날씨는 처음이야." 하고.

요즘 마음이 편하지가 않다. 마무리를 못한 것 같은 기분이다. 진짜 마무리가 안 된 일이 있기는 하다. 콩을 아직 다 털지 못했다. 그런데 일 때문은 아니다. 무언가 이상하고 불안하다. 따뜻한 방에서 책이나 읽으며 뒹굴 수 있는 겨울이 오기를 무척 기다렸는데, 아직 겨울이 아닌 것 같다.

11월에는 배추 절이는 아르바이트를 해서 겨울날 돈을 벌어 두었고 장작도 미리 사 두었다. 가을이는 두 주 전에 방학을 해서 이제 함께 지내게 됐다. 따뜻한 방에서 두 마리 고양이와 함께.

올 한 해는 바쁜 것처럼 지냈다. 정말로 바빴던 것은 아니다. 꾸러미를 시작하고 총무 일을 맡았는데 정작 내 농사는 별것이 없어서, 늘어난 일이라고는 택배 보내고, 전화 받고, 장부 정리하는 정도가 다였다. 꾸러미에 맞춰서 농사를 좀 더 여러 가지로 잘 지어 볼 생각은 못 했다.

가을이는 드디어 키가 나와 같아졌다. 올겨울에는 나를 넘어서길 바란다. 꿈의 160센티미터를 이루길. 큰 욕심은 없다. 가을이는 날씬해서 좀 더 커 보인다. 손잡고 어디 함께 나갈 때마다 뿌듯하다. 내가 이런 애를 낳았단 말이지? 서울 할머니 집에 가면 이모와 할머니가 감탄을 한다. 우리 집안에 없는 유전자라면서. 물론 너무 미리 좋아하면 나중에 실망할 수도 있다. 키는 여기서 멈추고 살만 더 찔 수도 있으니까.

이런저런 생각을 많이 했지만, 요즘 들어서 가을이를 일반 학교에 보내지 않은 게 잘한 일이라는 생각이 든다. 지난해까지만 해도 생각이 왔다 갔다 했다. 얻은 것도 있겠지만 잃은 것도 있겠지. 하지만 어쩔 수 없지. 혹시 고등학교를 일반 학교로 가고 싶다고 하면 보내야 할까? 그런 생각을 가끔씩 했다.

다른 아이들이 그 나이에 배우는 것들을 전혀 배우지 못하는 게 아닌가 하는 생각이 들면, 이상한 기분이 들기도 했다. 나는 다 배웠는데, 아이는 배울 기회를 갖지 못하는 게 옳은 일일까? 영어도 전혀 모르고, 수학도 초등학교 5학년 뒤로는 더 배운 적이 없다. 역사도 과학도 사회도 뭘 아는지, 뭘 모르는지 나도 잘 모른다. 덮어 두고 지냈다. 들추면 서로 불편할 것 같아서. 지금도 그 부분은 고민이다. 배우고 싶어한다면 기회를 가질 수 있게 도와주고 싶지만, 아직 그런 이야기는 하지 않는다.

가을이가 어떤 사람인지 나는 아직 잘 모르겠지만, 나와 똑같지 않은 것은 분명하다. 내가 배운 것들, 알고 싶었던 것들, 알게 된 것들을 가을이도 다 똑같이 배우고, 알고 싶어하지는 않는 것이 당연할 것이다. 나와 다른 사람이니까.

여기까지 쓰고 보니, 마치 내가 어릴 때부터 무척이나 지식욕에 불타

올라 배우는 게 즐거워서 열심히 공부했던 것처럼 이야기하고 있지만 전혀 아니다. 학교가 너무 싫어서 죽지 못해 다녔다. 시험을 좀 잘 보는 기술을 익혔을 뿐이다.

공부가 좋아서 한 적은 없었다. 다른 걸 잘하는 게 없었다. 그리고 늘 대가를 바랐다. 이걸 잘 해내면 앞으로 더 좋은 일이 있을 거라고 믿었다. 뭔지는 모르지만 좋은 일. 학교에선 늘 그렇게 말했다. 앞으로를 위해서라고. 그게 뭔지는 말해 주지 않았다. 말할 수 없었겠지. 몰랐을 테니까. 공부가 좋아진 건 오히려 요즘 들어서다. 이젠 앞으로 뭐가 되거나 뭘 얻으려고 공부할 일이 없다. 그냥 재미로 영어 공부도 하고, 겨울이면 수학 문제도 푼다. 그러면서 가을이는 이런 재미를 모르니까 아쉽군, 하는 생각을 하는 것이다.

순서가 잘못되었다. 공부가 좋아진 건 억지로 공부할 필요가 없어진 뒤부터였다. 그리고 다른 취미나 특기가 전혀 없기 때문이기도 하다.

초등학교 때부터 가을이를 일반 학교로 보내지 않았던 까닭은 단 한 가지였다. 내가 겪었던 폭력과 모욕을 혹시라도 가을이가 당하게 될까 무서워서였다. 나는 운이 좀 나빴다. 하지만 나만 특별하게 나빴던 것은 아니었다. 그런 시절이었다. 체벌도 심했고 차별과 모욕, 성추행까지, 학교에선 모든 일이 다 일어났다. 가을이는 나보다 운이 좋을 수도 있지만 아닐 수도 있다고 생각했다.

지금 그 결정이 잘못되지는 않았다고 생각하는 것은 무서울 정도로 거꾸로 돌아가는 것 같은 요즘 세상 분위기 때문이다. 역사 교과서 국정화를 비롯해서 이것저것 들려오는 소문이 흉흉하다. 나는 아무 힘이 없지만 그래도 내 아이는 보호하고 싶은 마음이다. 내 방식으로, 내가 할 수 있을 때까지.

좀 더 지나면 가을이도 검정고시를 봐서 학력을 갖고 싶다든가, 일반 학교에 가서 공부란 걸 해 보고 싶다든가, 그런 말을 하게 될까? 그럼 뭐라고 해야 할까, 공부는 도와줄 수 있지만 학교는 가지 않으면 좋겠다고 할까? 설득하게 될까, 설득을 당하게 될까. 아직은 알 수가 없다.

가을이는 여전히 게임에 빠져서 아침부터 밤까지 아이패드를 껴안고 지낸다. 나는 그 〈마인 크래프트〉의 재미를 끝내 모를 테고, 가을이도 내가 읽는 책이나 좋아하는 것들에 별 관심이 없다. 한방에서 저마다 자기 생각과 일에 빠져서 함께 살아가는 게 좋다. 그냥 같이 있는 게 좋다.

며칠 전에 가을이가 그랬다.

"나는 우리 학교가 좋아."

좋다고 말한 건 처음인 것 같다. '당분간은 잘 다니겠군.' 했다. 그런데 뭐가 좋다는 걸까?

네가 웃으면 내 마음이 풀려

여름이 되었다. 옥수수 밭을 매고 있다. 열 줄 심었는데 두 줄이 남았다. 일을 하는 둥 마는 둥 했는데도 옥수수는 훌쩍 자랐고 밭도 그럭저럭 정리가 되고 있다. 내일은 마늘과 양파를 뽑아야 한다. 콩은 다 심었다. 모종한 서리태는 가뭄에도 견뎌서 자리를 잡았고, 쥐눈이콩은 아직 싹이 올라오지 않았다. 마늘과 양파를 뽑고 나면 감자를 캐야 한다. 그럼 이제 큰 일거리는 한여름 콩밭 매기만 남는다.

여름이 되었다. 봄을 견뎌 냈다. 살아남은 것 같은 기분이 든다.

올봄에 힘든 일을 겪으면서 혼자 있기가 너무 싫어서 가을이를 일주일 집에 데리고 있었다. 하지만 위로가 되지 않았다. 잃은 입맛이 돌아오지도 않았고 마음이 밝아지지도 않았다. 오히려 아이에게 못 보일 꼴을 보인 것 같아서 죄책감이 들었다. 이런 식으로는 아무것도 나아질 게 없다는 것을 알았다. 시간이 필요했다. 견디는 것은 혼자 해야 하는 일이었다.

가을이는 5월에 공동체 학교에서 일본 여행을 가기로 되어 있었는데, 나와 한 주를 같이 지내고 나서 스스로 가지 않겠다고 했다. 물론 내가 그렇게 결정을 하도록 만들었다. 밥도 먹지 않고 걸핏하면 질질 울고 있는데다가 일본에 보내기 싫어서 온갖 티를 다 냈으니까.

보내기 싫은 까닭이야 늘 그러듯이 "네가 어디 멀리 가는 게 싫어. 불안해. 내가 막을 수 없는 사고가 날까 봐 무서워."였다. 거기에다 하나 더 얹었다. "내가 이렇게 힘든데 네 걱정까지 보태야겠니?"

하지만 다 말이 되지 않는 것을 안다. 가을이가 나 때문에 평생 아무데도 못 가야 한단 말인가? 내 걱정은 내 걱정이고 가을이는 어디든 갈 수 있어야 한다. 앞으로는 점점 더 그럴 것이다.

가을이가 안 가겠다고 말했을 때 미안하고 부끄러워서 며칠 동안 혼자 땅을 파면서도 "아니다, 가라."는 말을 하지 못했다. 그래서 가을이와 함께 있는 한 주가 더 힘이 들었다.

결국은 학교로 돌아가던 날 마음을 정했다. 네 마음만 생각하고, 가고 싶으면 바로 나한테 연락하라고 말했다. 여행자 보험도 들어야 하니까 시간을 끌지 말고 빨리 정하라고. 그날 밤에 전화가 왔다. 가겠다고. 그래서 보냈다.

일본 여행은 지난겨울에 나온 이야기다. 변산공동체학교에 일본인 반핵 활동가들이 한 번 다녀갔는데 그분들이 아이들을 초청했다. 4박 5일 일정으로 히로시마 평화박물관을 견학하고 또 어디어디를 간다는데 나도 자세히는 몰랐다. 다녀오고 난 지금도 잘 모른다. 가을이가 어디를 갔었는지를 도무지 기억하지 못하는 것이다. 오직 먹은 것만 기억하고 있었다.

가기로 마음을 정하고 다음 날인가, 가을이가 여행비를 받으러 집엘 왔는데 춤을 추면서 왔다. 말 그대로 춤을 추면서. 좋아서 얼굴이 활짝 폈다. 나는 그날도 죽을상을 하고 혼자서 낮술을 홀짝이고 있었는데 가을이 웃는 얼굴을 보니 신기하게도 마음이 확 풀리는 느낌이 들었다.

그 한 주 동안 가을이는 내 눈치를 보면서, 내가 구석구석 숨어 다니며 울고 있는 걸 모른 척했다. 그날 나는 위로를 받았다. 내가 불행해도 가을이는 행복할 수 있구나. 가을이가 행복하면 내 기분이 조금 나아지는구나. 내 문제에 가을이를 엮으려 들지 말고 행복하게 지낼 수 있게 해 줘야겠다. 그런 생각을 했다. 우리는 다른 두 사람이니까.

한 달 가까이 일을 최소한으로 하고 인터넷을 끼고 살았다. 그래서 세상에서 벌어지는 많은 사건과 사고들을 알게 되었다. 새롭거나 새삼 놀라운 일은 아니지만, 여자들이 범죄에 희생되는 사건들이 일어날 때마다 이제는 나보다는 가을이 때문에 두렵고 화가 난다.

이런 일들이 많이 이야기되고 알려지는 것은 오히려 더 나아진 것이다. 예전에는 그냥 묻혀 버렸을 뿐 없었던 일은 아니기 때문이다.

나는 크게 험한 일을 당하지 않고 살아왔지만 그저 운이 좋았을 뿐이다. 여자라서 당하는 추행이나 폭력, 위협은 나도 학교에서 길거리에서 일하는 곳에서 많이 겪었다. 그리고 끊임없는 금지와 제약들. 어딜 가지 말고, 언제 다니지 말고, 누구와 함께 가지 말고, 혼자서도 가지 말고, 이런 옷은 입지 말고, 이런 일은 하지 말고. 위험하니까, 누가 날 해칠지도 모르니까, 조심하고 또 조심하고. 물론 나는 조심하면서 살지는 않았다. 무서웠지만 내가 가고 싶은 곳에 갔고 하고 싶은 건 했다.

가을이와도 이런 이야기를 많이 해야 할 것 같다. 어떤 위험이 있고 문제가 있다는 건 알고 있더라도 움츠린 채 살 수는 없으니까. 난 가을이가 어디 가기만 하면 불안해서 떨지만 가을이한테도 떨면서 살라고 할 수는 없는 일이다.

우리 엄마도 참 많이 떨었고 나를 어떻게든 안전한 곳에 묶어 두려고 했지만 나는 그렇게 살지 않았다. 그리고 따지고 보면 엄마도 용감하게 살아 왔다. 어쩌면 나보다 더 용감했을 것이다.

인터넷만 '주로' 하며 한 달을 지내는 동안 살이 빠져 버렸다. 가을이 낳고 젖 먹일 때 이후로 처음이다. 물론 좋아할 일만은 아니다. 입맛을 잃었고 몸보다 얼굴이 축나서 늙어 버렸다. 머리도 아주 빠르게 세고 있다. 가을이는 '굶어서 빠진 건 결국 요요가 오기 마련'이라며 좋아하지 말라고 했다. 아니, 절대 좋아하는 건 아니야. 사실 다시 입맛을 찾고 싶다. 먹는 즐거움이 사라진 인생은 싫다.

결국은 너도 하고 나도 하고 누구나 하는 말처럼 시간이 약이었다. 시간이 필요했다. 나를 괴롭히는 원인을 당장 없애 버릴 수 없다고 해도, 그게 없어지지 않으면 곧 죽기라도 할 것 같아도, 죽지 않고 견딜 수 있었고 다시 조금씩 용기를 찾게 되었다. 조금씩 숨 쉬기가 편해졌다.

이렇게 되기까지 맥주 값이 많이 들었다. 하지만 맥주보다는 가을이와 친구들이 더 도움이 됐다. 그리고 엄마가 나를 너무 걱정하는 게, 그렇게 걱정을 끼치는 게 죄송하면서도 큰 위로가 되었다. 이게 얼마 만에 받아 보는 관심이냐!

그리고 일을 하지 않을 수 없었던 것도 도움이 됐다. 너무너무 하기 싫었지만 밭을 매야 했고 콩을 심어야 했다. 그래서 옥수수도 저만큼 자랐다. 옥수수 덕도 크다.

봄은 견뎌 냈으니까 이제 여름도 잘 견뎌야지. 용감하게 일도 하고 다시 책도 읽고 음식도 해 먹어야겠다. 용감하게 살아야겠다. 그 방법밖에 없다. 그리고 맥주는 그만 마셔야겠다. 이제 밥을 다시 먹을 수 있게 됐는데 맥주도 같이 마시면 살찔 게 분명하니까.

신혜경이 자식 키우는 법
-대책 없이, 그러나 솔직하게

김희정(변산공동체학교 교장)

공동체 초기에 겪었던 일입니다. 공동체 식구들이 암소를 한 마리 키우고 있었습니다. 소를 키우면 소똥으로 퇴비도 만들고 이놈을 잘 길들여서 밭을 갈게 할 생각이었지요. 소한테 사료는 사다 먹이지 않았습니다. 풀을 베어다가 먹이를 주거나 풀밭에 소를 메어 놓고 네가 알아서 먹고 살아라 이런 식이었지요.

그런데 어느 날 풀밭에 메어 놓은 이놈의 암소가 스스로 말뚝을 뽑아 버리고 이리저리 돌아다니는 것입니다.(아마도 식구들이 메어놓은 곳에 소가 먹을 만한 풀이 별로 없었겠지요. 그러니까 스스로 말뚝을 뽑아 버리고 먹이를 찾아 이리저리 돌아다닌 것이겠지요.) 얌전하게 풀만 뜯어먹으면 더없이 좋겠지만 소란 동물은 절대로 그러지 않더라고요. 남의 집 콩밭에 들어가 주인이 정성스럽게 길러 놓은 콩 이파리들을 죄다 뜯어 먹었습니다. 아이고 이거 큰일났네. 밭 주인이 알면 난리가 날 판인데.

콩밭 주인 할머니한테 사정을 말씀드렸습니다. 당연히 할머니는 화가 단단히 났습니다. 여름 내내 땀 흘려 돌본 곡식이 고스란히 소 입속으로 들어가 버렸으니 말입니다. 할머니가 소한테 빼앗긴 콩은 공동체 식구들이 기른 콩으로 가을에 드리기로 했습니다. 할머니는 알았다고 하시며 다행히 화를 푸셨습니다. 그러면서 우리들한테 하시는 말씀이 옛부터 자식 키우는 것하고 짐승 돌보는 것은 아무도 장담을 못한다는 것이었습니다.

자식 키우는 것 참 힘듭니다. 더군다나 요즘같이 경쟁이 치열하고 먹고살기 힘든 시대에는 더더욱 그렇습니다. 오죽하면 젊은 사람들이 결혼도 안 하고 결혼을 하더라도 애는 절대로 낳지 않겠다고 하겠습니까? 저도 이제는 고등학교 1학년 다 커 버린 아들놈이 있지만 자식 키우는 일만큼은 무어라 할 말이 없습니다. 젖 먹이고, 아프면 안절부절못하고, 온갖 걱정을 다한 건 엄마였으니까요. 아부지로서 한 일이라고는 가끔씩 같이 놀아 주거나 맛있는 거 사 주거나 그 정도지요. 그래도 아이들이 쑥쑥 자라서 청년이 되고 어른이 되는 걸 보면 참 신기합니다.

가을이 엄마 신혜경은 책에 쓴 그대로 참 대책 없는 막무가내 엄마입니다. 서울에서 대학을 졸업하자마자 공동체 식구로 살러 내려왔는데, 막걸리 좋아하고, 놀기 좋아하고, 게으르기 짝이 없는 사람입니다. 뭐든지 내가 중심이고 내가 싫으면 모든 것이 다 귀찮은 사람입니다. 그런데 어찌어찌해서 남자를 만나고 애를 낳고 애 엄마가 되었습니다. 가을이 엄마한테는 참 기가 막힌 일이지요. 가을이 엄마한테만 기가 막힌 일이 아니라 같이 살던 공동체 식구들 모두가 걱정을 했습니다.(아이고 저 철없는 것들이 엄마 아빠가 되었는디 애는 잘 키울라나.) 자기가 저지른 일이라 남을 원망할 수도 없고. 그렇다고 자식을 안 키울 수도 없고 자기가 좋아하는 것 이제 와서 애 때문에 버릴 수도 없고. 가을이 엄마한테는 날벼락도 이런 날벼락은 없었으리라 생각합니다. 어떻게 해야 하나. 대부분의 부모들처럼 이제 나도 자식 때문에 많은 것을 참고 견디고 포기하고 살아야 하나. 아니면 내 성격 그대로 대책 없이 막무가내로 키워야 하나. 가을이 엄마는 막무가내를 선택했습니다.

젖먹이는 일에서 자유로워지고 싶어 젖도 남들보다 일찍 떼고, 막걸리 좋아하고, 놀기 좋아하고, 게으른 엄마를 숨기지 않고 있는 그대로 가을이한테 보여 줍니다. 남들이 보면 뭐 저런 엄마가 다 있냐고 혀를 끌끌 차겠지만 이에 굴하지 않습니다. 나는 내가 살고 싶은 대로 산다.

가을이도 엄마가 보통 엄마처럼 자상하고 부지런한 엄마가 아니라는 걸 잘 알고 있습니다. 이쯤 되면 가을이가 삐뚤어져야 이야기가 됩니다. "거 봐라 엄마가 개판이니 아이가 삐뚤어지잖느냐!" 그래야 세상 사람들한테 좋은 이야깃거리가 됩니다. 그러나 가을이는 건강하게 잘 자라고 있습니다. 갓난아기가 어느새 중학교 3학년 의젓한 소녀가 되었습니다. 엄마 일 도우면서 커서 그런지 밭도 야무지게 잘 맵니다. 자기 생각도 제법 뚜렷합니다. 그리고 엄마에 대한 원망도 없습니다.

이제는 가을이가 엄마보다 더 어른스러울 때도 있습니다. 엄마는 가을이가 보고 싶어 안절부절 못하지만 가을이는 그런 엄마의 마음을 아는지 모르는지 그저 무뚝뚝합니다. 가을이는 엄마한테 딸이 아니라 친구이자 마음을 기댈 수 있는 언덕이 되었습니다. 참 재미있지요. 어떤 사람들은 자식들한테 온갖 것을 다 바치고도 자식이 내 마음대로 되질 않아서 속상해 하는데 가을이 엄마는 자기 하고 싶은 것 다하고 사는데도 자식이 건강하고 의젓하게 잘 크는 것을 보면 말입니다.

저는 가을이 엄마가 가진 솔직함이 가을이를 건강하게 키울 수 있는 힘이었다고 생각합니다. 엄마는 절대로 완벽한 사람이 아니야. 엄마는 자유롭게 살고 싶은 사람이고 모자란 게 많은 사람이고 걱정이 많은 사람이야. 그런 나를 네가 알아주고 이해해 주었으면 해. 그리고 마음속 깊이 받아들여 주었으면 해. 가을이도 엄마의 이런 마음을 아는 것 같습니다.

그래서 엄마를 원망하지 않고 엄마와 친구가 되었는지도 모릅니다. 가끔씩 자동차를 타고 지나가다 보면 가을이와 엄마가 나란히 손잡고 마을길을 걷는 모습을 보게 됩니다. 엄마와 딸이 아니라 언니와 동생 같습니다. 그리고 이런 생각을 하곤 합니다. '그려 애 키우는 데 정답이 어디 있냐. 다들 자기 생겨 먹은 대로 키우는 것이지. 자식 키우는 것하고 짐승 돌보는 일은 아무도 장담하지 못한다고 그러지 않더냐. 그저 부모 자식 사이에 솔직하게 자기 이야기를 하면서 살면 되는 것이지.'

"엄마는 이런 게 참 힘들어."

"엄마, 나는 이런 게 참 힘들어."

"그래 사는 게 참 힘들지. 그래도 우리 서로 솔직하게 말하면서 재미지게 살자."

신혜경의 자식 키우는 방법입니다. 자식과 함께 커 가는 엄마. 아마도 가을이가 없었다면 가을이 엄마는 이 세상을 더 넓게 볼 수 없었을 겁니다. 지금도 가을이와 함께 더 넓은 세상으로 나가려고 애쓰고 있는 가을이 엄마한테 박수를 보냅니다.

아이랑 함께 자라는 엄마

2016년 10월 1일 1판 1쇄 펴냄

글쓴이 신혜경

편집 천승희, 김로미, 박세미, 유문숙, 이경희
디자인 김은미 | **제작** 심준엽
영업·홍보 백봉현, 안명선, 양병희, 이옥한, 정영지, 조병범, 조서연, 최민용
경영 지원 임혜정, 전범준, 한선희
인쇄와 제본 (주)상지사P&B

펴낸이 윤구병 | **펴낸 곳** (주)도서출판 보리 | **출판 등록** 1991년 8월 6일 제9-279호
주소 (10881) 경기도 파주시 직지길 492
전화 031-955-3535 | **전송** 031-950-9501
누리집 www.boribook.com | **전자우편** bori@boribook.com

보리는 나무 한 그루를 베어 낼 가치가 있는지 생각하며 책을 만듭니다.

ISBN 978-89-8428-935-2 03810

이 도서의 국립중앙도서관 출판예정도서목록(CIP)은 서지정보유통지원시스템 홈페이지(http://seoji.nl.go.kr)와
국가자료공동목록시스템(http://www.nl.go.kr/kolisnet)에서 이용하실 수 있습니다.
(CIP제어번호: CIP2016022014)